Im Gleichschritt, Ossis kehrt!

Volkmar Tietz

IM GLEICHSCHRITT, OSSIS KEHRT!

Bibliografische Information der Deutschen Nationalbibliothek:
Die Deutsche Nationalbibliothek verzeichnet diese Publikation in der deutschen Nationalbibliografie; detaillierte biografische Daten sind im Internet über dnb.dnb.de abrufbar.

Satz, Umschlaggestaltung, Herstellung und Verlag:
BoD – Books on Demand, Norderstedt

ISBN: 978-3-7578-8085-9

INHALT

HEIMISCH WERDEN IM FREMDEN OSTEN

In R., einem Flüchtlingslager an der Nordseeküste im dänischen Jütland, war zwei Jahre nach Ende des Dritten Reiches ein heißer Sommertag angebrochen. Christoph durfte mit allen Kindern, die wollten, das Lager verlassen. Die dänischen Soldaten brachten sie zum Strand. Dort wurden sie der Rettungswacht, alles Schwimmerinnen wie seine große Schwester Gritta, übergeben. Bei solchen Gelegenheiten war Christoph immer vorneweg: stundenlang baden, die Muscheln mit den Zehen aus dem Sand puhlen, Ball spielen, Drachen aus Zeitungspapier, wahre Kunstgebilde, steigen lassen. Am liebsten bauten die Kinder Sandburgen. Christoph verpaßte es nie, bei einem der Soldaten auf den am Gürtel hängenden Feldspaten zu klopfen und freundlich, aber ziemlich laut zu fragen: »Gibst du ihn mir? Du kriegst ihn auch ganz sauber wieder zurück!« Kaum anzunehmen, daß der Soldat deutsch verstand. Aber die Willensbekundung war so eindeutig, daß der eingeübte Spruch immer seine Wirkung entfaltete. Der Soldat löste den Spaten aus der Schlaufe, übergab ihn Christoph, bald mit einem Klaps, bald mit einer aufmunternden Bewegung, bald mit einem neckenden Fingerzeig, er dürfe den Spaten nicht verschlampen. Soldaten, die diesen Ritus kannten, entledigten sich schon vorher des Spielgeräts, so daß Christoph zufaßte, wo er konnte und an seine Spielkameraden verteilte. Auch heute war das so. Im Nu war ein halbes Dutzend Spaten verteilt, und man kam überein, einen Wettkampf um die größte und schönste Strandburg zu bestreiten. Christoph, einer der kleinsten, auf jeden Fall der schmächtigste dieser Gruppe, legte sofort los. Er war als erster mit dem Bau fertig. Aber noch ehe die spielende Meute in Obhut einer Rettungsschwimmerin den Sieger ermitteln konnte, hatte eine Makrowelle Christophs Burg weggeschwemmt. Vor Wut warf er sich zu Boden, mitten in die abfließende Wellenlache. Schreien konnte er nicht. Das hatte er sich auf der Flucht abgewöhnt. Stattdessen hieb er mit der rechten Handfläche auf den breiigen Sand, so daß der wie eine Fontäne emporspritzte.

Mit sich unzufrieden und körperlich völlig kaputt kehrte er ins Lager zurück. Beim Wechseln der pitschnassen Kleidung schlief er im Sitzen ein.

Gritta rüttelte ihn an der Schulter: »Schluß mit dem Faulenzen. Wir gehen nach Deutschland. Endlich kommst du in die Schule, wo du längst hingehörst.« Sie schwenkte ihm eine Bratkartoffel unter der Nase vorbei und schob sie zwischen seine Zähne, als er die Augen aufmachte. Solche Extras hatte sie als vorsorgliche Lagerköchin immer vorrätig. Die Mutter strich ihm über den Kopf.

»Mein Kleiner, Gritta hat recht. Wir fahren morgen zur Oma nach Thüringen.«

»Aber warum so schnell? Dietmar hat mir vorhin gesagt, wir können noch den ganzen Sommer hier baden. Sie wollen nach Bersenbrück. Wir können doch mit ihnen zusammenfahren.«

»Nein, mein Kleiner, wir sind in einem dänischen Flüchtlingslager. Nicht wir bestimmen, wann und wohin es nach Deutschland geht, sondern die Lagerleitung.«

»Nicht einmal die! Die da oben in Kopenhagen, entscheiden das im Auftrag höherer Mächte«, belehrte Gritta

»Die Oma hat schon zweimal gemahnt, daß wir kommen sollen. Und Vati muß wissen, wo wir sind, wenn er freikommt. Ist das nicht gut so?«

Gritta schlug die Hände vors Gesicht: »Mutti, was soll das? Vati ist tot. Wo immer er war, hat er ein Lebenszeichen von sich gegeben, jeden Tag. Er hat sogar davor gewarnt, in Omas Haus zurückzukehren. Jetzt sind zweieinhalb Jahre vergangen.«

»Ich verbiete dir, so zu sprechen! Millionen Familien haben dieses Schicksal, und sie halten durch. Wir auch, Schluß!«

Die Mutter riss drei Koffer von den Spinten. Die Sperrholzwandungen krachten auf den Fußboden. An der Ecke eines Koffers zerfetzte die Uniformstoffverkleidung.

»Näh das zu! Und dann packen, aber hurtig!«

Ein unterdrücktes Schluchzen der Mutter ließen Christophs Geschwister auffahren. Gritta, davon unbeeindruckt, kommandierte: »Ernst, Irma, in diesen Koffer die Schuhe, die Mäntel, das Spielzeug und das Essen. Vergeßt nicht, die getrockneten Brotkringel von den Fäden zu ziehen! In den mittelgroßen Koffer die Pullover! Wenn ihr fertig seid, setzt ihr euch drauf, damit wir die Deckel zukriegen!

Den hier, packe ich selbst. Da hinein kommt das ganze Feinzeug, das wir mit so viel Mühe zusammengewerkelt haben. Christoph, du paßt auf, daß nichts liegenbleibt, alles auflesen!«

Es war Abend geworden. Alle zogen ihre Reisekleidung an, um sich am Grab von ihrem Jüngsten zu verabschieden. Der fünf Monate alte Daniel war an »Hungertyphus« kurz nach Ankunft im Lager gestorben. Sie stellten sich um das Grab herum, legten Feldblumen nieder, beteten, jeder für sich im Stillen, bis die Mutter laut »Amen!« sagte.

Am nächsten Morgen ging es tatsächlich los. Die Fahrt nach Gedser verlief so schnell, daß Gritta den eingeschlafenen Christoph wecken mußte. Jetzt gab es viel zu sehen, keine Zeit zum Wiedereinschlafen. Überall Wracks in der Hafenausfahrt. Wenige Bergungsschiffe arbeiteten an der Fahrtrinne. In Warnemünde mußten die Koffer zum Bahnhof bugsiert werden. Alle Flüchtlinge waren mit sich beschäftigt. Niemand half. Irma und Ernst steckten den Knauf des Regenschirms durch den Henkel des Koffers mit dem Feinzeug und trugen gemeinsam, Gritta und die Mutter die beiden anderen. Gritta hatte Christoph einen Rucksack übergestülpt, der viel zu groß über seine Schultern rutschte. Obendrein schleifte er eine Handtasche mit überlangen Henkeln hinter sich her. Gritta drohte mit einer Ohrfeige, doch die Mutter schritt ein: »Laß ihn, wir schaffen das auch so!« In schleppender Gangart erreichte die Familie als letzte den Zug. Sie mußte sich hineindrängen. Gritta zwängte sich auf einen Außenperron. Die Mutter fluchte: »Vermaledeite ..., wie sollen wir so nach Thüringen kommen?«

Nach zwei Stunden hielt der Zug auf einer kleinen Station. Auf dem Bahnsteig winkten Bewaffnete, Russen und Deutsche: »Aussteigen, aussteigen, der Zug endet hier!«

Nach einer Weile ertönte das Kommando: »In Viererreihen aufstellen, rechts der Straße, wir gehen in ein Lager.«

Gritta fragte einen deutschen Uniformierten mit betont freundlicher Geste: »Wo sind wir, was sollen wir in dem Lager?«

Sie bekam sogar Antwort, wenn auch abgehackt: »In Rhena, Quarantäne, 10 bis 12 Tage, Keine Kontakte, keine Ausnahmen, Lagerordnung einhalten!«

Die Mutter atmete auf: »Das ist doch ganz in der Nähe von Hertha und Anton.«

Bald kamen die Baracken in Sicht, von außen heruntergekommen. Bevor die Flüchtlinge sie betreten durften, wurde ihnen die dänische Marschverpflegung abgenommen. Die Taschen und Rucksäcke wurden durchsucht, die Koffer nicht.

Das quittierte Gritta mit einem Grinsen: »Das Trockenbrot bleibt unsere Eiserne Ration.«

Drinnen sah es furchtbar aus. Keine Betten, keine Schränke, keine Sitzgelegenheiten, der Boden mit Stroh bedeckt ohne Zudecken, ohne Trennwände. An den Innenwänden hingen Fetzen schmutziger Tapeten.

»Mein Gott, das ist ja schlimmer als auf der Flucht zum Hela-Sund«, stöhnte Gritta.

Christoph ruckelte an ihrer linken Hand, was er immer tat, wenn er beachtet werden wollte: »Aber hier hängen keine Soldaten an den Bäumen, und Feuerkugeln rollen auch nicht durch den Wald.«

»Das weißt du noch?« Die Mutter strich ihm ich die Haarsträhnen aus der Stirn. »Wir werden auch das hier heil überstehen!«

Es war ein warmer Julitag. Niemand fror in der Nacht. Aber am nächsten Morgen kratzten sich alle in den Haaren oder an nackten Körperstellen, wo kleine Wanzenbisse, wie Gritta sofort feststellte, zu jucken anfingen.

»Mutti, dein Wort von gestern in Gottes Fügung!«

Zu frühstücken gab es nichts. Alle Stuben wurden auf Kommando geräumt, das Stroh auf dem Appellplatz verbrannt. Arbeiter in Schutzkleidung kamen und sprühten alles aus. In den Waschräumen herrschte Hochbetrieb. Jeder wollte sich die Haare waschen – mit einem Laugenzusatz, der nur für die knappe Hälfte der Lagerinsassen reichte. Frisches Stroh war in der Eile nicht zu beschaffen. Man schlief die nächsten Nächte auf morschen Dielen oder auf Beton. Der Kampf gegen das Ungeziefer war in einem Ritt nicht zu gewinnen. Die Prozedur mußte in Teilen wiederholt werden. Die Kofferinhalte wurden auf den Rasenflächen ausgeschüttet und sodann in einer Seifenlauge gewaschen. Die Aufseher entdeckten die gut versteckten Brotkringel und beschlagnahmten sie.

»Warum haben Sie das verpestete Zeug nicht abgegeben, als Sie dazu aufgefordert wurden. Wollen Sie das ganze Lager krank machen? Ihre Rationen werden halbiert, für drei Tage!«

Gritta regte sich maßlos auf. Die Mutter beruhigte sie mit einem energischen Wink. »Du läufst heute Nacht zu Tante Hertha! Du weißt doch, Vatis älteste Schwester, die Onkel Anton, den Elektromeister, geheiratet hat, als du im ersten Lehrjahr warst? Die haben einen schönen Bauernhof in der Nähe, in P.«

Nachts entwich Gritta aus dem Lager, lief zu Tante Hertha, zwei Stunden Fußweg entfernt, erstattete dort Bericht über die Internierung der Familie und war pünktlich zum Frühstück mit einem Korb voller Brot, Butter, Eier, Schinken und Speck zurück. Viel schwieriger als die Schmuggeltour war, all die köstlichen Sachen zum Essen aufzubereiten, ohne daß es jemand merkte. Das ging nur, indem die nächsten Nachbarn ins Vertrauen gezogen wurden. Sie bildeten einen Kreis, als würden sie das Morgengebet verrichten. Geduckt aßen sie gemeinsam die improvisierte Tafel leer.

Die Quarantäne dauerte volle zwölf Tage. Keiner der Flüchtlinge hatte eine Krankheit eingeschleppt. Alle hatten sich im Lager infiziert.

Zur Abreise wurde anscheinend derselbe Zug bereitgestellt. Dieselbe Enge, dieselbe stickige Luft an diesem Hochsommertag. Rauch der Lokomotive drang in die Abteile.Diesmal war Gritta vorausgegangen und hatte genügend Sitzplätze mit Beschlag belegt. In der Gegend von Magdeburg wurde der Zug bei glühend heißen Temperaturen in offener Landschaft abgestellt. Die Zuginsassen stöhnten vor Durst. Gritta, die einen Blick für Bauernhöfe hatte, beschaffte eine Milchkanne voller Brunnenwasser. Alles stürzte sich drauf. Die Kanne war in Sekundenschnelle leer. Gritta wiederholte das Spiel, immer gewärtig, daß der Zug ohne sie abfährt. Der nächste Halt war Halle. Dort wurde im Zug übernachtet, ohne Essen, ohne Trinken.

An nächsten Morgen durfte die Familie den Flüchtlingszug verlassen und in Regionalzügen »nach Fahrplan« die Reise fortsetzen. Sie mußte noch einmal umsteigen, ehe sie am Abend im thüringischen S. eintraf.

Oma und Frieda, die jüngste Schwester der Mutter, hatten stundenlang gewartet. Sie begrüßten die Ankommenden.

Die Oma seufzte: »Gott hat unser Warten belohnt.«

Frieda stand schlaff neben ihr. Nur das Gesicht war angespannt.Gritta nahm es als »verbiestert« wahr, umarmte die Wartenden mit Anstand, wie es sich gehört. Die Mutter überspielte eine gewisse Verlegenheit wortreich ohne Gesten:

»Von Gedser bis hierher gut zwei Wochen. Fürchterlich! Ohne Hertha hätten wir das nicht durchgestanden. In Halle haben sie reihenwese die Ohnmächtigen aus dem Zug geholt. Durst, Durst! Habt ihr etwas zu trinken?«

»Oh ja, eine Porreesuppe!«Frieda schwenkte eine Kasserole: »Die ist nun leider kalt.«

Irma und Ernst standen scheu auf Abstand, Christoph noch etwas weiter weg. Ihn hatte der Porreegeruch, den er nicht ausstehen konnte, in die Flucht getrieben.

Frieda löffelte einen Gemüsebrocken heraus: »Das ist etwas Besonderes, Porree in Ziegenrahm geschmort. Wer möchte?«

Alle, außer Christoph, aßen artig und tranken gierig die zugeteilte Flüssigkeit. Frieda achtete darauf, daß ein Rest verblieb. Sie preßte die Kasserolenkante an Christophs Lippen: »Trink, mein Junge, das ist gut gegen den Durst!«

Und tatsächlich, Christoph trank hastig, so daß er sich mehrfach verschluckte.

Die Oma wies auf ein zusammengeschobenes eisernes Fahrwerk, das an der Wand des Bahnhofsgebäudes bisher unbemerkt geblieben war. »Schnallen wir die Koffer auf!«

Gritta untersuchte sofort das merkwürdige Gefährt. Die Vorderräder stammten von einem MG-Lader. Sie steckten in einer Gabelachse, die mit einer Deichsel verbunden war. Daran war ein Innenrohr verschweißt, das in die Außenrohrverbindung der Hinterradachse kurz oder lang verstöpselt wurde. Die klobigen Hinterräder hatte wohl ein Schuster, jedenfalls kein Stellmacher, zusammengewerkelt.

Frieda fühlte sich zu einer Erklärung veranlaßt. »Den Wagen hat der Peter, der Bräutigam meiner Adoptivtochter Annemarie, gebaut. Du wirst sehen, Gritta, wie leicht er sich fährt.«

Die Koffer wurden an den auf dem Chassis angeschweißten Rohren in Ösen befestigt. Gritta spannte sich vor die Deichsel. Der Wagen fuhr sich fast von selbst. Gritta warf ihrer Tante einen verschmitzt bestätigenden Blick zu.

»Das bleibt nicht so«, wehrte Frieda ab. »Wenn wir die Bahnhofstraße hoch sind und in die Altstadt hinunterfahren, wird der schwere Wagen dich schieben, so daß du ihn nicht mehr halten kannst. Ich werde einen Stock in die Speichen stecken und mit dem Stumpf bremsen.«

Bevor es dazu kam, hörten sie hinter sich ein lautes Aufheulen. Alle schauten sich um. Da stand Christoph an der Buschbegrenzung des Gehweges, die Hände an der kurzen Hose abwischend. Er hatte einen explosiven Durchfall nicht halten können. Durch beide Hosenbeine sickerte die braun-grünliche Brühe bis in die Schuhe hinein. Der Mutter schützende Hand verhinderte die Ohrfeige, zu der Gritta gerade ausholte. Geistesgegenwärtig hob sie den Bruder an den Ellbogen hoch ins Gebüsch, zog ihm die beschmutzten Kleidungsstücke aus, wischte mit allem Papier, Taschentüchern und Stofffetzen, derer sie habhaft werden konnte, den Körper blank, so gut es eben ging. Die

Passanten wurden des Schaustücks erst gewahr, als die Koffer mitten auf dem Gehsteig geöffnet wurden, um Ersatzkleidung herauszusuchen.

Frieda hob die Hände gegen die Oma, die gerade ein Stückchen Unterrock mit den Zähnen herauszureißen versuchte. »Das geht gut los. Was kommt da noch?«

Die Reisegesellschaft erreichte Omas Haus ohne weitere Zwischenfälle. Man mußte zweimal hinschauen, um es als Haus anzuerkennen. Es wurde eingezwängt gehalten von der ehemaligen Hofdruckerei und einer Pferdeschlächterei. Da konnte nur Gott ein Einsehen gehabt haben, die schmale Restfläche für die Küsterin freizuhalten, bis ihr Ehemann nach 27-jähriger Schufterei im Bergbau das Häuschen hineinsetzte. Als letztes in der stattlichen Straße nahe der Kirche gebaut, als erstes verfallen, neigte sich die obere Vorderseite bedenklich der Straße zu.

Den Eintretenden bot sich das Haus nicht entspannter. Der Flur erlaubte zwar noch den aufrechten Gang, aber schon auf der steilen Treppe mußte sich der Körper der Enge anbequemen. Nur einzeln konnte man hochklettern oder sich hinabgleiten lassen. Begegneten sich zwei Bewohner, quetschte man sich auf einem der zwei gewinkelten Absätze vorbei. Essen oder Geschirr zu transportieren war bruchlos ganz unmöglich.

Das Haus hatte drei Schlafkammern, wo je zwei Personen gebettet werden konnten, zwei winzige Wohnzimmer, die Küche im Obergeschoß und die Waschküche, der größte Raum, unten neben dem Flur. Die Waschküche war die Lebensader des Hauses. Hier entschied sich das Wohl und Weh der Hausbewohner. Zu Zeiten, als die zehnköpfige Familie auf nebenbäuerliche Selbstversorgung angewiesen war, diente sie als Viehküche. Durch sie gelangte man in den Vorratskeller. Mochte diese ebenerdige Raumfülle die hungrigen Mäuler der acht Kinder noch halbwegs stopfen, zur geistigen Nahrung reichte sie nicht aus. Nicht einmal die göttliche Fügung, die die Mutter der Erziehung der vier Jungen und Mädchen überantwortete, konnte da etwas ausrichten. Die sonstige Enge des Hauses stiftete unter den heranwachsenden Geschwistern Unfrieden zuhauf und trieb die sechs friedfertigsten schon mit Antritt der Lehre aus der Bergmannsfamilie.

Den angekommenen Flüchtlingen wurde das kleine Wohnzimmer mit einer Schlafkammer im Hochparterre zugeteilt.

Gritta kannte das Haus aus Kindeszeiten. Sie war im Vorschulalter wiederholt bei der Oma gewesen, wenn Vater und Mutter auswärts arbeiteten und für die Tochter weder Bleibe noch Zeit hatten. Die Oma nannte sie

»Prinzeßchen«, und sie behandelte sie auch so. Keine Übertreibung! Sie war die Straßenprinzessin für Mensch und Tier. Die Pferde vom gegenüber liegenden Handelshof wieherten, wenn sie sie striegelte. Sie stießen mit den Nüstern an ihre Schläfe, und sie dankte es ihnen mit Wangenschmusen. Der ansonsten bissige Hofhund tollte mit ihr bis zur Erschöpfung. Danach mußte sie seinen Ableckattacken widerstehen. Der Drucker aus dem linken Nachbarhaus schenkte ihr stets ein Bilderbuch, wenn eines erschien. Und im Auto der Bernhardts aus der Schlächterei durfte sie mitfahren, wenn es zum Baden an einen auswärtig gelegenen See ging.

In Haus und Hof hatte sich seitdem nichts verändert. Vertrautheit kam dennoch nicht auf. Frieda unterwies ihre ältere Schwester:

»Liesel, wenn die Kinder nachts aufs Klo müssen, vorsichtig ziehen, nicht die Tür vorschnell öffnen! Im Haus schallt alles. Nicht unseren Schlaf stören! Du weißt, Anna ist sehr nervös. Auf der Treppe die Kerze nicht schief halten! Das Sterin tropft auf die Treppe. Ich muß es dann mit dem Messer mühevoll abschaben. Den Hof betreten, nur wenn die Hühner und Ziegen im Stall sind! Die sind sehr scheu gegenüber Fremden und legen keine Eier und geben keine Milch mehr ... «

»Frieda, ich kenne das Haus«, unterbrach die Mutter den Wortschwall, »und wie ich höre, bist du noch immer dieselbe. Da brauche ich mich gar nicht umzustellen.«

Ein schnippisches »Schlaft gut!« ertönte, und sofort kehrte überall Ruhe ein.

Gritta legte sich unter den Tisch, um nicht den Durchgang zur Toilette zu versperren. Die Geschwister waren wie Heringe in eine Kiste, die Schlafkammer hieß, eingelegt. Und so schliefen sie wohl auch vor Erschöpfung! Sie selbst fiel sofort in tiefen Schlaf, wachte mit verspannter Schulter bald wieder auf. Das wiederholte sich in drei, vier Schüben, bis der Morgen graute. ›Hier kannst du nicht bleiben‹, schreckte sie hoch. Sie schlich sich in die Küche, wo Tante Frieda schon eine Milchsuppe kochte. Lethargisch tunkte sie einige Schwarzbrotbrocken in ihren dampfenden Teller, rührte mit dem Löffel darin, stand auf, ging wieder hinunter, ohne einen Bissen genommen zu haben. Die Mutter war dabei, die Schlafstatt wieder in ein Wohnzimmer zu verwandeln. Gritta zog sich langsam mit großer Sorgfalt an, während die Mutter die gestrige Ankunft kommentierte:

»Gritta, wenn die Oma nicht wäre, müßten wir uns schnell etwas anderes suchen. Wir sind hier nicht willkommen. Ich glaube, wir haben im dänischen Lager einen Fehler gemacht. Ich bin mal wieder ein Opfer meiner ehrlichen Haut geworden. Ich hätte unsere Verwandten verschweigen müssen. Lieber ein halbes Jahr länger Lagerleben als das hier.«

Gritta winkte, Müdigkeit vortäuschend, ab, ging ein paar Schritte auf die Mutter zu und sagte gedehnt, in kurzer Umarmung: »Erholt euch schön, ich gehe auf Arbeitssuche!«

Gritta hatte von Natur aus Zivilcourage. Sie wollte keine Arbeit vermittelt haben. Sie wußte, wo sie sie finden konnte. Sie ging von Dorf zu Dorf, schier endlos das Städtchen im Blick behaltend, fragte auf den Bauernhöfen nach freien Stellen, bis sie, schon zur Mittagszeit, fündig wurde. Auf dem größten Hof im 10 Kilometer entfernten Sch. fehlte es an Männern. Sie waren im Krieg oder in Gefangenschaft geblieben. Der Ehemann der Bäuerin war wegen staatsfeindlicher Äußerungen von den Russen abgeholt worden. Frau Fiedler, die Hofherrin, war von Grittas äußerer Erscheinung auf Anhieb angetan, doch mißtrauisch gegenüber ihren fachlichen Qualitäten. Gritta, die ausgebildete Agrarwirtschafterin, hatte vorzügliche Zeugnisse vorzuweisen. Da glätteten sich die Stirnfalten der Frau Fiedler, aber ein Rest von Argwohn blieb. Die Statur einer kräftigen thüringischen Bäuerin hatte Gritta nicht. Also mußte sie vor den Augen der strengen Hofherrin eine Ziege und eine Kuh melken, ein Pferd anschirren, mit dem Traktor eine Hofrunde drehen, die Fruchtfolge auf den Feldern bestimmen und die Schafherde mit dem Hofhund austreiben. Nach Abschluß der Prüfung sagte Frau Fiedler, sehr aufgeräumt bei Kaffee und Kuchen:

»Sie können sofort anfangen, verantwortlich für die Stall- und Feldarbeiten! Freie Kost, freie Unterkunft, 78,- Mark im Monat, jedes zweite Wochenende den Sonntag frei, keine Techtelmechtel mit dem Personal!«

Natürlich erkundigte sich die Herrin nach Grittas familiären Verhältnissen. Wohl aus Sorge, Gritta an einen anderen Hof zu verlieren, war die Bäuerin anfangs spendierfreudig. Ein altes Rad wurde hergerichtet. Gritta durfte es mit so viel Essen beladen, wie sie transportieren konnte. Einmal im Monat durfte sie sogar das Pferdegespann ausleihen. Aber nach der Eingewöhnungszeit wurden die Zügel in allen Belangen angezogen. Die Arbeitsbelastung für eine Frau überstieg jegliche Grenzen. Gritta freundete sich mit den Herrschaften der Nachbarhöfe an. Auf einem, wo ein älterer Bauer wirtschaftete, hatte das Elend längst Einzug gehalten. Das Vieh dümpelte dahin. Die Felder waren teils mit der falschen Frucht, teils überhaupt nicht bestellt. Der letzte Abgrund wurde nur aufgehalten von zwei Söhnen, die, aus der Gefangenschaft zurückgekehrt, in Bremen auskömmlich lebten und zweimal im Jahr dem Vater für mehrere Arbeitswochen Gesellschaft leisteten. Überlebenshilfe war das auf Dauer nicht. Der ältere Sohn war Verwaltungsbeamter, der jüngere ein talentierter Kunstmaler, der Landarbeit nur malend verrichten konnte und von dem Erlös in Bremen besser als jeglicher Bauer lebte. Der Vater pflegte mit Gritta vertraulichen Umgang, er buhlte regelrecht um ihren fachlichen Rat in der täglichen Bewirtschaftung. Er meinte, wenn er selbst nicht die Söhne zum wirksamen Arbeiten anhalten könne, wer sollte es dann schaffen, wenn nicht eine so tüchtige Bäuerin wie Gritta.Er hatte nicht bedacht, daß weibliche Nähe auch andere Wirkungen haben kann. Statt Kühe melken zu lernen oder mit dem Traktor das Feld zu bestellen, machte der Jüngere, Rudi, der blonden Schönheit einen Heiratsantrag.

»Die Liebe ist ein seltsames Spiel«. In einem ostdeutschen Dorf der Nachkriegszeit war sie in der Regel eine kurzbündige, praktische Angelegenheit. Sich auf Menschen einlassen, die Sicherheit geben, zumal mit Aussicht auf ein besseres Leben – das war wie, die Nadel im Heuhaufen gefunden zu haben. Gritta, die in den letzten Kriegstagen das stürmische Liebeswerben mehrerer Soldaten mit der Begründung zurückgewiesen hatte, sie habe nicht genügend Zeit zum besseren Kennenlernen, war Zeit nun kein Prüfkriterium mehr. Zeit war für sie die Chance geworden!

Nach wenigen Wochen wurde Verlobung gefeiert. Das ganze Dorf war eingeladen, natürlich auch Grittas Familie. Das Aufgebot an leckeren Speisen und Getränken löste einen regelrechten Rausch aus. Umso ernüchternder war am anderen Tag die Mitteilung, daß Gritta und Rudi über die grüne Grenze nach Bremen ziehen, dort ein Ausreisevisum nach Amerika beantragen würden, um dann nach Ohio überzusiedeln, wo der vereinsamte alternde Onkel, ein Schuhfabrikant, familiären Halt brauche. Die Mutter nahm die Hiobsbotschaft mit versteinerter Miene auf. Über ihre Lippen kam nicht der Hauch eines Vorwurfs.

Gritta überraschte das Verhalten der Mutter nicht. Fremdheit hatte noch nie ihre Beziehung getrübt. Mit wacher Betroffenheit, im Brustton der Überzeugung sagte sie: »Keine Sorge, Mutti, ich schicke euch jeden Monat ein Freßpaket mit dem Höchstgewicht von 20 kg.!«Sie hielt das Versprechen, bis in die Wendezeit hinein.

LEBEN NEU LERNEN

Die Oma war der Ruhepol im Haus. Seit 40 Jahren leistete sie ihren Kirchendienst, 10 bis 12 Stunden am Tag, ohne Murren, als Gottesdienst. Wenn sie abends nach Hause kam, verlieh ihre Friedensseele dem wackligen Haus göttlichen Schutz und familiäre Eintracht. Die große Spanweite von echter bis täuschender Sanftmut ihrer Töchter hielt alle Vorgänge, die sich tagsüber ereignet hatten, von ihr fern.

Frieda sorgte für Leben in der Bude. Wenn Flüchtlingsschwester Lisa von der Arbeit nach Hause kam, stand sie mit erhobenen Händen im Flur empfangsbereit.

»Liesel, so geht das nicht! Deine Rangen treten sich ihre Schuhe nicht ab, der Straßendreck wird in den Flur geschleppt. Die Waschküche ist zum Spielplatz der Kinder geworden. Alles liegt durcheinander. Von allem Vorrat wird genascht: Ziegenrahm, Käseaufbereitung, Eier, Sirup, Trockenobst! Unter dem Waschkessel sind nicht genügend Anbrennspäne gestapelt. Wenn Ernst sie aus dem Wald holt und nicht genügend tragen kann, muß er eben zweimal gehen. Ihr habt ja schließlich freien Zugang zur Kochwäsche. Solange die Wasserspülung auf dem Klo nicht geht, muß mit dem Eimer gespült werden, gründlich und nicht daneben! Schau mal hier, auf der Treppe liegt eine Wäscheklammer, soll jemand darüber stürzen?«

Die Mutter hob sie auf, streifte dabei mit einem Finger über die Wandkonsole. »Sieh, Frieda, den Staub haben die Kinder draufgeblasen, nur um dich zu ärgern. Was ist bloß aus dem gepflegten Haus geworden?«

Solche Aufsässigkeit fachte Friedas Beschwerdeeifer nur umso mehr an. Bald ging kein Tag ohne Litaneien ab. Frieda suchte in Schwester Anna eine Verbündete. Die Mutter, durchaus genervt, hielt ihren Kindern sodann eine Gardinenpredigt, indem sie die Vergehen in der nämlichen Reihenfolge aufzählte. Die Kinder, an Gehorsam gewöhnt, wurden in ihrem Verhalten immer unsicherer.

Eine erste Machtprobe hinter dem Rücken der Oma lieferte Frieda am Ende des ersten Monats mit einer saftigen Mietforderung. Um des lieben Friedens willen zahlte Lisa ohne Widerspruch. Als gelernte Verkäuferin hatte sie nur eine Arbeit als Zeitungsausträgerin in der Post gefunden, für

103,- Mark im Monat. Bei den vielen Kundenkontakten, die sie nun hatte, hinterbrachte man ihr die Beschwerden, die Frieda in der ganzen Altstadt ausstreute. Die Kinder seien Schweineigel. Sie streichen den Rahm von der frischen Ziegenmilch, ziehen Eier aus den Legenestern hervor, noch ehe sie gezählt werden könnten. Sie selbst könne nicht Ordnung halten. An ihrer Hochnäsigkeit habe sich nichts geändert. Deshalb habe man sie schon vor 25 Jahren aus dem Haus geworfen. Schlimm, daß sie als Flüchtling keine Demut zeige.

Die Mutter stellte Frieda zur Rede. Die lachte hämisch: »Na endlich sagt dir mal die ganze Stadt, was für eine undankbare Ziege du bist.«

In den nächsten Wochen weitete sie die Fehde zu einem regelrechten Stadtklatsch aus. Natürlich wußten die Altstädter, daß Frieda ein Lästermaul ist. Doch sie amüsierten sich köstlich über die angeblichen Schandtaten, die sie in Umlauf gebracht hatte: Die Kinder zögen singend durchs Haus, johlten im schalllauten Flur, so daß die Nachbarn sich beschwerten, spielten Versteck, quietschten mit den Türen, trampelten die Treppe hinunter, versauten das Spülklosett, grüßten nicht, gäben freche Antworten und griffen ständig nach Lebensmitteln, wenn diese nicht weggeschlossen seien. Die Mutter sei nicht Herr der Lage, Zucht herzustellen. Nun ja, ein Wunder sei das nicht, wenn es gerade mal zum Zeitungen-Austragen reicht, wie sollte sie dann erziehen können. Man sehe, daß die kulturvolle Lebensart der Thüringer mit der platten der Pommern nicht zusammenpasse. Wer das Plumpsklo im Freien gewöhnt sei, wisse mit einer Spültoilette nicht umzugehen. Wer mit Weidenruten statt mit Besen kehre, könne natürlich nicht ein gepflegtes Haus sauber halten.

Friedas Phantasie sprühte nur so von Spottlust: Wer in Pommern ständig die Nachbarn über den Hof torkeln gesehen habe, der tropfe den Hühnern Baldrian ins Futter, um sich reinweg am besoffenen Zustand zu ergötzen. Wer Hirschhornsalz in das frische Gras für die Ziegen mische, der stachele die Freß- und Sauflust an, die man von den Pommern ja gewöhnt sei.

Die eingesessenen Residenzstädter, die sich von den vielen Ostflüchtlingen überfordert fühlten, nahmen solch gefärbte Tiraden dankbar auf und vermehrten sie auch ohne Friedas Zutun.

Die Mutter, in Ausübung ihres Berufes eine öffentliche Person, wurde zum Stadtgespött. Die Rufschädigung konnte ihr die Arbeit bei der Post kosten. Persönlich zutiefst getroffen, zog sie vor Gericht. Das Urteil lautete: »Gerichtserziehung vor Ort zu Lasten der Beklagten«.

Die Schnelligkeit des Verfahrens überraschte alle Beteiligten. Der Richter kam ins Haus. Alle Bewohner mußten anwesend sein. Weil nicht genügend Sitzplätze in einem Raum aufgestellt werden konnten, fand die Zeremonie stehend im Hausflur statt. Die Kargheit des Raumes bildete einen seltsamen Kontrast zum zeremoniellen Auftritt des herausgeputzten Richters: unten der Estrichboden, oben die gewölbte Ziegeldecke, die Wände wie alles übrige unverputzt, die Fugen ungelenk verstrichen. Der Richter ließ die Außentür öffnen mit der Bemerkung:

»Die Sitzung ist öffentlich. Die frische Luft wird allen Beteiligten guttun. Ich verlese den Beschluß der Gerichtssache `Lisa Hinz, geb. Kuntz gegen Anna Kuntz und Frieda Hartlieb, geb. Kuntz, Aktenzeichen 132/48`.«

Öffentliches Bloßstellen paßte Frieda überhaupt nicht in Kram. Sie schloß die Tür wieder unbemerkt, bis auf einen Spalt. Die Stimme des Richters widerhallte wie in einer Kirche, würdig einer Küsterin, die Eigentümerin des Hauses war.

»Die Klage ist rechtens. Sie erfüllt den Straftatbestand der üblen Nachrede und Verleumdung nach § 186, 187 StGB. Die Beklagten haben sich in aller Form bei der Klägerin zu entschuldigen und künftig jegliche öffentlichen Äußerungen dieser Art zu unterlassen. Zuwiderhandlungen werden je nach Schwere mit Bußgeld und Haft bestraft. Die Eigentümerin des Hauses, Frau Ernestine Kuntz, wird beauflagt, einen Mietvertrag in Schriftform mit der Klägerin abzuschließen. Die Miethöhe darf den in S. üblichen Durchschnitt nicht überschreiten. Die Post erhält eine Abschrift des Urteils. Gezeichnet: Richter Wanzen«.

Oma, die in sich geschlossene Küsterin, war von den Maßregeln des Richters völlig aus der Fassung gebracht. Sie schluchzte vor sich hin: »Liesel, Kinder, ich habe davon nichts gewußt. Ich bitte in Gottes Namen euch um Verzeihung, ich bete zu Gott, daß euch solches nicht erneut widerfährt.« Und zu Frieda und Anna gewandt: »Mein Gott, welche Schande, ihr Mädchen, nehmt euch ein Beispiel an den Brüdern! Sie sind allesamt im Krieg geblieben. Sie finden keine Ruhe. Sie drehen sich im Grabe um, euretwegen!«

Anna und Frieda verschwanden als erste in ihrem Zimmer. Der hellhörige Christoph lauschte.

»Wie peinlich, die Reinsch und Bernhardt haben alles mitgehört. Und Mutter verkraftet das nicht. Frieda, du hast es übertrieben!«

»Ich? Anna, hör mal, du hast die Rahmflecken in der Waschküche doch als erste gesehen. Die stammen von der Rasselbande oder? – Und im übrigen, die großkotzigen Pommern haben 500 Jahre lang die Slawen geknechtet und vertrieben, haben sich von den faulen, liederlichen Polen nicht abgrenzen können, jetzt sollen sie mal sehen, wer hier die Herrschaft hat. Liesel, die hochnäsige Ziege, ist mit ihrem von Standesdünkel besessenen Mann vor dem Landratsamt einher spaziert und hat gnädig genickt, wenn die Passanten zuvorkommend gegrüßt haben. Mit uns kann sie so nicht umspringen!«

Die Mutter überschlief das Erlebte bis zum Wochenende. Jetzt hätte sie Gritta gebraucht, wenigstens zum Aussprechen. Sonntagfrüh saß sie beim Kaffee, Muckefuck! Der behinderte sie nicht bei ihrer Willensbildung. Mit Anna allein wäre sie ins Reine gekommen. Im Grunde tat sie ihr immer leid. Als Sechzehnjährige hatte die Schwester bei einem Sturz mit dem Schlitten das rechte Bein verloren. Sie war an den Stuhl gefesselt und in ihrer Behinderung ungemein fleißig. In jeder freien Minute häkelte sie Babykleidung für eine staatliche Händlerclique, die damit Devisen verdiente. Wenn Lisa sie so unverdrossen häkelnd vor sich sah, kam sogar dunkel Bewunderung in ihr hoch. Annas Augen begleiteten nur beiläufig den klirrenden Sang der Häkelnadeln. Die Lippen rundeten sich dabei zu einem trotzigen Lächeln. Aber die Hände bewegten sich in einer eingeübten Schnelle, als wollten sie sagen: So geht man mit körperlicher Behinderung um!

Frieda war dagegen eine Giftnudel. Lisa konnte sich nicht erinnern, mit ihr je einen versöhnlichen Satz gesprochen zu haben. Immer nur Wortgefechte, Sticheleien, Zurechtweisungen! Die Jüngere wollte der Älteren keinen Millimeter Reifegrad zugestehen. Lisa gab im Inneren zu: ›Wir sind Schwestern, die einander nichts schenken können‹!

Friedas Versuche mit Männern waren alle nach kurzer Zeit gescheitert. Wer wollte es mit einer Frau aushalten, der Neid und Mißgunst im Gesicht standen, die ihre verwachsene Gestalt mit schreiender Kleidung übertünchte, deren Liebe nicht dem Mann, sondern der Klatschsucht galt, die stets von Langeweile getrieben wurde. Sie hatte es nicht einmal zu einem eigenen Kind gebracht. Raffiniert genug war sie, eine Kriegswaise, Annemarie, zu adoptieren! Die konnte sie nach Belieben herumkommandieren.

Nein, das Gerichtsurteil würde sie nur anstacheln, immer fintenreichere Ränke gegen sie zu schmieden. Lisa sah nur einen Ausweg: ›raus aus dem Haus‹!

Mit dem Gerichtsurteil in der Tasche versuchte sie im Wohnungsamt Gehör zu finden. Sie war ganz überrascht, daß sie die Tochter ihrer Nachbarin als Amtsleiterin antraf.

»Frau Röcken, Ihre Mutter hat Ihnen vielleicht schon erzählt, was vorige Woche bei uns im Haus vorgefallen ist. Ich brauche dringend eine Wohnung.«

Die Angesprochene nahm eine Liste vom Schreibtisch und ließ sie mit erhobener Hand vor den Augen der Mutter flattern. »Ja, ich kenne Ihre Geschichte, wer kennt sie nicht? Frau Hinz, die Stadt ist um gut 6.000 Einwohner angewachsen, alles Flüchtlinge, wie Sie. Die meisten sind viel länger hier als Sie, seit Kriegsende! Frau Hinz, Sie müssen das verstehen, die haben viel mehr Leid durchgemacht als Sie in Ihrem dänischen Lager. Diese 213 Wohnungssuchenden sind faktisch obdachlos. Das Einzige, was ich tun kann: Sie auch auf die Liste zu setzen – als letzte. Sie wollen doch, wie ich Sie kenne, in der Altstadt bleiben. Da ist Selbsthilfe gefragt, Sie könnten vielleicht vorübergehend in einer Abbruchbude Unterschlupf finden. Ich schaue mich um, Ehrenwort!«

Kurz darauf traf die Nachbarin Lisa auf der Straße, als diese gerade nach Hause eilte.

»Frau Hinz, das Hinterhaus des Edelfräuleinsitzes, Sie wissen doch ganz oben auf dem Schloßweg, ist frei geworden. Das hat meine Tochter herausgefunden. Schauen Sie sich's an und sagen Sie Bescheid. Papierschnipsel im Briefkasten genügt.«

Das Haus war baufällig. Drei Balken, schräg in den Boden gerammt, stützten die Vorderfront. Über den ehemaligen Pferdeställen, jetzt Waschküche, Holz-, Kohle- und Gartengeräteräume, lag die Wohnung, die einen jämmerlichen Zustand darbot. Doch wenn man aus dem Fenster schaute, welches Panorama tat sich auf! Ein Garten, der sich vom Vorderhaus bis zur Parkmauer langstreckte, darüber wie eine Horizontgemälde – das Residenzschloß! Lisa atmete durch, von der Aussicht überwältigt. Sie bat einen Kollegen, einen Zimmerman, der körperbehindert in der Post arbeitete, um fachlichen Rat, ob die Wohnung nicht wenigstens provisorisch hergerichtet werden könne.

»Das kommt ganz darauf an, welche Einschränkungen du in Kauf nehmen willst«, sagte er während der Besichtigung. »Die Decken hängen durch. Das ist normal. Trocken ist auch alles. Ich sehe mal nach, ob die Balken die Fäule haben. Ich denke nicht. Die haben damals solide gebaut, ohne Chemie. Hier hat zu Fürstenzeiten der Stallmeister gewohnt. Die Fenster müssen auf jeden Fall ausgewechselt werden, die Lehmwände frisch verspachtelt, die Dielung muß raus! Neue Bohlen kriegst Du nicht, aber vielleicht Bodenplatten vom Bauhof. Wenn Du das alles auftreiben kannst? Einbauen tue ich's Dir schon!«

Lisa hatte viele kundige Leute, die sie täglich mit Zeitungen belieferte. Die wußten, wo man was herkriegt. Aber Fenster konnten auch sie nicht auftreiben. Schweren Herzens entschloß sich Lisa, ihre drei Jahre ältere Schwester anzubetteln. Mit Emilie hatte die ganze Familie seit Kriegsende die Verbindung austrocknen lassen. Die Schwester hatte eine Tochter, Annelie, so alt wie Irma. Sie lebte mit ihrem Mann, einem vor dem Krieg reichen rumänischen Unternehmer, im eigenen Haus, im Villenviertel, wo die Offiziere der russischen Garnison untergebracht waren. Dort, in russischer Obhut, lebten sie sorgenfrei. Der Gang dorthin kostete Lisa echte Überwindung.

»Emmi, du weißt vom Stadtklatsch, den Frieda in Umlauf gebracht hat, ich muß aus dem Haus. Mit den Gören ist nicht auszukommen. Ich habe eine Wohnung bei den Edelfräuleins im Hinterhaus gefunden. Wir können nur einziehen, wenn die Fenster ausgewechselt werden. Frag doch mal deinen Hausgast, ob er in der russischen Garnison welche besorgen kann?«

»Den brauche ich gar nicht zu fragen. Natürlich kann ich dir Fenster beschaffen. Hast du Dollar, Westmark?«

»Nein, aber Sachen, die man dafür kaufen kann. Deine Beschaffer können sogar aussuchen, welche?«

»Gut, ich schicke dir morgen Annelie vorbei, mit dem Wunschzettel. Du mußt Wort halten. Es gibt fürchterlichen Ärger, wenn das nicht klappt.«

Die Wunschliste enthielt nichts Unerfüllbares, aber eine Menge kleiner Artikel, vor allem Kosmetika und Nylonstrümpfe. Lisa versuchte ein Ferngespräch mit Gritta, die in Bremen auf ihr Visum wartete. Endlich hörte sie Grittas Stimme, aber die Verbindung war schlecht, so daß Lisa einen Brief hinterher schicken mußte. Nach einer Woche standen die Fenster zum Abholen bereit. Eine weitere Woche später kam das Paket mit allen gewünschten Sachen und einem Begleitbrief.

»Mutti, die Sachen haben das doppelte gekostet. Im nächsten Monat muß ich das Paket aussetzen. Wir brauchen jeden Pfennig für die Überfahrt.«

Nun, das war noch zu verschmerzen, der Ärger mit Schwester Emilie dagegen nicht. Ware gegen Ware, so sollte das Geschäft laufen. Als die Fenster nicht sogleich abgeholt wurden, schimpfte der Beschaffer, Onkel Sascha, wie Annelie ihn nannte, wie eine russische Baba Jaga. Er drohte, die Fenster anderweitig zu verhökern.

Annelie kam jeden Tag, an dem das Paket ausblieb, mit einer anderen

Drohung vorbei. »Onkel Sascha mußte die Fenster zu sich in die Wohnung nehmen. Im Magazin konnten sie nicht bleiben. Er ist ganz böse. ›Die Deutschen taugen zu nichts‹! – das hat er gesagt.«

Am Schluß wurde es von allen Seiten bösartig. Die Russen meinten, sie würden von einer größenwahnsinnigen deutschen Frau verschaukelt. Sie drohten mit Repressalien. Das Paket kam und wurde umgehend in die Wohnung von Onkel Sascha gebracht. Eine Russin öffnete. Nur eine Handbewegung lud zum Eintreten ein. Das änderte sich blitzschnell, als die Frau den ersten Artikel, eine Cremedose, aus dem Karton nahm. Sie roch daran, griff mit beiden Händen nach weiteren Gegenständen, hob sie entzückt in die Höhe; umarmte und küßte Irma, die neben ihr stand und nicht wußte, wie ihr geschah.

Die Russin jauchzte: »Fein, fein! Lydja-dotschka, hole ein Eis!«

Das Mädchen erschien mit einem papiernen Wickelpäckchen, das aussah wie ein Maulwurfshügel. Sie hielt es mit beiden Händen fest umschlungen. Die Russin wollte es aufwickeln. Das ging ihr zu langsam. Sie riß energisch die störrische Verpackung herunter.

»Das ist Moskauer Eis.« Eine weiße Sahneeismasse, von einer Doppelwaffel umschlossen, kam zum Vorschein. »Da, mein Mäuschen, das schmeckt, hm ... hm ... !«

Irma mußte schnell zugreifen, sonst wäre die Waffel, so breit wie ein Brotbrettchen, zu Boden gefallen. Die Russin küßte sie abermals. »Du hast eine tüchtige Mama!«

Der Fenstereinbau dauerte zwei Tage, die anderen Reparaturen vier Monate. Am Tag des Umzuges lieh die Pferdeschlächterei einen Tafelwagen aus, vorn und hinten mit je zwei langgezogenen Handgriffen. Die Habseligkeiten wurden aufgeladen, festgeschnürt und von der ganzen Familie zur neuen Wohnung geschoben. Nach drei Fuhren war die Arbeit geschafft.

Anna und Frieda feixten beim unvermeidbaren Abschied: »Ihr zieht zu den Edelfräuleins. Die Damen sind zwar alt, aber die wissen noch, was sie sich schuldig sind. Ihr werdet euch nicht mehr so gehenlassen können wie bei uns. Ernst, Irma, schön dienern und knicksen beim Grüßen! ›Guten Morgen, Fräulein von Gayette! Darf ich Comtesse aufschließen? – Guten Tag, Fräulein von Rüxleben! Darf ich Baronesse die Tasche hochtragen?‹«

Die Oma schämte sich: »Ihr seid ja nicht aus Welt, Ihr kommt zu mir in die Kirche und in den Garten, wenn die Stachelbeeren reif sind. Ich besuche euch, wenn die Gartenterrasse fertig ist!«

Ganz anderes als von den Tanten prophezeit, dauerte es, bis Irma, Christoph und die betagten Hausdamen einander begegneten. Sie trafen tatsächlich an der Außentür ihres neuen Zuhauses auf eine alte Dame, die den Regenschirm als Krückstock nutzte, weil sie wackelig auf den Beinen war. In der rechten Hand trug sie eine Einkauftasche. Umständlich fingerte sie mit dem altertümlichen Riesenschlüssel an der Tür herum.

»Warten Sie, sagte Irma, »Mein Schlüssel ist nicht so klobig wie der Ihre, ich schließe Ihnen auf.«

»Ich bin der Christoph aus dem Hinterhaus, ich trage Ihnen gern die Tasche hinauf in die Wohnung, darf ich?«

»Du bist aber nett«, war die Dame überrascht, »ja, bitte in die erste Etage Mitte, Gayette, Ottilie von.«

Christoph sprang hinauf und war wieder unten, als die Dame die erste Stufe betrat.

»Ihr seid sicherlich die Kinder von der Familie, die in den Pferdehof eingezogen ist. Das ist schön, daß der wieder bewohnbar ist. Wart ihr denn schon auf dem Schloß, bei meiner Herrin, der Fürstin Adolphine von Sch.?«

»Ich bin zweimal in der Woche auf dem Schloß, in der Bibliothek, Frau von Gayette«, sprudelte Christoph hervor.

»Fräulein, Fräulein von Gayette, mein Junge, heiße ich. Und was liest du da?«

»James Cook, Robinson Crusoe, Kolumbus, Magellan, Olearius, Fräulein von Gayette.«

»Olearius, wer ist das, mein Junge?«

»Na, der Gesandte des Fürsten von Schleswig-Holstein, der mit dem Fleming nach Persien gezogen ist und den Riesenglobus erfunden hat. In der Bibliothek gibt es davon eine wunderschöne Karte.«

»Ja, mein Junge, wenn das so ist. Ich spreche mit der Bibliothekarin. Sie soll dir alle diese schönen Reise- und Abenteuerbücher heraussuchen.«

So war es dann auch. Immer wenn Christoph die Bibliothek betrat, legte die Sachbearbeiterin einen Bücherstoß auf den Ausgabetisch und sagte: »Drei darfst du dir aussuchen, aber nur für 14 Tage ausleihen!« Christoph verschlang die Bücher. Eines erhöhte das Tempo für das nächste. Bis zum 16. Lebensjahr wurde er fünfmal als »Bester Leser des Jahres« ausgezeichnet.

Die Kinder gingen zur Schule. Der Mutter Sorge war nicht deren Leistungen, sondern die Kleidung, die stets sauber und nicht zerschlissen aussehen durfte. Mit Irma und Ernst gab es keinerlei Ärger. Sie achteten auf Aussehen und Sauberkeit. Christoph war dagegen in allen Stücken ein Naturkind, im Übermaß von der wilden, widerspenstigen Seite. Man hätte meinen können, die vielteilige Hügel- und Tal-Kette, die die Stadt umschloß, sei auf ihn abgefärbt. Christoph durchstreifte sie, bis er jeden Quadratmeter kannte. Er kletterte auf jeden der Obstbäume, die die Hügelwege säumten, durchkämmte die reifen Brom-, Himbeer- und Hagebuttenbüsche, sammelte die Beeren wie ein Weltmeister, so daß die Mutter Mühe hatte, mit dem Saft-Einkochen hinterherzukommen. Er setzte sich stundenlang an die Bachschnellen, um die Kaulquappen und kleinen Fische zu beobachten. Er wäre nie auf die Idee gekommen, eines der Tierchen in die Hand zu nehmen. Er wollte ihren Lebenslauf nicht stören. Vor Blindschleichen, die es massenhaft gab, machte er vorsichtig einen Bogen. Kreuzottern ging er schon von fern aus dem Wege. Freilaufende Haustiere zogen ihn an. Er schmuste mit Ziegen und Schafen. Katzen lockte er dutzendweise an sich heran und nahm sie, wenn es irgendwie ging, auf den Arm. Kein Hund, ob groß oder klein, flößte ihm Angst ein. Er liebte sie, sie liebten ihn. Selbst der nichterzogene, falsche Großterrier aus der Kohlenhandlung sprang ihn an und leckte ihm das Gesicht ab. Nie schnappte ein Hund nach ihm.

So unbeschwert sich Christoph in der freien Natur gab, so scheu trat er gegenüber Menschen auf. Das lag wohl daran, daß die Städter ihn kannten und halb mitleidig, halb abweisend ansahen. Nur vor den Bauern hatte er keine Scheu. Er liebte es, sie beim Pflügen mit Pferden zu begleiten. Er schaute forschend auf die Erdbrocken mit zappelndem Getier, die der Pflug emporschleuderte. Wenn Störche anflogen, gelang es ihm fast immer, den Bauern zum Halt zu bewegen, damit die Störche alles Gewürm, bis an das Gespann heran, auflesen konnten. Er ließ nicht locker zu erfahren, wie der Bauer die Furche so gerade ziehen könne. Nach der dritten Furche fragte er mit bittender Geste, ob das Pferd nicht eine Ruhepause brauche.

Kindern begegnete Christoph seltener. Stadtkinder hatten scheinbar keine Lust auf Natur. So dachte er. Wenn es ihm doch gelang, ein Kind aufzugabeln, war es eines, das am Gartenzaun neugierig sein Tun verfolgte. Christoph wurde aktiv. Er versuchte, den Neugierigen zum Mitspielen, Mitkämpfen zu bewegen. Alter und Geschlecht spielten für ihn keine Rolle. Man zielte nach dem größten Apfel mit einem Stein, man wetteiferte, wer am schnellsten eine Tasse voll wilder Him- oder Brombeeren pflückte. Man kletterte auf einen Baum um die Wette, wer am höchsten kommt. Kritisch wurde es sofort, wenn das Wettspielen in Arbeit ausartete. Christoph fand keine Mitstreiter beim Einsammeln von Kartoffelkäfern, beim Lesen oder Stoppeln von Kartoffeln.

Christoph kreierte die Idee, der andere sollte nur mitmachen. Er wollte immer gewinnen. Verlor er, ärgerte er sich fürchterlich, fraß den Ärger in sich hinein, spielte dem Gewinner jedoch Anerkennung nur vor, was natürlich nicht unbemerkt blieb. Diese Kurzfreundschaften fanden nie eine Fortsetzung. Man verabredete sich nicht auf ein nächstes Treffen. Christoph hatte seine Erfahrungen gemacht, neue mußten her. Das Gegenüber, von Christoph in die passive Rolle gedrängt, hatte keine Lust auf weitere Spiele.

Natürlich kam Christoph nicht so sauber nach Hause zurück, wie er ausgezogen war. Die Kleidung war immer verschmutzt, häufig auch zerrissen, Beine, Knie, Arme und Gesicht zerstochen, zerkratzt, mit Blut verschmiert. Er wollte von seinen Abenteuern erzählen, mit Selbstlob nicht sparen. Aber keiner hatte Zeit, ihn anzuhören. Irma überschüttete ihn mit Vorwürfen, wenn sie Kratz- und Wundstellen reinigte. Die Mutter ließ ihm alles durchgehen. Er war »der Kleine«.

Vielleicht war das auch der Grund, warum die Mutter seinen schlechten Schulstart nicht bemerkte. Er war mit sich beschäftigt, statt mit dem Lehrstoff. Er hustete flach in Intervallen und spuckte Blut. Die Mitschüler ekelten sich vor ihm. Das wurde ihm eines Tages auch zuwider. Zu Hause forderte er dringlich:

»Mutti, du mußt mit mir zum Arzt gehen. Alle Mitschüler gehen mir aus dem Weg!«

Die Mutter, von der Arbeit, der Haushaltsführung und der Kleidungspflege völlig überfordert, schreckte auf und schaute jetzt genau hin. Die Taschentücher waren blutverschmiert, teilweise auch die Kleidung, die aber von Schmutz überdeckt, so daß eher der Eindruck überwog, Rauferei sei ursächlich für das Blut verantwortlich. Sie ging mit Christoph zum Hausarzt, einem sehr zugänglichen Mann, der zu ihrem täglichen Kundenkreis gehörte. Der Arzt sagte nach kurzem Abhören ernst mit erhobenem Zeigefinger.

»Frau Hinz, ich schreibe Ihnen eine Überweisung zum Lungenarzt, Dr. Mangold. Ich sorge für einen Termin noch in dieser Woche. Verpassen Sie den Termin nicht. Es ist dringend!«

Der Lungenarzt war eine Erscheinung mit kolossalem Leibesumfang. Er hatte Mühe, den Röntgenapparat zwischen sich und den Patienten zu schieben und dabei auch noch das Bild einzustellen. Er roch so stark nach

Tabak, daß Christoph regelrecht betäubt war und erst nach einigen Mahnungen stillstehen konnte. Nach der Untersuchung urteilte der Arzt mit bedenklicher Miene:

»Der linke Lungenflügel hat einen Schatten. Das könnte TBC sein, im Augenblick nur eine Vermutung. Genauere Durchleuchtungen sind nötig. Sie kriegen für übermorgen einen Termin, 08.30 Uhr. Ihr Junge darf am Abend davor nichts mehr essen und trinken. Er bekommt bei uns eine Flüssigkeit zu trinken, die als Kontrastmittel wirkt. Dann kann ich bei der Aufnahme sehen, was wirklich ist.«

Nach dieser Durchleuchtung stand der Befund ohne Wenn und Aber fest: offene TBC im linken Lungenflügel.

Dr. Mangold wies an, wie ein Automat: »Sie nehmen den Jungen sofort aus der Schule. Ruhe, saubere Luft und richtige Ernährung sind das Wichtigste. Er sollte bis 09.00 Uhr schlafen, zum Frühstück eine Gemüsesuppe mit Hühnerbrühe; wenn er Hunger hat ein Butterbrot dazu, dann Ruhe bis Mittag in einem Liegestuhl im Freien – im Grünen, ohne Abgase; leichte Mittagskost, kein fettes Fleisch! Nachmittags vielleicht eine Milchsuppe. Liegen im Freien, immer zugedeckt bei kühler Witterung, abends ein bißchen spazieren gehen, niemals auf der Straße, immer im Grünen! Eine Stunde kann er etwas lesen oder vorgelesen bekommen, dann ins Bett – und so jeden Tag!«

»Und wer soll das machen?«, fragte die Mutter. »Ich bin zehn Stunden auf Arbeit. Die Geschwister kommen nach 14.00/15.00 Uhr aus der Schule. Die Nahrung kann ich mit meinen Lebensmittelkarten nicht beschaffen.«

»Verstehe ich«, sagte der Arzt. »Ich werde mich um einen Kurplatz bemühen, aber die Chancen stehen schlecht. Ohne Therapie hat Ihr Sohn keine Überlebenschance – das müssen Sie wissen! Kommen Sie in einem Monat wieder, dann werden wir am Röntgenbild sehen, ob es einen Fortschritt gibt.«

Immer wenn die Mutter vor Sorgen nicht ein noch aus wußte, schrieb sie an Gritta einen langen Brief, diesmal im Mittelteil ganz klein, von Tränen getränkt, kaum leserlich: »Gritta, ich dachte, wir sind über den Berg. Jetzt stirbt mein zweites Kind. War denn der kleine Daniel als Opfer nicht genug?«

Nach gut zwanzig Tagen erhielt sie folgende Antwort: »Liebe Mutti, wir wollen doch die Kirche im Dorf lassen. Daniel war Säugling. Er hat die

Strapazen der Flucht nicht überstanden wie tausend andere! Du weißt, auf dem dänischen Friedhof liegen fast nur Kinder in seinem Alter begraben. Christoph ist ein schmächtiger, aber zäher Junge im Schulalter, unbändig mit seinem Lebenswillen. Der kommt überall durch. Wir müssen uns praktisch auf die Lage einstellen. Natürlich kann ich dir keine verderblichen Lebensmittel schicken, aber ich kann dir Sachen schicken, die bei euch sehr gefragt sind (Zigarren, Nylonstrümpfe, Unterwäsche, Nestlekaffee). Die kannst du eintauschen gegen Lebensmittel, die Christoph täglich braucht. Dann mußt du deine Bekannten, ich denke an Frau Krabbe, beschenken, die tagsüber mal zu Hause vorbeischauen können. Und wenn es gar nicht anders geht, mußt du um Sonderurlaub bitten.«

Das nächste Paket enthielt all die angekündigten Sachen. Als erstes packte die Mutter drei originale Cuba-Zigarren in Alufolie, umwickelte diese mit echtem amerikanischem Seidenpapier, auf das Schwiegersohn Rudi einen Raucher in Genußpose gezeichnet hatte, und überreichte sie dem Lungenarzt bei der nächsten Visite.

»Meine Tochter aus Amerika läßt Sie schön grüßen und bedankt sich mit dieser kleinen Geste für die aufopfernde Behandlung meines Sohnes.«

Der Arzt war baff von dem Kunstwerk, öffnete vorsichtig die Verpackung, strich die Zigarren unter der Nase vorbei und seufzte: »So etwas habe ich das letzte Mal vor dem Krieg geraucht ..., sagen Sie ihrer Tochter meinen besten Dank. Ich habe höchsten Respekt vor ihrem Wagemut in diesen Zeiten, so fernab von ihrer Heimat, ein neues Leben aufzubauen.«

Er untersuchte Christoph. Die gewohnte umständliche Prozedur mit dem Röntgenapparat. Christoph hatte sich schon etwas lockerer in Stellung gebracht, der Doktor nicht, auch nicht, als er mit krausen Stirnfalten mehr mit sich selbst als mit der Mutter sprach:

»Alles unverändert, kein Fortschritt, aber auch keine Verschlechterung. Für heute ist das ein Trost. Beim nächsten Mal kann das schon kippen. Solche Bilder muß man ernst nehmen. Ich werde nochmal mit der Kommission sprechen, die das zu entscheiden hat. Der Junge braucht einen Kurplatz – dringend.«

Schon am nächsten Morgen wurde die Mutter in der Post ans Telefon gerufen. Die Schwester war am Apparat.

»Frau Hinz, hören Sie, Sie müssen Ihren Jungen nach Sülzhayn bringen. Das liegt im Harz, am kommenden Freitag, bis 15.00 Uhr, alles klar?«

Die Mutter, die sonst nie um ein Wort verlegen war, in diesem Augenblick war sie sprachlos. Sie wollte noch einiges nachfragen. Aber die Schwester hatte schon aufgelegt.

Die ganze Familie begleitete den Kleinen in die Kur. Das Heim lag etwas außerhalb des Ortes an einem Hang, der in Hochwald Richtung Oberharz überging. Das Kurhaus sah aus wie eine riesige Alpenhütte mit weit vorgebautem Dach und durchgehenden Holzbalkonen im ersten und zweiten Stock. Vor dem Gebäudekomplex senkte sich eine Wiese zum Bach hinunter, rechts von einer Auffahrt, links von einer Ausfahrt eingefaßt. Als die Ankömmlinge am frühen Nachmittag ihr Ziel erreichten, war das obere Drittel der Wiese mit Liegestühlen zugestellt. In ihnen lagen ausnahmslos Kinder, alle im Schulalter, einige zugedeckt, andere in offener Sommerkleidung – und alle bewegungslos, als sei ihnen Erstarrung befohlen worden. Und es sah auch so aus, daß niemand schlief.

Der quirlige Christoph wollte lossprudeln, aber die Mutter machte »Psst«. Er zischte: »Mein Gott, müssen die sich langweilen.«

Er hielt das stumme Nichtstun im Liegen einen halben Tag durch. Tagsüber schlafen konnte er nicht, weil der Nachtschlaf von 10 bis 12 Stunden ihn in muntere Ungeduld versetzte. Gesprächsweise zischen konnte er freilich mit den Nachbarn, aber worüber? Über die dämlichen Schwestern, die nur den Mund aufkriegten, wenn sie flüsternd etwas anwiesen, verboten, Kontakte mieden … , über die Autos, die ziemlich zahlreich hoch- und runterfuhren, ein- und ausluden, über einen Neuankömmling? Das war für Christophs Verschleißquote an Neugierde und Hunger auf Erlebnisse viel zu wenig.

Fast alle Kinder in Christophs Altersgruppe konnten weder lesen noch schreiben. Schule oder Lernhilfen von Älteren waren vom Heim verbannt. Eine Bibliothek gab es natürlich auch nicht. Sah Christoph ein Kind tatsächlich einmal in einem mitgebrachten Buch lesen, fragte er ungestüm: »Liest du eine abenteuerliche Geschichte? Kannst du mir sie nicht vorlesen?« Der Gefragte, abseits in einer Ecke sitzend, schreckte auf, schüttelte energisch mit dem Kopf, oft auch mit den Händen abwehrend.

Christoph wandte sich brüsk ab. ›Mein Gott, dann eben nicht. Behalt es doch für dich‹! Das prägte sich ihm so ein, daß er später, wenn er selbst beim Lesen überrascht wurde, anbot: »Willst du wissen, was? Ich lese es dir vor. Wir sind ja nicht im Kurheim!«

Warum die Leute hier sich ausschwiegen oder nur miteinander flüsterten, konnte Christoph nicht verstehen. Niemand erklärte ihm, warum man mit

TBC nicht normal sprechen könne. Ärztliche Untersuchungen gingen fast wortlos vonstatten. Bevor der Arzt seine kleinen Patenten abhörte, Schultern, Handballen, Knie und Zehen auf Reaktionen abklopfte, die Lunge durchleuchtete, grüßte er monoton: »N' Tag, mein Kleiner!«

Alles andere besorgten Nicken und Handbewegung. Stumm und möglichst unbewegt verrichteten Arzt und Schwester ihre Aufgaben wie im Schlafwandel. Der kleine Patient wurde mit den Händen der Schwester gesetzt, erhoben, in den Röntgenapparat geschoben, ausbalanciert, vor den Spiegel und das Waschbecken gestellt, abgewischt und schließlich an der Tür der Gruppenleiterin übergeben. Wenn die Schwester ausnahmsweise gesprächig war, lobte sie Christoph persönlich hinaus: »Es wird schon, mein Kleiner, es wird schon!«

Die Verständigung zwischen Heimpersonal und Kursanten vollzog sich, wie eingeübt, mit Handbewegungen. Irrte ein Patient tatsächlich einmal unwissend umher, war eine Helferin zur Stelle und flüsterte ihm einige Worte ins Ohr. Unterstützend schob sie ihn an der Schulter oder am Oberarm an seinen angestammten Platz.

Schweigen, Ruhe und gutes Essen besorgten die Heilung der Kursanten. Kein Arzt, keine Schwester, kein Heimverwalter standen für Auskünfte zur Verfügung, wenn die Eltern zu Besuch kamen. Kein Freizeitangebot sorgte für Aufmunterung. Das einzige, was Christoph genüßlich aufnahm, war das Essen. Es gab reichlich, und es schmeckte auch gut. Kein Gemüse wie Porree oder Spinat, das er nicht ausstehen konnte!

Einmal am späten Nachmittag ging man spazieren, nicht weit in den Wald hinein. »Auf Grittas Spuren tribbeln« nannte es Christoph. Hier mußte Gritta mit Rudi über die Grüne Grenze nach Bremen ausgezogen sein. Auf einem der Spaziergänge stieß Christophs Gruppe auf eine Waldhütte, die Fenster vernagelt, das Dach mit Löchern zwischen den Schindeln, von der Lage noch schöner als das Kurhaus.

»Was ist das«, fragte Christoph die Gruppenleiterin, »ein Wohnhaus oder ein Unterschlupf für Spaziergänger, wenn es regnet?«

»Das ist die Brotstein-Hütte. Darin hat eine Bettlerin mit ihrem Kind gelebt, der Sage nach.«

Christoph hatte die Neugier der ganzen Gruppe geweckt. Er drängelte die Gruppenleiterin, die Geschichte zu erzählen.

Die, überrumpelt, überlegte, wie man das ganze verkürzen könne. Sie schüttelte die Achseln, als müsse sie ihr Gedächtnis auskramen:

»Die Bettlerin saß mit ihrem Kind auf dem Schoß vor der Hütte, als sich ihr ein Priester näherte. Aus der halbgeöffneten Jacke ragte ein langes Brot heraus. Die vor sich hindösende Frau fuhr auf, ging dem Priester entgegen, der schnell die Jacke schloß. ›Hochwürden, nur für mein hungerndes Kind einen Kanten von Ihrem leckeren Brot, bitte‹! ›Gute Frau, das ist ein Gebetbuch, ich habe kein Brot‹. In diesem Augenblick fiel aus der Jacke ein Stein zu Boden. Der Priester stürzte darauf und war sofort tot.«

»Ist das alles?«, fragte Christoph, »von dem Tod hat doch die Frau nichts. Sie hätte vorher dem Mann das Brot aus der Jacke reißen sollen. Ich jedenfalls hätte das gemacht.«

Die Gruppenleiterin erwiderte, etwas kleinlaut: »Christoph, das ist Dichtung, keine Wirklichkeit. Da müssen Wunder geschehen!« Christoph schüttelte mit dem Kopf. ›Von Wundern hat die doch gar nichts erzählt. Wenn Gritta aus Bechstein-Sagen vorlas, war das wie an die Wand gemalt‹!

Die Langeweile machte Christoph schwer zu schaffen. Er lernte, mit sich selbst zu reden, zu spielen, Wetten zu schließen, Kämpfe zu bestehen, sich Wünsche im Traum zu erfüllen. Er drechselte Sprüche, lernte sie auswendig und probierte sie bei Schwestern und Ärzten aus, ob man damit kleine Vorteile herausschinden könne. Bei einer Untersuchung sagte er:

»Mein linkes Bein schläft immer wieder ein. Auch heute ist es ganz taub. Ich muß es wohl mehr bewegen! Kann ich nicht nachmittags etwas weiter spazieren gehen – mit der älteren Gruppe, die eine längere Runde dreht als meine. Das würde meinem Bein bestimmt guttun?«

Der Arzt zuckte. ›So ein kleiner Wicht und so geschraubt‹. Er wandte sich an die Schwester: »Prüfen Sie mal, ob das möglich ist? Das läßt sich sicher einrichten!« Schmunzelnd pochte er auf das Bein.»Vorher, mein Lieber, müssen wird dir ein bißchen Blut abzapfen! ... Schwester, 10 ml Blut ins Labor, auf Gerinnungswert Quick untersuchen lassen!«

Christoph biß sich auf die Lippen. ›Das hattest du dir anders gedacht‹. Am Mittagstisch berührte die Schwester seine Schulter: »Christoph, das klappt nicht mit dem längeren Spaziergehen. Die Gruppenleiter wollen kein Durcheinander. Das mußt du verstehen.«

Gegen Ende der Kur konnte Christoph nicht mehr durchschlafen. Im Morgengrauen wachte er auf und sann darüber nach, wie er den kommenden Tag durchbringen könne. Die Kur hatte seine Ideenfreude aufgebraucht. ›Mir fällt nichts mehr ein‹. Er befahl sich, ›du schläfst jetzt sofort wieder ein und träumst von einem Abenteuer zum anderen‹.

Er schlief tatsächlich wieder ein. Es plagten ihn Alpträume. Im Röntgenapparat von Dr. Mangold wurde ihm plötzlich übel. Er machte sich in die Hose. Er träumte alles Mögliche von der Flucht: Ernst wollte auf dem Nachtmarsch zum Hela-Sund ein Geschoß, eine rollende Feuerkugel, einfangen, erreichte sie nicht. Die Feuerkugel schlug in den Kinderwagen von Daniel ein, und ein Feuerball stieg empor. Gritta brachte aus der Lagerküche eine lebende Ratte mit in die Baracke statt der versprochenen Bratkartoffeln. Als Gritta im Quarantänelager zu Tante Hertha ging, um Essen zu besorgen, bekam sie eine große tote Tigerkatze in den Korb gelegt. ...

Ein Wunschtraum bewegte ihn in allen Farben. Die Mutti beugt sich über die Liege und strahlt: »Los, meiner Kleiner, es geht nach Hause!« In Wirklichkeit wurde der Traum ganz unvermittelt und nüchtern wahr. Die Gruppenleiterin nahm ihn eines Abends nach dem Essen beiseite: »Chris, deine Kur ist zu Ende. Die Mutti holt dich übermorgen ab.« Christoph jubelte laut. Niemand nahm daran teil. Der Essenraum war leergefegt. Nachts war er so aufgeregt, daß er erst gegen Morgen einschlief und geweckt werden mußte. Als er am Abreisetag in Ausgehkleidung zum Frühstück erschien, wurde er zurückgeschickt, um heimeigene Liegeuniform anzuziehen.

Die ganze Familie holte ihn ab. Die Kinder aßen auf der Rückfahrt vergnügt die extra gebackenen Plätzchen. Die Mutter saß geistig abwesend daneben. Erst kurz vor dem Ziel taute sie auf: »Christoph, du gehst am Montag nicht in die Schule. Dr. Mangold soll dich erst untersuchen, ob du auch wirklich gesund bist. Sechs Monate Schweigen und plötzlich gesund. Na, wir werden ja sehen! Am Mittwochfrüh klopfst du vor dem Unterricht am Lehrerzimmer an und gibst das Attest ab. Du gehst nicht ohne Lehrer in die Klasse!«

Dr. Mangold, gutgelaunt über drei weitere Cuba-Zigarren und den Röntgenbefund, bestätigte den Kurarztbescheid: »Ihr Junge ist vollkommen gesund. Nicht die Spur von einem Lungenschatten! Aber wir kontrollieren das weiter, ich würde sagen, alle zwei Monate. Gewöhnen Sie den Jungen nach der langen Ruhephase temperiert, ich meine, sehr vorsichtig an Bewegung. Er nimmt vorläufig nicht am Sportunterricht teil. Na gut, wir haben bald Ferien. Da erledigt sich das von selbst.«

SCHULLEBEN. LANGEWEILE UND ÄRGER OHNE ENDE

Nicht johlend, kreischend empfing die Klasse Christoph. Die Lehrerin, etwas irritiert, hob beide Hände. »Ruhe, ich möchte doch bitten! Christoph ist vollkommen gesund. Er steckt niemanden an. Christoph, du setzt dich gleich hier vorn auf den Platz!«

Es hatte noch nicht zum Unterrichtsbeginn geklingelt. Die Lehrerin hielt es für geboten, in der Klasse zu bleiben.

Christoph wäre so gern gefragt worden, ob die Kur nicht wie Ferien gewesen sei, wie er sie denn mit Abenteuern verbracht habe. Aber niemand sprach ihn an. Nicht einmal sein neuer Nachbar wollte etwas von ihm wissen. Er rückte im Gegenteil hastig an den linken Rand seines Sitzes, um Christoph, mehr als nötig, Platz zu machen.

Nur die Lehrerin schenkte ihm Beachtung, in echter Lehrermanier. Sie begann den Unterricht: »So, Christoph, wir wollen gleich das Lesen probieren, mal sehen, was du während der Kur gelernt hast, Lesebuch, Seite 14, ›Der Fahnenappell‹, los geht's!«

Christoph schaute von unten, die Augen schräg nach oben auf die Lehrerin gerichtet: »Ich kann nur die Buchstaben sagen, ›Aaa, mmm, Mmm, ooo, rrr, gge, eeh, nnn‹«

»Christoph, nicht Buchstaben stottern, lesen!«

»Ich kann nur das, was wir hier geübt haben, als ich weg mußte. Wir hatten keine Schule in der Kur. Manchmal hat jemand ein Buch gelesen, das er mitgebracht hatte. Und vorgelesen hat mir auch niemand.«

»Christoph, das kann ich nur mit ›Fünf‹ benoten. Wie willst du davon runterkommen, es sind nur noch drei Wochen bis zu den Ferien?«

Christoph zuckte mit den Schultern. Er bewegte die Lippen, aber kein Wort war zu hören, weil allgemeines Lachen ihn übertönte. Sein Nachbar, Klaus Förster, ruckelte ihn mit dem rechten Ellenbogen an. »Laß sie! Ich lese dir den ganzen Kram vor, bis du ihn draufhast.«

In den Pausen stellten sie sich mit ihren Lesebüchern in eine Hofecke. Klaus las Satz für Satz monoton. Christoph sprach nach, ohne das Schriftbild nachverfolgen zu können. Bei längeren Sätzen wiederholten sie den Vorgang, bis Christoph ihn fließend nachsprechen konnte.

Bei der nächsten Leistungsprobe sollte er den Text auf Seite 4 lesen. Zahlen lesen konnte er gut. Er schlug die Seite auf, hub an zu sprechen, was er sich von Klaus gemerkt hatte. Es sollte wie lesen klingen.

Die Lehrerin zog die Augenbrauen hoch, schaute ins Lesebuch: »Christoph, Seite 4, habe ich gesagt!«

Christoph sprach ungerührt weiter. Er imitierte das Lesen, so gut er konnte. Je mehr ihn sein Gedächtnis in Stich ließ, desto langsamer deklamierte er. Jetzt ging der Lehrerin ein Licht auf.

Sie kreischte: »Du hast auswendig gelernt! Du betrügst ja, Betragen und Lesen eine ›Fünf‹.«

Am letzten Schultag ging er mit seinem Zeugnis nach Hause, wie alle anderen auch. Die Mutter kam erst nach dem Abendessen dazu, es sich anzuschauen.

Sie schrie auf: »Nicht versetzt! Wegen Lesen, Schreiben und Betragen eine 5! Das ist unerhört. Das hat es in der Hinz-Familie noch nie gegeben. Vati war immer so stolz auf seine Familie. Na, denen werde ich es zeigen, den Herrschaften Lehrern in deiner unfähigen Schule. Gleich Montag bin ich bei deinem Direktor.«

Leere Drohungen von der Mutter war Christoph gewöhnt. In diesem Fall hielt sie, was sie versprach, trotz des Ärgers, den sie wegen der Verlegung des Dienstes auf der Post bekam. Der Direktor war in der Schule, die Klassenleiterin nicht. Er schaute sich das Zeugnis an. »Es hat alles seine Ordnung, Frau Hinz, dreimal die 5, das ist dreimal ›Nicht versetzt‹!«

Der Direktor, Herr Siegler, ein Neulehrer, hörte geduldig zu, als die Mutter ihn von der Krankheitsgeschichte unterrichtete. Er wurde etwas nervös, als er erfuhr, daß die Klassenlehrerin niemals Kontakt gesucht habe: keinen Eintrag ins Tagebuch, keinen Anruf, keinen Elternbesuch, keine Nachhilfe. Er wurde unruhig, als er sah, wie die Mutter bei ihrer Klagerede mehr und mehr in sich zusammensackte.

Er unterbrach sie: »Frau Hinz, das ist mir alles neu, was Sie da berichten. Ich verspreche Ihnen, daß ich den Fall beim nächsten Lehrerrat – das ist nächste Woche! – zur Sprache bringe. Ich kann mir gut vorstellen, daß der Rat zu einem korrigierenden Beschluß kommt. Ich allein kann gar nichts entscheiden.«

Tatsächlich meldete sich die Klassenlehrerin zum Hausbesuch an. Sie kam mit einem nagelneuen Zeugnisblatt: »Schreiben, Lesen, Betragen 4, bedingt versetzt in Klasse 2! Die Noten müssen im neuen Schuljahr durch Leistungsprüfungen auf 3 bestätigt werden. Stichtag: 20. Dezember!«

Sie erklärte umständlich, daß der Lehrerrat von der Erteilung pädagogischer Noten Gebrauch gemacht habe. Nur so könne ein Zeugnis nach dem Schulgesetz korrigiert werden.

Solche Sorgen hatte die Mutter mit den Geschwistern nicht. Ernst war vom ersten Tag an ein Bestschüler. Alles, was mit Anschauung und handfester Natur zu tun hatte, fiel ihm zu. »Einsen« auf dem Zeugnis, wohin man blickte. Er durfte die 7. Klasse überspringen. Nur in der 8. Klasse gab es einen Vorfall, der Aufsehen erregte. An einem Wintertag mit stürmischen Schneeflocken war das Klassenzimmer überheizt. Ernst öffnete in der kleinen Pause das Fenster unmittelbar neben seinem Sitzplatz. Auf die Fensterbretter war eine dicke Schneedecke geweht. Die Mitschüler rissen alle Fenster auf, kneteten jauchzend Schneebälle und bewarfen sich im Klassenraum. Die Schüler, die an der Innenwand saßen, konnten nicht mittun. Sie waren die Zielobjekte und flüchteten Richtung hintere Wand, an der ein großes Stalinbild hing. Flog ein Schneeball auf sie zu, duckten sie sich. Der Schnee klatschte an die Wand. Die eifrigsten Werfer wandten sich dem Ziel zu, das sich nicht wegducken konnte. Die Schneebälle prasselten auf Stalins Gesicht. Ein regelrechter Zielwettbewerb auf die stolz dreinblickenden Augen entbrannte. Der Druckkarton weichte auf, und das strahlende Führer-Antlitz löste sich in ein schmutziges Farbengemisch auf. Ängstlich eingreifende Pioniere aus dem Gruppenrat konnten daran nichts mehr retten.

Die sofort eingesetzte Prüfkommission hätte am liebsten den Klassenverband geschlossen bestraft. Aber mit Rücksicht auf das Echo in der Öffentlichkeit wurden diese Überlegungen verworfen und stattdessen Rädelsführer ausgemacht. Um Schwere und Glaubwürdigkeit zu demonstrieren, wurden die Schüler ausgewählt, die einen Vorzeigestatus hatten, an erster Stelle der Bestschüler Ernst. So eine Schandtat könne nur passieren, wenn man Schüler wie ihn vorziehe, hieß es. Er mußte zurück in Klasse sieben! Als Gras über die Sache gewachsen war, nach drei Monaten, hievte ihn sein Klassenlehrer wieder in die 8. Klasse. Wie das geschehen konnte – darüber wurde in Elternkreisen mehr diskutiert als über die Schmach, die man Stalin angetan hatte.

Irma schwankte weder nach oben noch nach unten. Sie war überall mittelgut. Vom Vater in lutherisch-orthodoxer Strenge geleitet, von der Mutter und älteren Schwester zum Flüchtlingsmädchen erzogen, dem Gehorchen zur Gewohnheit geworden ist, war sie der sanftmütigste Charakter, den man sich denken konnte. Von der vierten Klasse an hatte sie eine Lieblingslehrerin gefunden, die ihrerseits Irma zu ihrer Lieblingsschülerin erkor.

Fräulein Lampert war unverheiratet geblieben, litt privat und beruflich an ihrer Isoliertheit. Was sie an pragmatischer Durchsetzungsfähigkeit in der Schule zu wenig einbrachte, versuchte sie mit emotionaler Zugewandtheit auszugleichen. Die Nachkriegsschüler, die dem bürgerlichen Ordnungsverhalten entglitten und in die sozialistische Persönlichkeitsentwicklung noch nicht eingeführt waren, sprachen nicht auf ihre einfühlsame Zuwendung, Individualitätserkundung und Leistungsstimulanz an. Bei Irma traf sie auf das Ideal. Sie schenkte der Lehrerin Anlehnung, Führungsbedürfnis und Lernwilligkeit, besonders in den Bereichen der Humanwirklichkeit. Auf diese Weise umschifften sie gemeinsam die Mühen des Schulbetriebs, selbst im Schattenfach Russisch, das Irma schwerfällig mit außerschulischem Eifer betrieb, um die Zwei bis Drei zu halten.

Das Versetzungsmalheur hatte Christoph nicht die Wildheit genommen. Er war angesichts des gleichgültigen bis abweisenden Verhaltens seiner Mitschüler und Lehrer eher aufsässiger geworden.Im Unterricht verfolgte er ungemein aufmerksam die Vorgänge, die nichts mit dem Lehrstoff zu tun hatten. Er erkundete, wer von wem abschrieb, welche Streiche gegen wen geplant wurden, welche Mitschüler mit welchen Methoden erfolgreiche Streber wurden, welche Eigenheiten welche Lehrer hatten und wie man daraus Kapital schlagen könne.

Die Russischlehrerin, Frau Dahlmann, eine mit einem Deutschen verheiratete Russin, die ihre Muttersprache dem schwerfälligen Deutsch vorzog, war regelrecht beglückt, wenn ein Schüler ein Wort, einen Vers oder gar eine Redewendung genauso nachsprach, wie sie vorgesprochen hatte. Auf die zurechtgeschnitzten Versatzstücke im Lehrbuch legte sie keinen Wert. Ein verdeutschtes Russisch konnte sie nicht hören. Sie wandte sich russisch fluchend ab, und die Schüler lachten. Da tat sich ein Schlachtfeld auf für Christoph. Er hatte ein musikalisches Gehör, nahm nicht den Sinn der Worte auf, doch geschwind Melodik und Deklamation. Er machte mit Störungen auf sich aufmerksam, bis Frau Dahlmann ihn aufrief. Er sollte das gerade Gesagte wiederholen. Natürlich erwartete die Lehrerin, er würde sich vor der Klasse blamieren und die Aufsässigkeit abstellen. Christian wiederholte laut und etwas überbetont die lexische Einheit. Beim ersten Mal fragte Frau Dahlmann, völlig perplex:

»Sprichst du zu Hause mit jemandem Russisch?«

»Nein, nur hier mit Ihnen. Sie haben doch sehr schön deutlich vorgesprochen.«

»Gut, dann hört alle zu!« Sie deklamierte aus einem Gedicht von Michalkow einige Verse. »Wer kann das nachsprechen?«

Keiner meldete sich.

»Christoph, du?«

»Wie hieß gleich das erste Wort?«

»Du meinst die Überschrift: `Arkadi Gaidar`.«

Christoph wiederholte die Verse, ein bißchen holprig im Sprechtempo, aber phonetisch und melodisch unverwechselbar wie Frau Dahlmann.

Die Lehrerin hatte nichts auszusetzen. »Setz dich, du kriegst eine Eins in mündlich!«

Das war es dann auch mit den Lichtblicken in der Schule. Christoph schaffte zwar pünktlich die angemahnte ›Drei‹ in Lesen und Schreiben, aber nicht durch Lernübungen im Unterricht. Irma brachte aus ihrer Schulbibliothek Abenteuer- und Reisegeschichten mit nach Hause, las selbst und las sie Christoph auf dessen Drängen vor.

Wenn sie abbrach, fragte er mit flackernden Augen: »Und was kommt jetzt? Du hast es doch schon gelesen, also was?«

»Lies selbst!« Sie fingerte Zeile für Zeile und reihte die Buchstaben zu Wörtern, indem sie lautmalend ein Wort mit langen Pausen an das andere setzte, Kopf an Kopf mit Christoph in das Buch vertieft.

Christoph begriff das Verfahren sehr schnell und ahmte es nach. Um den Sinnzusammenhang im Satz oder gar im Absatz des literarischen Textfeldes zu erfassen, brauchte er etwas länger. Aber mit seinem Erlebnishunger war er Irma bald überlegen. Er hätte spielend eine ›Zwei‹ haben können, wenn seine Ungeduld nicht zu sehr seine Konzentration beeinträchtigt hätte. So dauerte es noch zwei Schuljahre, bis die erste ›Zwei‹ im Lesen auch auf dem Zeugnis stand. Die Lehrerin lobte ihn und gab dem Gruppenrat einen Wink. Der Gruppenrat war das parlamentarische Gremium der Jungen Pioniere. Er beauftragte ihn, die Klassenwandzeitung für das neue Schuljahr herzustellen. Christoph war für Auszeichnungen immer empfänglich. Er verwendete in den Ferien darauf viel Ehrgeiz und alle seine gesparten Groschen. Er konnte jedoch nur mit Größe, nicht aber mit

Schönheit glänzen. Ihm fehlte das Geld für die Buntstifte. Zeichentalent gehörte nicht zu seinen Stärken.

Christoph wich von dem vorgegebenen Konzept früherer Wandzeitungen ab. Nach den zwei, drei Normzeilen, in denen die Selbstverpflichtungen der Pioniere für das kommende Schuljahr aufgelistet waren, kreierte er ein Hauptthema: den Plan einer Klassenfahrt zur Saaletalsperre. Das konnte nach seinen Vorstellungen nur ein mehrtägiges Abenteuer sein. Man fuhr hin, teils mit dem Zug, teils mit dem Fahrgastschiff, übernachtete nicht in der Jugendherberge, sondern in eigens für sie aufgestellten Zelten. Abends am Lagerfeuer las man aus Karl May oder James Cook vor. Tagsüber teilte man die Klasse in drei Schnitzeljagden auf, die um die beste Zeit kämpften, stieg auf den Rennsteig, an den westlichen Rand, und schaute vom schönen Thüringer Wald in das kapitalistische Bayern hinunter.

Christoph hatte im Zeitungs- und Zeitschriftenarchiv der Post nach Bildern suchen dürfen. Die wenigen, die er fand, waren alle schwarzweiß. Er klebte sie in Galerie-Manier auf die Wandzeitung und schrieb darunter klein mit Bleistift: »wird alles farbig ausgemalt!«. Wo Lücken waren, schrieb er erklärend: »hier das Lagerfeuer«, »hier die Zelte«, »(wird alles von einem Kunstmaler ausgeführt)«. Sein Schwager Rudi wollte tatsächlich die Zeichnungen in einem Brief liefern.

Daß Christoph zu solchen Verrenkungen greifen mußte, lag am Zoll. Rudis Brief wäre rechtzeitig eingetroffen, hätte der Zoll den Inhalt nicht zu Kunstwerken erklärt und beschlagnahmt. Die Mutter erhielt von ihrem Abteilungsleiter eines Tages den Rüffel, sie dürfe Kunstwerke ohne staatliche Genehmigung nicht einführen. Die breiten Filzstifte, die für die Farbenpracht auf der Wandzeitung sorgen sollten, kamen mit Grittas Paket verspätet, weil der Zoll wieder einmal zu heftig in den Lebensmitteln herumgestochert hatte, so daß sie neu verpackt werden mußten.

Mit schlechtem Gewissen und großspurigen Erklärungen hängte Christoph pünktlich zu Schuljahresbeginn das Provisorium in der Klasse auf. Als er am nächsten Tag zum Unterricht kam, johlten die Schüler im Chor: »Blinzegickel, sieh mich an, Blinzegickel ... «. Dabei winkten ihre Arme rhythmisch zur Melodie in Richtung Wandzeitung. Diagonal über das großformatige Papier prangten, mit nasser violetter Kreide geschrieben, die Verse:

»Blinzegickel, sieh mich an,
daß ich dir gefallen kann!

Blinzle hin und blinzle her,
unser Spaß wächst umso mehr!«

Der Spott traf Christoph empfindlich. Er gab sich alle Mühe, gleichgültig zu scheinen. Er setzte sich in seine Bank und tat so, als spräche er mit seinem Nachbar Klaus. Er fühlte sich für den Augenblick wehrlos. Die Mitschüler waren für ihn gestorben.

Christoph hatte die Angewohnheit, wenn er gefragt wurde und nicht gleich antworten wollte oder konnte, den Kopf etwas schief zu halten und von unten rechts nach oben links den Fragenden anzuschauen.

Dabei verschob sich die Pupille des linken Auges. Er schielte sein Gegenüber an. Er blinzelte unsicher, so sah es jedenfalls aus. Wollte er Zeit schinden beim Nachdenken, erwartete er eine Nachfrage oder Erklärung? Bei Christoph konnte man sich da nicht sicher sein.

Später, in einem seltenen Augenblick der Selbstreflexion, sagte er einmal: »Ich war immer wißbegierig und werde es bis zum Lebensende bleiben. Meine Erfahrungen haben mich gelehrt, in der Öffentlichkeit mißtrauisch zu sein. Da hat es die Wißbegier schwer, sich über die Vorbehalte hinwegzusetzen. Man blinzelt in die Welt hinein, bevor man sie erschaut!«

Mit dem Klingelzeichen trat der neue Klassenlehrer ein. Er folgte dem Gejohle an die Wandzeitung und winkte ab: »Heillose Versprechen gehören nicht hierhin. Weder Farbstifte noch Kunstmaler braucht die Wandzeitung. Sie überzeugt allein mit politischer Schlagkraft!« Er tippte mit dem Finger auf die Zeile »Wir verpflichten uns … «. Kein Wort zu den Schmähversen. »Nehmt das Geschmiere ab!«

Christoph schickte eine leere Drohung Richtung Lehrer. ›Das wirst du mir büßen‹!

Böse oder gelangweilte Blicke waren die Lehrer von Christoph gewöhnt. Die älteren nahmen das stoisch hin, die Neulehrer sahen sich herausgefordert, erzieherisch dagegen vorzugehen. Der Physiklehrer, der Sohn der Inhaberin des größten Lebensmittelladens in der Altstadt, mit der die Mutter emsigen Tauschhandel von amerikanischer Paketware und Grundnahrungsmitteln betrieb, hatte Christoph regelrecht auf dem Kieker.

»Christoph, was ist denn so langweilig in meinem Unterricht? Nenne uns doch mal die Grundgesetze der Physik!«

Christoph schluckte, dann zählte er auf: »Aggregatzustände, die Regeln der Naturerscheinungen, die Bewegung der Planeten, das Fallgesetz, das Gesetz der Masse«.

Herr Thadden unterbrach: »Das geht reichlich durcheinander. Na gut, bleiben wir beim letzten. Ist es nicht nützlich zu wissen, daß ich mindestens 51 kg aufbieten muß, wenn ich einen Gegenstand von 50 kg wegbewegen will?«

»Das stimmt doch gar nicht«, fiel Christoph dem Lehrer ins Wort.

»Wenn ich einen Handwagen, 50 Kilogramm schwer, vollgeladen, ziehe, ich selbst aber nur 44 kg wiege, kann ich mit Ihrem Gesetz der Masse gar nichts anfangen. Ohne Physik strenge ich mich an, und es läuft, mit Physik würde ich es gleich lassen.«

»Du wendest das Gesetz der Masse falsch an«, belehrte Herr Thadden. »Es hat bei deinem Beispiel nur Einfluß auf den Reibungswiderstand der Räder, der Straße, des Geländes. Auch dein eigenes Gewicht spielt eine untergeordnete Rolle. Viel wichtiger sind Masse und Fitneß deiner Muskeln. – physikalische Gesetze richten sich nicht nach deiner Laune. Das ist sehr mangelhaft, was du da zum besten gibst.«

Auf dem Zeugnis beider Schuljahre stand in Physik stets eine Vier. Anfangs wunderte sich Christoph, daß Herr Thadden auf eine Fünf verzichtete, wenn er auf eine Frage überhaupt nichts zu sagen wußte. Mit der Zeit schmunzelte er in sich hinein. ›Der will es mit seiner und meiner Mutter nicht verderben. Meinetwegen‹!

Herr Thadden unterrichtete auch das Fach Chemie, für Christoph mit demselben Ergebnis. Die anorganischen Formeln mit dem Inhalt, der dahintersteckt, konnte man sich noch merken. Aber danach fragte ihn der Lehrer nicht. Er fragte nach den organischen Stoffen, deren Zusammensetzung und der Verwendung. Christoph schüttelte mißgelaunt den Kopf, bis ihm ein Zufall zu passe kam. Er hatte von seiner Patentante eine westliche Kleinbildkamera geschenkt bekommen. Da ihm keiner beibrachte, wie man gute Bilder macht, suchte er Hilfe in Fotobüchern aus der Schloßbibliothek. Im Abschnitt »Fotochemie« fand er nicht nur die Erklärung, wie Bilder chemisch entstehen, sondern auch Anleitungen, wie man mit den organischen Substanzen in der eigenen Dunkelkammer Bilder herstellen kann. Christoph fraß sich in die Materie hinein und prägte sich die Chemikalien ein, die dem Klangbild nach seinem musikalischen Gehör entgegenkamen.

Als Herr Thadden wieder einmal organische Verbindungen hören wollte, platzte Christoph ungefragt heraus: »Ethyl-Oxoethyl, Paraphenylendiaminsulfat!«

»Nanu, wo hast du das her?«, fragte der Lehrer

»Aus der Fotochemie!«

»Ja, und was sind Ethyle, Oxoethyle, Paraphenylendiamine ihren Eigenschaften nach, was bewirken sie chemisch?«

»Die Chemikalien werden in Wasser aufgelöst und entwickeln Bilder, wenn entsprechendes Fotopapier in die Lösung eingetaucht wird.«

Der Lehrer stöhnte, kürzte das ganze unwillig an. »Christoph, wir sind hier nicht im Fotolabor, sondern im Chemieunterricht. Erklären kannst du chemische Zusammenhänge gar nicht. Laß es einfach!«

Nach der Abfuhr verdüsterten sich Christophs Gesichtszüge noch um einige Grade an gelangweilter Pose. Herr Thadden nahm daran keinen Anstoß mehr.

Trotz der Getroffenheit überraschte die Spott-Manifestation seiner Mitschüler Christoph nicht. Als ehemaliger TBC-ler hatte er lange gebraucht, um sich einzugewöhnen. Und in seiner ungebrochenen Wildheit teilte er auch kräftig aus. Wer ihn hänselte, kriegte schon mal eine geballte Ladung Tinte aus dem Füllhalter an die Kleidung gespritzt oder einen versteckten Tritt ans Schienbein. Ein Raufbold war er nicht. Er haßte Gewalt, er konnte sie sich auch gar nicht leisten. Er war viel zu schmächtig. Umgang außerhalb der Schule pflegte er nur mit zwei Mitschülern, mit Klaus Förster, der neben ihm saß, und Freddy Bopp, der in der Langen Gasse wohnte, gegenüber der Kirche, wo eine Parkschneise war, zum Herumtreiben für beide wie geschaffen.

Das waren keine unzertrennlichen Schulfreundschaften, wie man sie aus englischen und französischen Unterhaltungsromanen kennt. Man war aufeinander angewiesen. Man leistete sich gegenseitig einen tagespraktischen Dienst in einer hilfsbedürftigen Zeit.

Klaus schrieb im Diktat zu den S-Lauten von Christoph ab. Beide bekamen eine »Eins«. Das war ein schöner Zufall. Die Bibliothekarin hatte Christoph bei der letzten Ausleihe einen Sonderdruck zugesteckt, der genau das Problem behandelte. In der Berichtigungsstunde konnte er mit den auswendig gelernten Regeln glänzen. Es waren nur sechs! Er trug sie in Versen dem staunenden Deutschlehrer vor:

»S-Laute richtig schreiben ist nicht schwer,
S klingt immer nach im Wörtermeer.
Doppel-S nur zwischen den Vokalen,
ß nach gedehntem Selbstlaut maßgerecht
oder nach Vokalen am Wortende mit dem t!«

Klaus lieh Christoph das Fahrrad seiner Schwester, als man gemeinsam zur Pferderennschau ins benachbarte Heilbad F. fahren wollte. Christoph konnte nicht Rad fahren. Klaus brachte es ihm am Vorabend bei. Am Tag der Veranstaltung fuhr man am späten Vormittag los. 14.00 Uhr war Beginn. Die 20 km führten über die »Bratwurst«, einer Bergstraße mit steilem Anstieg. Christoph war nach 500 Meter mit seiner Kraft am Ende. Er setzte sich auf einen km-Stein und rang nach Luft.

Die anderen riefen: »Wir warten auf dich, wenn wir oben sind.«

Christoph kam oben an, zu Fuß, nach einer Stunde. Niemand war da. Er ließ sich den Berg hinunterrollen. Noch 9 km ebene Straße bis zum Ziel. Als er es erreichte – mit abgestorbenen Oberschenkeln –, war das Pferderennen vorbei.

»Was bist du für ein Schlappschwanz«, schimpften die anderen. »Wir fahren zurück. Laß dich aber nicht wieder abhängen!«

Auf der Rückfahrt mußte man die »Bratwurst« in Gegenrichtung hochfahren. Christoph schaffte 600 Meter, dann wieder zu Fuß. Er kam in der Wohnung an, als es schon dunkel war, völlig am Ende seiner Kräfte.

»Stell das Rad in den Schuppen, ich bringe es morgen früh zu den Försters«, tröstete Irma.

Am nächsten Schultag fuhr Klaus ihn an: »So war das aber nicht ausgemacht. Du kriegst das Rad nicht wieder!«

Eine Klasse weiter, im Mathematikunterricht, kamen für Christoph die ersten Lernhürden: Gleichungen mit zwei oder drei Unbekannten. Da konnten nur die Mathe-Asse mithalten. Christoph gehörte nicht dazu, Klaus Förster ebenso wenig. Von jeher kein Einzelkämpfer schlug Klaus vor: »Zusammen werden wir es schaffen. Komm zu mir am Nachmittag, bei mir ist es gemütlich. Das hilft!«

Klaus wohnte wie Tante Emmelie im Villenviertel. Die Mutter empfing Christoph sehr freundlich. »Komm in die Küche, gestärkt lernt es sich besser.«

Es gab Kuchen und selbstgemachte Limonade. Das schmeckte, half aber nicht bei den zu lösenden Rechenaufgaben, wie sich schnell herausstellte.

Die Mutter beschwichtigte: »Klaus, quält euch nicht, ich rufe Onkel Ralf an, der macht das in 5 Minuten.«

Sie hatte recht. Im Handumdrehen waren die Hausaufgaben erledigt. Die Lösungen erklären konnten Klaus und Christoph nicht, als sie im Unterricht bei der Kontrolle drankamen.

Daraufhin lud Klaus nie wieder Christoph zu sich nach Hause ein. Die Mutter hatte es ihm verboten. »Dein Freund ist kein Rechenmeister, und er ist ziemlich ärmlich gekleidet. Das ist kein Umgang für dich!«

Mit Freddy Bopp lief es genau andersherum. Der Junge sah auf den ersten Blick wie ein Beschützer von Christoph aus. Er war kräftig, um nicht zu sagen, dicklich, weil er ständig aß. Er fand das Essen auf der Kirchenbank, in der Abfalltonne des Konditors, selbst im Garten es Superintendenten Kloß, der eine Bettelkrippe eingerichtet hatte. Freddy war isoliert in der Klasse, in die asoziale Ecke gestellt; gutmütig zu dem offenen Christoph und immer voller Ideen, ein echter Gegenpol.

Einmal schlug er einen Wettkampf vor: »An der Ecke Pfarr-, Hauptstraße steht ein Händler, der auch Spiellokomotiven auf dem Tisch hat. Wer eine mitnimmt, ohne daß es der Händler merkt, der behält sie – ohne Bezahlung. Machst du mit?«

Wettkampf ging immer mit Christoph. Doch hier stimmte etwas nicht. Christoph, von Unrecht, Zurückweisung und Hänselei täglich getroffen, hatte ein feines Rechtsempfinden entwickelt. Er zögerte. Freddy nannte ihn einen Feigling. Nach langem Hin und Her war Christoph einverstanden. Er bestand darauf, seine Lokomotive wieder heimlich auf den Verkaufstisch zurückzustellen, wenn der Versuch erfolgreich war. Der Händler merkte nichts, aber ein Passant, der die Jungen kannte, zeigte sie an. Daß die geklauten Sachen zurückgegeben werden mußten, verstand sich von selbst. Die Eltern wurden auf die Polizei geladen.

Christophs Mutter war das schrecklich peinlich. Sie war völlig ratlos, was sie mit dem Dieb tun solle. Sie konnte niemanden zu Rate ziehen. ›Was hätte denn Vati in diesem Fall getan? ... ganz klar, den Sohn in aller Öffentlichkeit bloßstellen!‹

Sie ging mit Christoph zur Oma in die Kirche und beichtete den Vorfall. »Da hilft beten, mein Junge, komm! Strafen muß man da nicht.«

Sie suchte den Superintendenten Kloß auf. Der hielt eine Gardinenpredigt zum Siebten Gebot und schenkte einen Katechismus.

Sie lud den abgedankten Pfarrer Krabbe ein, einen widerlich stinkenden Mann, der nicht wußte, was Hygiene ist. Der rauchte eine gewährte Cuba-Zigarre und tönte zwischen den Schwaden. »Schau, mein Junge, wie ruhig ich lebe, weil ich nicht stehle.«

Den Patentanten und Cousinen wurde der Vorfall brieflich mitgeteilt. Zur Konfirmation, ein Jahr später, wurde ein Tribunal vor dem Kirchgang abgehalten. Alle Gäste ermahnten Christoph, bei der Einsegnung die Sünde abzuwaschen.

Christoph und Freddy kamen überein, andere Freizeitspiele gemeinsam zu pflegen. Ein wenig schuldbeladen ließ Freddy sich überreden, mit Christoph ›ins Holz‹ zu fahren. Das war alles andere als ein Spiel. Christoph lieh sich von der Oma den Handwagen mit den MG-Rädern aus, band die Wäscheleine los und befestigte Fuchsschwanz und Beil an den Wagenstangen. Sie marschierten die drei Kilometer in den Wald. Dort lasen sie Bruchholz auf, sägten es auf fahrbare Längen zurecht und fällten abgestorbene Fichten, um Massivholz mit hohem Brennwert zuzuladen. Die Fichtenstämme mußten im Wageninneren versteckt werden, damit ein möglicher Kontrolleur, der Förster, sie nicht entdecken konnte. Die volle Fuhre zurück in die Stadt zu befördern, war richtig anstrengend. Freddy links an der Deichsel, Christoph rechts mußten alle 500 Meter verschnaufen. Freddy war die Arbeit nicht gewöhnt. Christoph schwitzte stark, weil er kräftiger ziehen mußte als mit den Geschwistern. Gewöhnt an körperliche Anstrengung hätte er den Wagen jedoch ohne Halt bis nach Hause gebracht. Als sie in die Altstadt einfuhren, bewegten sie den Wagen recht kraftlos und langsam über die Hauptstraße. Die Gaffer trauten ihren Augen nicht. Christoph mit einem neuen Helfer sammelten Leseholz, weil sie es sich nicht leisten konnten, Kohlen zu kaufen.

Freddys Eltern wurde das Unerhörte hinterbracht, und prompt erhielt der Junge eine Lektion, daß sie Kinderarbeit nicht duldeten und nicht wünschten, noch einmal dem Spott der eingesessenen Bürger ausgesetzt zu werden. Freddy brachte Christoph die Nachricht schonend bei. Sie konnten nur miteinander. Andere Spielfreunde gab es nicht. »Chris, du darfst das nicht falsch verstehen! Meine Eltern haben in Wahrheit nichts gegen unser gemeinsames Spielen. Es darf nicht wie Arbeit aussehen, weil dann die Leute hier darüber reden. Und kein Geld für Kohlen, nein, so arm sind wir nicht! Also, wir gehen weiter in den Wald, sägen wunderschöne Fichtenstämmchen zu und bauen eine Waldhütte, wo wir Indianer, Robinson und Robby Hood spielen können.«

Christoph war damit einverstanden und sogar erleichtert, daß die Beinahe-Freundschaft nicht zerbrach. Er wollte die Rolle des Ideengebers aber nicht Freddy überlassen: »Gut, wir müssen die Hütte in einem Versteck bauen, wo sie nicht entdeckt werden kann. Sie muß einem Robby Hood ebenbürtig sein. Sie braucht ein Regen sicheres Dach, stämmige Wände, glatt mit Lehm verstrichen, eine Vorratskammer und eine Tür mit Schloß, damit die Wildtiere nicht rankommen.«

Die neue Spielstätte der beiden nahm rasch Gestalt an. Sie fällten dürre Fichten, nach Christophs Anweisung vier dicke Grundpfosten, diverse Wandstämme und dünne Dachlatten, sägten sie auf passende Länge zu und schleppten sie einige hundert Meter weit ins dichte Unterholz, wo das Gestrüpp den Wuchs der Bäume behinderte. Freddy stellte sich bei den handwerklichen Montagearbeiten recht dämlich an. Christoph rüffelte ihn wie ein Schulmeister: »Die Grundpfosten müssen entrindet und an einem Ende angekohlt werden, damit sie nicht faulen. Die Wandstämme und Dachlatten werden eingeklinkt!«

Freddy wußte nicht, was er meinte. Er stand unschlüssig da und sah zu, wie Christoph das Beil nahm und die Rinde an den dicken Stämmen abschabte. »Hier mach weiter! Ich entzünde indessen ein Feuer. Gib mir dein Messer!«

Freddy war kein Tatmensch. Willfähriges Nichtstun lag ihm näher, als sich blamieren. Er schaute Christoph über die Schulter, wie er mit dem Messer Späne von einem dürren Ast auf ein Stück Rinde splitterte, das Messer über die Stahlkante des Beiles rieb, bis Funken die trockenen Späne entflammten. Nicht ohne angeberische Geste legte er das kleine Feuerwerk auf den Boden und fütterte es mit dem nötigen Brennvorrat. »So, jetzt mach aber endlich und hau die Rinde von den Stämmen!«

Christoph schichtete um die Feuerstelle einen kleinen Steinwall. Wenn ein Stamm entrindet war, schleifte er ihn mit dem Ende schräg über die Glut.

Freddy kam ins Schwitzen und keuchte: »Wozu dieser blödsinnige Aufwand? Wir wollen in einer trockenen Hütte spielen. Das soll kein Haus für die Ewigkeit werden!«

»Glaubst du im Ernst, daß ein Robinson, Robby Hood oder die Musketiere da hinein auch nur einen Fuß setzen würden«, empörte sich Christoph. »Die Behausung muß handwerklich solide, kuschlig sein und zwei, drei Winter halten. Schau dir die Braunkohle an. Die verdirbt nach Millionen Jahren nicht.«

»Woher weißt du das alles? Du hast eine Gnaden-Vier in Physik.«

»Schule und Natur haben nichts miteinander zu tun! Ich habe es bei Defoe, Dumas und Hugo gelesen. So und jetzt aber die Stämme verbauen!«, kommandierte Christoph

Das restliche Baumaterial wie Lehm und großblättrige Pflanzen mußten sie suchen. Statt Lehm, der in Nähe nicht vorhanden war, mischten sie Ton mit Moor. Waldbächlein spendeten Wasser in Hülle und Fülle. Die Dachlatten wurden regensicher mit Huflattich geschlossen, die letzten Löchlein mit einem angerührten Brei aus Laub und Ton verdichtet. Scharniere und Schloß für die Tür beschaffte Freddy aus Vaters Krämerladen, aus dem Abfalllager, wie er sagte. Die Vorratskammer wurde mit Obst aus den nahegelegenen Plantagen und getrockneten Brotkringeln gefüllt.

Freddy hatte nicht die geringste Ahnung, wie man Abenteurer spielt, gleich welcher Art.

»Zum nächsten Treff bringe ich die spannendsten Geschichten mit und lese sie dir vor. Die spielen wir dann nach«, gab Christoph vor.

Nach einer Viertelstunde hörte Freddy nicht mehr zu. Er fragte auch zwischendurch nichts. Auf erzählte Spannung war er überhaupt nicht eingestellt. Seine Phantasie reichte nicht aus, sich in ein literarisches Geschehen hineinzuversetzen.

›Ich muß die spannendsten Momente heraussuchen und miteinander verbinden‹. Christoph schrieb die seiner Meinung nach interessanten Episoden aus »Robinson Crusoe« und »Robin Hood« zusammen. Er las vor und fabulierte die Lücken zu. Freddy fragte dies und jenes, fand aber an dem von selbst entstandenen Lehrer-Schüler-Verhältnis, das arg nach Schule roch, keinen Geschmack.

›Ich muß mir mehr einfallen lassen‹, spürte auch Christoph nach dem erneuten Fehlschlag. Er lieh sich in der Bibliothek eine farbige Weltkarte aus, las in einer halben Nacht nochmal den »Magellan«, um sein Gedächtnis aufzufrischen, und fuhr am nächsten Tag mit Bobby die Entdeckerreise mit dem Finger auf der Karte nach. »Hier ist Magellan von Eingeborenen mit Giftpfeilen angeschossen und erschlagen worden!« Christoph zeigte auf die Philippinen. »Da kann man etwas lernen«, fuhr er fort: »An Genie, Entdeckerfreude und Tapferkeit geht man nicht zugrunde, aber törichte Selbstherrlichkeit führt geradewegs in die Katastrophe!«

»Tot ist tot«, erwiderte Freddy, »komm, laß uns Zwetschen abstauben, die sind reif!«

Der Interessenverbund erwies sich als nicht fest genug. Nach Abschluß der Schule trennten sich ihre Wege.

Für die Hinz-Kinder stellte sich die Frage nach einem höheren Schulbesuch nicht, gleich, welche Leistungen sie dazu befähigt hätten. Jeder Pfennig wurde zu Hause gebraucht. Da blieb für Kleidung, Bücher und sonstige Schulutensilien nichts übrig. Selbst Ernst, der das Abitur spielend geschafft hätte, wurde in eine Tischlerlehre gesteckt. Dort bekam er 19/29/39,- Mark Monatsentgelt in den drei Lehrjahren. Die Groschen flossen bitter nötig in die Familienkasse.

›Wenn Ernst die Lehre abgeschlossen hat, soll er Abitur machen und studieren‹, sinnierte die Mutter. ›Er hat die Klugheit seines Vaters geerbt. Aus Ernst wird etwas. Als Student bringt er für die Familie nichts mehr ein, kostet ihr aber auch nichts. Irma lernt auswärts Krankenpflege in einem Diakonissenhaus. Da ist sie zumindest während der Lehre geschützt. Irgendwann wird sie mit ihrer christlichen Glaubensfestigkeit in dieser Gesellschaft anecken. Man muß ja nicht Grittas Drängen nachgeben und sie schon jetzt aus der Ausbildung nehmen. Es ist für alle besser, daß sie Gritta nach Amerika folgt. Dort kann sie ihren Glauben frei ausleben. Wenn sie heiratet, geht es ihr genauso gut wie Gritta. Sorge macht mir der verwöhnte Christoph. Der ist quirlig und schulmüde. Der muß in der Lehre Handwerk und Disziplin lernen‹!

BERUF OHNE BERUFUNG

Die Mutter trieb für ihren Jüngsten nach halbjähriger Suche in ihrem Kundenkreis eine Lehre als Stellmacher auf. Der körperlich schwächliche Christoph ein Stellmacher, wie sollte das gehen? War Handwerk für seine geistige Quirligkeit, oft die Quelle für spätere Kreativität, nicht die falsche Lebensspur? War der Beruf des Stellmachers nicht längst aus der Zeit gefallen? – Diese Fragen zu stellen, wäre für die Mutter ein Sakrileg gewesen.

Die einzige Stellmacherei in S. befand sich am Stadtrand in einem idyllischen Taleingang, rechts von einem steilen Waldeshang, links von Berggärten eingegrenzt, vorneweg ein Friedhof – kein gutes Omen?

Es war Montagmorgen. Als Christoph die Tür zur Werkstatt öffnete, bot sich ihm ein Bild absoluter Stille in Zeit und Raum. Er erschauerte: ›Wo bin ich hier? Das ist ja ein richtiges Abenteuer, nur in welchem Jahrhundert‹? Die Maschinen waren mit Spänen und Holzresten zugedeckt. Doch man sah an den Umrissen, den Chassis und den verschnörkelten Griffen, daß sie aus einer Zeit stammen mußten, in der die Bauernhof- und Transportgerätschaften noch nicht von der Motorisierung beherrscht waren. Manuelle Werkzeuge lagen massenweise herum, in kaputten Einzelteilen, in gebrauchsfähigen Haufen aufgetürmt – alles alt, die Griffe größtenteils vom täglichen Gebrauch durchgescheuert. Von den meisten Werkzeugen wußte Christoph nicht einmal den Namen.

Das Tohuwabohu in der Werkstatt mußte neueren Datums sein. Die Arbeitswoche hatte noch nicht begonnen. Aber Holzabfälle bedeckten den Fußboden. Beim Anschalten der Maschinen flogen die Späne durch die Luft. Halbgefertigte Auftragsstücke standen überall im Wege. Einige waren umgefallen. Niemand hob sie auf. Bei Endmontagen wurde nach ihnen nicht selten gesucht. Das Handwerkszeug lag auf den Werkbänken kreuz und quer herum. Es konnte nicht weggeräumt werden, weil die Aufhängevorrichtungen an den Wänden größtenteils abgerissen waren. Christoph, der an Ordnung gewöhnt war, sie selbst aber gewiß nicht liebte, bot sich das Bild eines Schuttplatzes dar, keineswegs das einer Werkstatt.

Der Meister, ein Mann Anfang sechzig, durchaus noch rüstig, war etwas irritiert, als er den neuen Lehrjungen in der Tür stehen sah.

War der wirklich 14 Jahre alt, hatte er die Schule abgeschlossen? So kindlich, schmächtig und unsicher? Er gab sich einen Ruck: »Chris, so werden dich alle rufen, hier gibt es viel für dich zu tun. Du räumst die Werkstatt auf und hälst sie sauber, danach den Hof und den Ausstellungsplatz auf der Straße!«. Er stellte seine Beschäftigten nicht vor, er zeigte nur mit dem Finger auf sie, da sie sich gerade Schürzen umbanden und zu ihren Arbeitsplätzen gingen. »Das ist der Buhl Willi, das der Henzmann Erich. Beide haben schon vor dem Krieg bei mir gearbeitet. Du siehst, das sind stramme Kerle. Nicht einmal der Krieg konnte ihnen etwas anhaben. Und das ist der Hansi, ein famoser Bauernjunge. Der macht jetzt sein letztes Lehrjahr.«

Für die Grobreinigung brauchte Christoph die ersten zwei Arbeitstage. Niemand erklärte ihm, wofür welches Werkzeug geschaffen ist und wo der günstigste Stammplatz einzurichten wäre. Er schuf eine neue Ordnung nach eigenen Vorstellungen in Unkenntnis der Nutzungsmodalitäten. Das war selbst für den Meister das kleinere Übel. Er nickte Christoph ermunternd zu, wenn die Gesellen, besonders ausfallend der ältere Lehrjunge, ihm heftig ins Gehege kamen: »Die Schälmesser sind zu hoch angeordnet, die Hämmer brauchen der Größe nach eine Nagelaufhängung in Handhöhe, die Stemmeisen nicht ins Schubfach legen, die Bohrer müssen näher an die Maschine, das Schleifpapier auf den Werkbänken liegenlassen!«

Schleifpapiere wurden damals noch in Formatblättern, nicht in Rollen geliefert, fast jede Körnung in einem anderen Format. Es wurde häufig gebraucht, entsprechend schludrig damit umgegangen. Keine Stelle, wo es in der großen Werkstatt nicht herumlag. Nur die gerade gebrauchte Körnung war irgendwo abgelegt, wo sie keiner fand. Der ältere Lehrjunge amüsierte sich köstlich über Christophs Einfall, Sortierkästen zu werkeln, die er auf die größte Werkbank mit der tiefsten Einlassung nebeneinanderstellte. Jeder Kasten erhielt seine eigene Körnung. Dafür brauchte er den gesamten dritten Arbeitstag.

Bevor der Meister in der Frühstückspause in seinem Kabüffchen verschwand, legte er die Hand auf Christophs Schulter. »Deine Ordnung ist ja ganz schön, können wir uns aber nicht leisten. Und Hansi, der da drüben arbeitet, muß jetzt 20 Meter nach dem Schleifpapier rennen. Du mußt schneller werden und die Augen aufmachen, wie man hier arbeitet. Wenn du mit dem Hof beginnst, vergiß nicht, den Ziegen- und Hühnerstall auszumisten. Den Mist mit der Schubkarre in den Garten fahren!«

Der ältere Lehrjunge feixte.

Als Christoph damit fertig war, neigte die zweite Arbeitswoche sich ihrem Ende zu. Die Werkstatt war inzwischen genauso verdreckt wie beim Start seiner Lehre. Er fing wieder von vorn an. Er wurde tatsächlich schneller. Am Samstagabend war alles sauber.

Christoph, ziemlich müde und ernüchtert, war gespannt, was nun folgen würde. Als er am Montag seine dritte Lehrwoche antrat, warteten der Meister und der Lehrjunge schon an der Werkstatttür. Der Meister zeigte auf die fertiggestellten Güter: Räder verschiedener Größen, Sprossen und Deichseln für Leiterwagen, ein Pferdeschlitten, Stallkarren, Sensengriffe, Holzzaunspaliere, massive Hoftüren, eine Gartenlaube in Einzelteilen.

»Das fahrt ihr zu den Kunden. Hansi hat die Liste. Nehmt den großen Tafelwagen. Auf der Rückfahrt wird nirgendwo eingekehrt!«

Die Gartenlaube schafften sie am schnellsten fort. Das waren nur 3,5 km ebener Talweg. Die anderen Gegenstände hatten ausnahmslos Dörfler bestellt, die im Umkreis von 10 bis 12 km wohnten. Den Pferdeschlitten mußten sie auf die Mägdeburg bringen, einen 540 m hohen Berg, 13 km weit.

Hansi und Christoph spannten sich gemeinsam an die Deichsel. Hansi, stur und nicht gesprächig, wunderte sich, als sie die kleine Steigung über die Kuppenbrücke fuhren: ›Das Kerlchen hat Kraft. Der kann ja richtig ziehen‹.

Ab der Brückenmitte ging es bergab. Christoph wollte Ruhe und eine unterhaltsame Tagesfahrt. »Schaffen wir das den steilen Berg zur Mägdeburg hoch?«

»Ja, was denkst denn du! Ich mache das heute nicht zum ersten Mal. Das ist keine Spazierfahrt, das ist Arbeit, du mußt Mumm in deine Knochen bringen. Wenn du einen platten Stein siehst, der sich als Keil eignet, aufheben! Wenn es steil wird, gehst du nach hinten schieben! Sobald ich stehenbleibe und die Deichsel straff halte, trittst du den Stein hinters Rad!«

Auf der Bergstraße, die immer steiler wurde, hielten die beiden Fuhrleute in immer kürzeren Abständen an mit immer längeren Ruhepausen.

»Eine schöne Landschaft. Leider kann man sie bei der Plackerei nicht genießen. Und das Kaliwerk da unten im Tal paßt auch nicht hinein«, stöhnte Christoph

»Die müssen sich nicht so anstrengen und verdienen mehr«, nickte Hansi. »Glücklicher als wir sind die trotzdem nicht, Jeder Arbeiter geht in der Masse unter. Wir sehen am Ende des Tages, was wir geschafft haben.«

»Ich sehe gar nichts! Ich atme nur Staub ein, sehe Wust und räume Ziegenmist weg!«

»So ist das nun mal, wenn man lernt. Ich habe das auch ein Jahr lang gemacht und konnte mich nirgendwo beschweren.«

Sie zogen weiter, gute hundert Meter. »Warum läßt der Meister die Auftragsstücke von den Kunden nicht selbst abholen? Unsere Buckelei verursacht doch Kosten«, fragte Christoph

»Die paar Pfennige, die wir kriegen, fallen nicht ins Gewicht. Kein Kunde würde wieder etwas bestellen, wenn er seine Sachen auch noch abholen müßte. Der Meister hat die Zeit verschlafen. In der Stadt kann Stellmacherei nichts mehr ausrichten. Man muß direkt an die Höfe, Gärten, Heime, Läden, Gewerbebetriebe ran und mit dem Finger auf die Schwachstellen zeigen, vor Ort ausbessern. Wer bestellt heute noch ein neues Wagenrad, wenn nur eine Speiche ausgewechselt werden muß!«

»Geht es dem Meister wirklich so schlecht. Wir arbeiten doch 10 Stunden am Tag?«

»Du bist blind! Der Meister arbeitet gar nicht. Nicht, weil er nicht will, sondern weil es nichts zu arbeiten gibt. Schau, welche Verrenkungen der um einen Kunden macht! Und der Buhl Willi arbeitet extra langsam, vom Meister regelrecht befohlen. Kriegt ja auch weniger als der Henzmann.«

»Und was wird aus dir, wenn du in einem Jahr fertig bist?«

»Ich gehe zu meinem Onkel auf den Hof. Traktor fahren ist leichter als die Schinderei heute. Zum Feierabend durchkämme ich alle Dörfer in der Umgegend und repariere Wagen, Karren, Sensenstiele, Stallgitter, Zäune – gegen Fleischpakete und Eier. Mir wird es besser gehen als dem Buhl Willi.«

Hansi und Christoph brauchten den ganzen Tag, um den Pferdeschlitten abzuliefern. Auf der Mägdeburg gab es ein kirchliches Wochenendheim, das werktags eine Kneipe betrieb.

»Hast du Geld einstecken?«, fragte Hansi.

»Achtzig Pfennig!«

»Das reicht, los, wir gehen ein Bier trinken. Das nächste Mal bezahle ich.«

Sie tranken nicht nur gemütlich ihr Bier, sie blieben auch eine halbe Stunde sitzen. Christoph war in keiner guten Stimmung. »Warum hast du Stellmacher gelernt, wenn du in dem Beruf keine Zukunft siehst?«

»Sehe ich doch! Ich werde Bauer und Edelhandwerker zu Diensten. Warum hast du diese Lehre angefangen? Weil du in diesem Nest nichts anderes kriegst! Elektriker, Verkäufer, Autoschlosser, Büromensch wirst du nur, wenn dein Vater einen Laden betreibt oder in der Stadtverwaltung Zugriff auf die begehrten Stellen hat. Bergmann, Maurer, Zimmermann, Dachdecker will ich nicht. Mein großer Bruder stellt Elektroartikel her. Er formt Gehäuse, schiebt sie in den Brennofen, lagert sie zur Kühlung, glasiert und verpackt sie. Möchtest du tagtäglich solche langweiligen Dinge tun?«

Etwas Gutes hatten die Lastfahrten zu den Kunden. Hansi und Christoph lernten einander besser zu verstehen. Christoph atmete sogar kurz auf. Vor dem Feierabend fragte er Hansi, der gerade einem Sensenstiel den letzten Schliff gab: »Ich würde auch gern einmal einen solchen Stiel herrichten. Zeigst du mir, wie man damit anfängt?«

»Klar mache ich, frage den Meister, der hat hier das Sagen!«

Der Meister war auf die Szene aufmerksam geworden. »Hansi, laß das, ich bin hier der Lehrmeister! Chris soll warten, bis ich das fertig geschrieben habe.«

Hansi feixte in sich hinein, raunte Christoph zu, während er seinen fertigen Stiel aus der Werkbank ausspannte: »Nimm die Späne weg, damit der Meister sich die Hände nicht schmutzig macht und hole einen Rohling, dort aus der Ecke! Ich schärfe dir indessen mein Schälmesser. Ziehe es mit dem nassen Schleifstein ab, bevor der Meister kommt!«

Der Meister fand Arbeitsplatz, Werkstück und Werkzeuge in bester Ordnung vor, spannte den Rohling ein und rundete ihn mit leichten Ziehbewegungen des Schälmessers. Auch eine automatische Drehmaschine hätte es nicht besser machen können. »Siehst du, so leicht ist das. Du mußt nur das Messer ganz locker im richtigen Winkel zum Holz führen.« Er nickte Christoph zu, es ihm nachzutun, ohne auch nur einen Augenblick dessen Reaktion abzuwarten. Christoph zögerte. In der Körperhaltung des Meisters konnte er nicht arbeiten. Der war offensichtlich Linkshänder, er Rechtshänder. Also stellte er sich in entgegengesetzter Haltung zur Werkbank und legte los. Schon beim, zweiten, dritten Strich schnitt das Messer tief ins Fleisch des Holzes. Er hatte Mühe, es aus dem Rohling herauszuziehen. Er ruckelte kräftiger mit den Armen. Messer und Rohling splitterten aus der Spannvorrichtung und fielen krachend zu Boden.

Der Meister kehrte um. Christoph hatte die Bruchstücke wieder auf die Werkbank gelegt. Der Meister legte einen Zeigefinger auf die Maserung des Holzes. »Dümmer geht's nicht! Du setzt das Messer gegen die Wuchsrichtung des Holzes. Wenn du Rechtshänder bist, mußt du es umspannen, ehe du loslegst. Hast du keine Augen im Kopf? Jetzt ist der Rohling futsch. Mein Gott, das weiß doch jedes Kind, wie man mit Holz umgeht!«

›Warum sagt mir das keiner‹, fragte sich Christoph, ›Kann ja sein, daß die als Holzknüppel geboren sind, ich jedenfalls als Mensch‹!

Es war längst Feierabend. Die Ziegen meckerten nach ihrem Recht. Sie wollten ausgemistet werden. Ehe der Mist im Garten verteilt werden konnte, mußte diesmal das Unkraut vorher raus. Nach den letzten Stängeln tastete Christoph nur noch. Es war stockdunkel geworden.

Christoph hatte nicht mehr die Geduldsspanne eines gehorchenden Kurkindes. Am Wochenende gab er sich Mühe, seine seelische Unruhe mit Gelassenheit zu überdecken. Beiläufig fragte er die Mutter: »Was hast du mit dem Meister ausgemacht, Stellmacher lernen, Dreckwegputzer oder Hausdiener?«

Dieser Ton paßte der Mutter nicht. Aber sie war zu abgespannt, um zu streiten. »Dein Meister ist ein zuvorkommender, immer freundlicher Mann. Der meint es ehrlich.«

»Ja, wenn er um Aufträge bettelt. Nicht einmal dieses Buhlen bringt ihm welche. Er pfeift aus dem letzten Loch. Seine Stellmacherei ist nur noch Tünche. Wenn sich nichts ändert, höre ich in einer Woche auf.«

»Junge, das kannst du nicht machen. Ich habe ihm versprochen, daß du willig und tüchtig bist. Und überhaupt, was willst du machen. Es gibt nichts anderes. Ich spreche mit dem Meister. Dann wird alles gut!«

»Alles, selbst faulenzen, ist besser als das! Keine Sorge, ich lege mich nicht auf die faule Haut. Jeder arbeitet hier, in diesem Nest. Ich finde schon was!«

Als Christoph am darauffolgenden Wochenende sich von seinen Berufsgenossen verabschieden wollte, nahm ihn der Meister beiseite und redete heftig auf ihn ein. »Was bist du für ein rotzfrecher Bengel, sich bei der Mutter beschweren, die vor lauter Arbeit nicht ein noch aus weiß? Von Stund' an werde ich auf dich ein Auge haben und dir zeigen, was Arbeit ist. Dir fehlt eine männliche Führungshand!«

Wissend um die Unruhe ihres Sohnes hatte die Mutter ein Festessen vorbereitet. Spannungen in der Familie schuf man nach Pommernart mit Leckerbissen aus der Welt. Sie hatte Schnitzel erstanden und von der Oma Rosenkohl bekommen. Beim Auftischen zeichnete sich auf ihrem Gesicht durchaus eine bange Erwartung ab. Sie fragte nicht, sie betete mechanisch wie immer: »Lieber Gott, sei unser Gast, und segne das, was du bescheret hast. Wir danken dir dafür. Amen!«

Das Essen verlief ruhig, ohne vorlaute Äußerungen. Beim Abräumen sagte sie: »Morgen gehen wir in den Berggarten, Birnen ernten. Einen halben Eimer können wir behalten.«

»Ich gehe nicht mit«, fiel Christoph ihr ins Wort, »ich schreibe meinen Antrag auf Lösung des Lehrvertrages. Den bringe ich am Montag in den Rat des Kreises. Dort gibt es eine Abteilung ›Berufsausbildung‹.«

Die Mutter schien auf eine solche Wendung vorbereitet. »Das kannst du gar nicht. Ich bin die Erziehungsberechtigte, die für dich Verträge schließt oder auflöst.«

»Ja und, dann kommst du eben mit!«

»Junge, darüber ist alles gesagt. Ich stehe bei deinem Meister im Wort.«

»Ich war nicht dabei, was ihr besprochen habt; gewiß nicht, daß Stellmachern Ziegenstall ausmisten, Garten jäten und den Leuten den Dreck wegräumen ist. Und schon gar nicht, sich zum Herrn über mich aufspielen! Ich habe den Lehrvertrag überprüft. Da steht ›Stellmacherlehre‹. Jetzt ist Schluß! Ich will keine Lehre abbrechen, ich will sie auflösen. Wenn jemand in der Stadt blamiert wird, dann ist es der Meister und nicht du.«

Das war das erste Mal, daß Christoph so entschieden mit der Mutter sprach. Und sie spürte, ›dagegen komme ich nicht an‹. Am Birnenernten beteiligte sie sich nicht. Sie führte stattdessen mit dem Besitzer, einem Kartoffelhändler, ein zweistündiges Vier-Augen-Gespräch.

Montagfrüh stand Christoph nicht wie üblich sechs Uhr, sondern erst kurz vor acht auf, eben als die Mutter die Wohnung verlassen wollte: »Ich gehe zur Post. Wir treffen uns punkt Neun auf dem Markt vor dem Brunnen.«

Sie gingen ohne ein Wort – hintereinander, nicht nebeneinander! – in die »Berufsausbildung«. Dort sagte die Mutter nur: »Mein Sohn will das Lehrverhältnis lösen. Er hat Ihnen hier eine Begründung geschrieben.«

Christoph reichte der Sachbearbeiterin ein Papierbündel, das die Mutter nicht gelesen hatte. Es entstand eine lange Pause. Die Dame hinter dem Schreibtisch blätterte wiederholt zwischen den Blättern, stützte sich auf die Ellbogen, zog die Stirn kraus. Schließlich zischelte sie in sich hinein: »So etwas hatte ich noch nie«, und etwas lauter: »Das muß ja furchtbar für dich gewesen sein.« Und zur Mutter stehend: »Natürlich muß der der Lehrvertrag für ›nichtig‹ erklärt werden, sofort! – Das verspreche ich Ihnen verbindlich. Dem Mann wird für alle Zeiten das Recht auf Lehrausbildung entzogen.«

»Und was jetzt«, fragte die Mutter. »Der Junge kann doch nicht herumlungern.«

»Natürlich nicht! Dafür sind wir doch da. Christoph, willst du wieder ins Holzhandwerk? Da haben wir noch einen Tischlerplatz, Stoll in der Hauptstraße.«

Mutter und Sohn schauten sich vielsagend an. Das war der Betrieb, in dem Ernst gerade seine Lehre beendet hatte. »Nein, nein, beim Holz hat Christoph mehr mit den Würmern Kontakt gehabt. Was haben Sie sonst?«

»Eine Bäckerstelle ist noch frei, Apparatebau, Chemielaborant, beides Anlernverhältnisse. Das breiteste Angebot gibt es im Kaliwerk.«

»Nein, kein Bergmann!«

Die Beraterin fiel ihr ins Wort: »Frau Hinz, da gibt es vieles: Kranführer, Betriebsbahnwärter, Feuerwehr, Betriebsschutz, Elektromonteur, Chemielaborant, Meßwart, Koch, Schlosser?«

»Dann lieber doch das letzte. Lerne ich da Schlüssel feilen, Schlösser reparieren, Blechgeschirr löten?«, kam Christoph der Mutter zuvor.

»Das letzte sicher nicht, aber vieles andere, was in einem solchen großen Betrieb vorkommt: Maschinen zerlegen und wieder zusammenbauen, Lager auswechseln, A- und E-Schweißen, sogar kleine Sachen schmieden. Wenn du 16 bist, darfst du untertage Maschinen aufstellen, alles reparieren, was aus Stahl ist: Schrapperseile, Umlenkrollen, Loren …, deshalb heißt der Ausbildungsberuf auch ›Betriebsschlosser‹. In diesem Lehrjahr sind schon 9 Jungen und 2 Mädchen eingestellt worden. 4 Plätze sind noch frei.«

»Gut«, sagte Christoph ohne Bedenken, »das mache ich!«

Die für die Mutter bedrückende Veranstaltung war nach weniger als 30 Minuten beendet. Schon am nächsten Tag fuhr Christoph mit dem Zug, 05.13 Uhr, in das Werk, um pünktlich zu Schichtbeginn sich in der Ausbildungswerkstatt und in der Betriebsschule vorzustellen. Dort gab es keine Meister, sondern Ausbilder und Betriebsfachlehrer. Ganz im Gegensatz zu den acht Jahren in der Schule hatte Christoph mit dem gesamten Lehrpersonal nicht die geringsten Spannungen oder Reibereien. Die theoretische Ausbildung war praxisnah und anschaulich. Im Betriebsrechnen interessierte sich niemand für eine Gleichung mit drei Unbekannten. Die Rechenwege der Binomischen Formel wurden im Fachzeichnen maßstäblich aufs Papier gebracht. Man maß nach und verglich die Zahl mit der nach der Formel errechneten. Man konnte sich selbst kontrollieren, ob man richtig oder falsch lag. Das war für Christoph ein Erlebnis mit Aufschrei: kein Besserwisser, keine Fremdbestimmung, keine Belehrung, keine Maßregel!

Von den Fachbüchern gab es nur wenige, vielleicht sechs oder sieben. Aber die waren teuer! Christoph ging in die Werksbücherei und wollte sie ausleihen. Der Bibliothekar war ein alter Bekannter, den er in der Schloßbücherei als Vortragenden erlebt hatte.

»Da kommst du ein bißchen spät«, rüffelte der Bibliothekar, »die anderen waren schneller! Nützt denen auch nur 30 Tage, dann ist die Ausleihe vorbei. Ich weiß etwas Besseres. Du kannst lesen, schreiben und wie ich weiß, auch fabulieren. Beteilige dich am laufenden Wettbewerb unseres Zirkels schreibender Arbeiter um die beste Betriebsreportage. Schreib über deinen Start hier! Prämien gibt es für die ersten drei Plätze: 150, 100 oder 50 Mark. Wenn du dich am Wettbewerb beteiligst, bestelle ich für dich die Fachbücher mit einem Preisnachlaß von 30 %.«

›Der hat Werbung nötig, weil ihm die Teilnehmer fehlen! ... Moment mal, je weniger Einsendungen, desto größer die Gewinnchancen‹, dachte Christoph bei sich. Auf der Rückfahrt kam ihm der Gedanke, er könne doch seine Stellmacher-Episode umschreiben unter der Überschrift: »Wie ich, Glück auf, Schlosser wurde!« Handschriftlich abgeben verstieß gegen die Teilnahmebedingungen. Irmas Lieblingslehrerin wurde gebeten, die 14 Seiten mit der Maschine abzutippen. Sie brauchte eine geschlagene Woche. Christoph überzog den Abgabetermin um einen Tag. Aber der Bibliothekar nahm ihm den Umschlag mit einem Schmunzeln ab, natürlich anonym.

Er gewann den 2. Preis. 20 Mark blieben nach dem Fachbücherkauf übrig und wanderten in die Familienkasse. Die Mutter deutete eine Umarmung an: »Mein Gott, Junge, was bin ich froh, daß es mit dir plötzlich besser läuft.«

In der Werkstatt wurde Christoph als erstes ein Schraubstock zugewiesen. Herr Schneider, der Lehrausbilder, kam mit zwei Bandeisen, einem Stück Holz und zwei Schrauben, verband das ganze zu einem Feilkloben, spannte ihn in den Schraubstock und führte vor, wie man mit einer Grobfeile über die Längsseiten der Bandeisen streicht, besser hobelt. Denn die scharfe Feile rieb ganz schön ab.

»Was soll das werden, wenn es fertig ist,« fragte Christoph mit enttäuschtem Gesichtsausdruck.

»Gar nichts! Du sollst nur mit Stahl und Feile umgehen lernen. Materialkenntnis, Ausdauer, Geduld und Genauigkeit zeichnen den guten Schlosser aus. Schau, du feilst auf der Oberseite 15 mm und auf der Unterseite 10 mm herunter, jeweils bis zum Holz. Wenn du Kraft, Ausdauer und Geschick entwickelst, schaffst du das in einem Monat. Der Feilstrich muß immer eben und winklig sein. Ich komme jede Stunde bei dir vorbei und messe nach. Dann sehen wir weiter.«

Der erste Versuch bot alle Eigenschaften eines Anfängers dar. Wenn man selbst feilte, kamen die Wehwehchen spätestens nach einer Viertelstunde. Die Hände bekamen Druckstellen, die Unterarme wurden steif. Schlimmstenfalls bekam man eine Sehnenscheidenentzündung. Die Schultern verspannten. Und zu allem Überdruß zeigten die Meßinstrumente (Haarlineal und Winkelmesser), daß man schief feilte. Die ersten Tage waren die reinste Entmutigung.

Zum Glück war Herr Schneider ein Meister der Animation und der Anstachelung. »Wenn du nicht ständig auf Werkstück und Feile starrst, dich locker und geradestellst, nach draußen schaust, wie da die hübsche Chemielaborantin gerade vorübergeht, Rhythmus und Druck auf die Feile in Waage bringst, geht das alles viel besser. Lockerheit statt Angestrengtheit. Beim Feilen gibt es keinen Grund, die Welt aus dem Blick zu verlieren!«

Fachlich war Herr Schneider ein Alleskönner und psychologisch ein Naturtalent. Ohne sprachliche Gewandtheit hatte er aus dem Bauch heraus immer die passende Begleitmusik. Beim schwierigsten Ausbildungsteil, dem A-Schweißen eines Rohres über Kopf, führte er Christoph die Hand am Schweißgerät. »Ruhig, ich stehe hinter dir. Wenn ein Tropfen runterfällt, kriegst du ihn auf die Stirn. Du hast die Schmerzen, aber ich werde meinen Job los. Das werden wir uns doch nicht antun?«

Er schimpfte nie, er strafte nie. Dutzende Male konnte man ihn sagen hören: »Noch vier Wochen bis zum Zeugnis. Du hast eine »Vier« im E-Schweißen. Jetzt üben wir zusammen so lange, bis du eine »Drei« kriegst. In den meisten Fällen schaffte er das, ohne Schummeln und mit unerschütterlicher Zuversicht, daß sein Gegenüber seine Reserven mobilisiert.

ANKOMMEN IM SOZIALISMUS

Christoph absolvierte die dreijährige Lehre durchweg mit guten Leistungen, in der Betriebsschule sogar mit sehr guten. Das Theoretische lag ihm. Er war ein Büchermensch. Der Umweg über den praktischen Beruf hatte ihn geradegerückt. Er wollte dem Beispiel seines Bruders folgen und auch studieren – etwas anderes, was mit Büchern zu tun hatte – und kürzer als Ernst, der den beschwerlichen Weg über drei Jahre Arbeiter- und Bauern-fakultät (ABF) gewählt hatte. Der überspannte Ehrgeiz, das Abitur auf der Abendschule (neben der Lehre!) nachzuholen, hatte Christoph seine Leistungsgrenzen aufgezeigt. Deutsch, Russisch, Geschichte, Geographie und Biologie hatte er geschafft. Latein, Mathematik und die übrigen Naturwissenschaften fehlten ihm zur allgemeinen Hochschulreife. Da half nur, in einem d'rangehängten Berufsjahr fleißig die Abendschule besuchen.

Einen Lehr- in einen Arbeitsvertrag überführen war im Betrieb die Regel. Nur wo arbeiten? Die meisten Abteilungen arbeiteten im Dreischicht-System. Das ließ sich schlecht mit der Abendschule vereinbaren. Im Kesselhaus wurde in zwei Schichten gearbeitet. Die Arbeiten dort wurden von den Betriebsangehörigen gemieden, weil sie durchgängig grob, schmutzig und monoton waren.

Christoph meinte, davon unbeeindruckt: ›Ein Jahr hälst du durch. Mit etwas Verhandlungsgeschick und Glück kannst du gleich in die Lohngruppe 6 aufsteigen. Das wären 70 Mark mehr als normal, monatlich so um 560,- Mark, mit Sonntagsschichten ganz sicher über 600,-‹.

Sein Cousin Peter, der Tante Friedas Adoptivtochter Annemarie geheiratet hatte, der beste Pumpenschlosser aus der Zentralwerkstatt, der einzige mit der Lohngruppe 7, warnte ihn vor solchen Gedankenspielen: »Chris, tue das nicht, du machst dich kaputt. Komm zu mir in die Pumpenreparatur. Ich zeige dir alle Techniken und Tricks. Da verdienst du bald mehr. Ein Schlosser, der auf sich etwas hält, geht nicht in so ein Dreckloch wie das Kesselhaus.«

Christoph wehrte lachend ab: »Peter, ich habe nicht deine begnadeten Handwerkerhände. Ein Jahr halte ich durch, dann gehts zum Studium.«

»Na, und wenn«, wandte sich Peter wieder seiner Arbeit zu, »überleg dir das zweimal! Man studiert nicht so ein unnützes Zeug. Welcher Mensch braucht hier Germanistik oder Russisch, Französisch oder Latein? Wenn du schon studieren mußt, wähle was Handfestes, wie Ernst: Chemie, Maschinenkunde, Bergbau?«

Christoph lachte abermals. »Peter, du baust die festen Schlösser, ich die geistigen. So ist das Leben!«

Die Mutter war ganz stolz, als Christoph zu Hause laut über den möglichen Lohn nachdachte. Sie drückte seine Handgelenke: »Junge, da können wir wieder essen wie zu Vatis Zeiten, dreimal Fleisch, einmal Fisch, zweimal Suppe in der Woche und am Sonntag ein Menü. Mein Kleiner, daß ich das noch erlebe!«

Mutters Freudenausbruch sauste an Christophs Ohren vorbei. Der schulmüde Rüpel von dazumal sann nur: ›Wie packe ich das Abitur in den übrigen Fächern‹? Vor den Sprachen war ihm nicht bange, doch durch die naturwissenschaftlichen Fächer mußte er sich irgendwie durchschlängeln.

Die Arbeit im Kesselhaus war noch ein ganzes Stück schwerer, als er aus der Lehrzeit-Steppvisite in Erinnerung hatte. An vier oder fünf von sechs Arbeitstagen in den Mühlen hantieren: Wandverkleidung erneuern, Rotor auswechseln oder mit E-Schweißen flicken und vor allem die Schinderei mit den Schlagkloben! Mühlen, das waren Stahlschächte, in die Brocken von heimischer Braunkohle mit dem Förderband von oben eingekippt wurden. Die fielen nach unten auf den Rotor, der sich mit großer Geschwindigkeit drehte. Am Rotor waren im 120°-Winkel drei Halterungen verankert. Und an jeder Halterung hingen per Ösenverschluß 15 Schlagkloben, die bei drehendem Rotor die Braunkohle in feinsten Staub zerkleinerten. Der Staub wurde in die Brennöfen zur Stromerzeugung geblasen. Jeder Schlagkloben wog 15 kg. Er mußte nach etwa 30 Stunden Laufzeit (das hing von der Beschaffenheit der Kohle ab!) bei großer Enge im Rotorschacht mit einer Hand in die Ösen eingefädelt und mit einem gerillten Bolzen arretiert werden. Ein erfahrener, geschickter Arbeiter konnte in einer Schicht zwei Mühlen besetzen. Besetzen hieß: erst die zerschlissenen, häufig in den Ösen verklemmten Bolzen samt Schlagkloben raus, dann die neuen rein! War eine Öse zu stark verbogen, wurde sie mit dem Schneidbrenner herausgeschnitten und eine neue an der Halterung e-verschweißt. Um diese Arbeit drängelte sich jeder, damit er nicht Schlagkloben einfädeln mußte.

Die älteren Kollegen begrüßen den schlanken, sportlich aussehenden Burschen mit lautem Holdrio: »Chris, du bist der von Gott geschaffene

Mühlenmensch. Du paßt in die Schindmühlen wie ein Kobold, dem alles leicht von der Hand geht. Iß nur schnell noch ein paar Butterbrote, damit dir die Hände nicht abfallen!«

Das war falsch gemessen. Christoph hatte lange Arme, die nach dem Hebelgesetz die Sehnen am Unterarm, die Handgelenke und Handballen stärker belasten. Er mußte nach der ersten Mühlenschicht zwei Tage pausieren. Er konnte weder einen Schweißbrenner noch einen Hammer, nicht einmal einen Fahrradlenker oder seine Schichtbrottasche halten. Krankschreiben kam nicht in Frage. Er probierte ein paar Handlangerdienste, schleifte die Schläuche vom Flaschenwagen zum A-Schweißbrenner eines Kollegen. Es ging nicht, er schüttelte verneinend mit dem Kopf, streifte mit herunterhängenden Armen durch das Kesselhaus, grüßte hier, winkte dort und vermied jegliches Händeschütteln.

Aus einem Glaskasten, der »Laborbörse«, winkte ein Arbeiter im weißen Kittel mit heftiger Handbewegung: »Chris, komm mal! ... wir kennen uns nur vom Sehen. Ich bin der Manni, der Sekretär der Parteigruppe ›Kesselhaus‹. Heute hat dein invalides Mißgeschick auch was Gutes. Komm, wir gehen ein Schnitzel essen und ein Bier trinken!«

Es war vormittags, 2 Stunden vor dem Essen. Beim Gang in die Betriebsküche scherzte Christoph über seine momentane Arbeitsunfähigkeit. Alle Schalter in dem riesigen Speiseraum waren geschlossen. Manni ging schnurstracks in die Küche und kam augenblicklich wieder mit zwei Flaschen Bier heraus. »Die Schnitzel kommen in fünf Minuten«, zwinkerte er: »Prost! – Das trifft sich gut, ich wollte sowieso mit dir sprechen. Ich weiß vom Obermeister, daß du hier nur ein Jahr arbeiten und dann auf die Uni willst. Du bist ein Arbeiter, der die ›Gebildete Nation‹ mitschaffen wird, vielleicht als Obersteiger, vielleicht als Direktor, ... ist ja auch egal. Solche bildungshungrigen Arbeiter wie dich brauchen wir, willst du nicht Genosse werden?«

»Du meinst, Mitglied der SED?«

»Ja, was denn sonst. Blockparteien in einem so staatstragenden VEB wollen wir nicht haben.«

»Das hat mich noch keiner gefragt. Und unser dürftiges Leben hat mich bisher über ganz andere Dinge nachdenken lassen.«

»Zum Beispiel?«

»Ich habe meinen Augustlohn zu Hause abgeliefert. Meine Mutter hat zum ersten Mal seit der Flucht Rouladen gemacht. Daß sie gut waren, wurde mir erst am nächsten Tag bewußt. Sollte ich nicht einen Teil des Lohns behalten und auf ein Sportrad sparen, damit ich nicht jeden Tag mit dem blöden Zug fahren muß, zwei Stunden verliere, die mir beim Lateinlernen fehlen?«

»Alle Arbeiter im Arbeiterstaat fangen klein an. Übrigens, daß du die Lohngruppe 6 bekommst, dafür habe auch ich beim Obermeister gestimmt. Daß du so denkst, ist schon ganz nahe an der Partei. Du packst die Wirklichkeit mit beiden Händen an. Was dir noch fehlt, ist die Perspektive. Die lernst du bei uns. Die führende Rolle der Partei muß in deinen Kopf hinein. Dann bist du auf dem richtigen Weg.«

»Na schön, wenn ihr die führende Rolle spielt, warum gehst du mit deinen Genossen nicht durchs Kesselhaus und stellst die schlimmsten Dinge ab: den Dreck und Kohlenstaub an jedem Pfeiler, an jeder Apparatur. Die Meßgeräte sind so zugestaubt, daß man sie nicht ablesen kann. Warum macht ihr nicht Ernst mit den Arbeitsschutzbestimmungen. Wenn eine Mühle repariert wird, hängt ihr ein Warnschild an den Schalter. Den Stromkreis klemmt ihr nicht ab. Vor 4 Monaten gab es einen tödlichen Unfall.«

»Sachte, sachte, Chris, wir sind hier nicht in der Volkskammer, wir sind in einem Kesselhaus, das für 10.000 Menschen Strom erzeugt, unter sehr schweren Bedingungen. Hast du im Winter schon mal die tiefgefrorene Kohle mit der Spitzhacke aus den Waggons gepickelt? Aber du kannst gern Verbesserungsvorschläge einreichen. Bei uns in der Partei gibt es dafür sogar ein Punktesystem. Bei 250 Punkten gibt es eine Prämie, bei 1000 wird man Aktivist. Also suche auf eine einfache Frage nicht nach Ausflüchten. Chris, nicht abseitsstehen, mitmachen und führen! – Laß dein Schnitzel nicht kalt werden!«

Seines nahm er in die Hand, biß hinein, ohne es wieder loszulassen. Schnell und geräuschvoll verschwand es wie ein Schnellzug im Tunnel.

Christoph nahm unter Schmerzen Messer und Gabel auf: »Bei mir geht das etwas langsamer«! Er aß gemächlich, mit Ruhepausen zwischen den Bissen. »Du mußt mich nicht überzeugen. Wenn der lebensgefährliche Leichtsinn mit den Mühlen verschwindet und ich sehe, daß da eine führende Hand im Spiel ist, kann ich mich schon entschließen.«

»Chris, wenn man in die Partei eintritt, stellt man keine Bedingungen, man bittet um Aufnahme, bittet zwei Bürgen um Fürsprache und läßt sich von ihnen führen, mindestens, solange man Kandidat ist. In mir hast du den ersten Bürgen. Und um die Mühlensache werde ich mich persönlich kümmern. Du wirst sehen, wir nehmen unsere führende Rolle ernst.« Christoph war in politischen Dingen unerfahren. Hätte er gewußt, welcher Apparat da in Gang gesetzt werden mußte, um im Grunde eine Lappalie aus der Welt zu schaffen, wäre das Gespräch anders verlaufen.

Manni brachte Christophs Anliegen in der Werksparteilung zur Sprache. Man hörte ihn an, rüffelte ihn zugleich, er solle sich nicht in die Belange der staatlichen Leitungsorgane einmischen. Wie soll die Elektrowerkstatt bei der derzeitigen Personalsituation einen Fachmann abstellen, der im Kesselhaus laufend Stromkreise abklemmt und wieder zuschaltet? Diese Arbeit verlange eine Vollzeitstelle. Daß der tödliche Unfall Unruhe unter der Belegschaft gestiftet hat, wisse man. Den Sozialismus ohne Opfer aufzubauen, ginge nun einmal nicht.

Manni kam bei Christoph vorbei, als der wieder arbeiten und in den Mühlen Schlagkloben austauschen konnte. »Na, gehts wieder? Du mußt dich eingewöhnen. Deine Sache mit den elektrischen Abschaltungen läuft.«

Zwischen beiden entstand ein natürlicher Gedankenaustausch über Gott, die Welt und in erster Linie über das Kesselhaus. Christoph sah, daß Manni keinerlei Funktionärsallüren hatte. Als Leiter der Laborbörse bahnte er sich den Weg durch das Dickicht der Meßgeräte, wischte den Kohlestaub ab, damit die Laboranten die gesetzten Ablesefrequenzen schafften. Über das Parteiaufnahmeverfahren wurde gelegentlich gesprochen. Einmal sagte Manni: »Dein Verbesserungsvorschlag mit den Mühlen läuft. Die Vollzeitstelle für den Elektriker muß nur noch geschaffen werden. Dann kriegst du auch deine 250 Punkte.«

Eines Morgens kam Manni aufgeregt auf Christoph zu: »Hast du's gehört, Chruschtschow hat die amerikanische U2, das Spionageflugzeug, über Sibirien abschießen lassen. Jetzt gibt es richtig Bewegung. Wir machen eine Aufnahmekampagne. Hier – fülle den Antrag aus!«

»Und was ist mit den Mühlenabschaltungen?«

»Die kommen, Partei-Ehrenwort!«

Eine Woche später wurde Christoph feierlich in die Partei aufgenommen. Vor Beginn der Sitzung steckte Manni ihm einen Briefumschlag zu: »Das ist deine Prämie für den Verbesserungsvorschlag, 100 Mark.«

In dem kleinen Kultursaal, in dem die Parteiorganisation »Schacht I« tagte, saßen vielleicht 60 bis 70 Personen. ›O, das sind aber wenig‹, dachte Christoph, ›bei 1.300 Mann Belegschaft‹. Jede Reihe war von einer

Parteigruppe belegt. Ziemlich weit vorn saß das Kesselhaus. Manni stellte seine Mitglieder mit vollem Namen vor, obwohl Christoph alle von der Arbeit her kannte. Es waren nur sechs, darunter auch der E-Schweißer Armin.

Vor seiner ersten Schicht im Kesselhaus hatte der Obermeister Christoph mit dem Kollegen Armin Pauer bekanntgemacht: »Armin, dieser neue Kollege begleitet dich und hilft dir bei allen Arbeiten in der ersten Arbeitswoche. Zeige ihm alles im Kesselhaus, worauf es ankommt, alle Pumpentypen und besonders gründlich die Mühlen!«

Der Kollege Pauer nahm das Zeigen wörtlich. Vielleicht wollte er sich auch nur das Schreien in diesem Dauerlärm ersparen. Er machte eine Handbewegung, daß er ihm mit dem E-Schweiß-Aggregatewagen folgen solle. Er öffnete eine Mühle, kroch schwerfällig hinein, winkte nach dem Schlauch mit dem Elektrodenhalter, spreizte die fünf Finger der linken Hand, zeigte in Richtung Aggregat und schnipste mit zwei Fingern. Christoph stellte das Potenziometer auf 5 und schaltete das Gerät ein. Armin fing an zu schweißen. Christoph konnte nichts sehen. Nach einer halben Minute war die Schweißnaht fertig. Armin gab ihm den Elektrodenhalter zurück und schnipste mit den Fingern nach unten, was wohl ›ausschalten‹ hieß. Christoph schaltete das Aggregat aus.

Jetzt kam das erste sprachliche Signal: »Komm rein!«

Christoph kroch neben den massigen Körper seines Lehrmeisters. Er hatte Mühe, in Kauerhaltung die Augen auf den Rotor zu richten. Armin legte auf die rechte offene Handfläche einen Kloben, klemmte zwischen zwei Fingern der linken Hand einen Ringelbolzen und balancierte mit vorgestrecktem Arm den Kloben in die am Rotor befestigte Öse. Das Einhängen ging nur mit dem Ringelbolzen. Armin versuchte es. Aber noch ehe er Kloben, Öse und Bolzen ineinanderstecken konnte, fiel ihm alles vor lauter Schwere aus den Händen. Der Stahlgußkloben wäre ihm auf die rechte Schuhspitze gekracht, hätte er sie nicht schnell weggezogen. Dabei schlug aufgrund Enge das Knie an das Kinn, so daß er aufschrie: »Verdammter Mist!« Er ächzte mit schmerzverzerrtem Gesicht aus der Mühle, klopfte dem unverdrossen kauernden Christoph auf die Schulter: »Los geht's, Kloben einhängen, du hast ja gesehen, wie es nicht geht!«

Bei einem zweiten gemeinsamen Mühlenbesuch grenzte die Kommunikation schon an Redseligkeit. Armin hatte neue Ösen an die Rotorhalterungen geschweißt, danach die Mühle sofort verlassen. Christoph, drin kauernd, bat ihn: »Reich mir mal den Rest Bolzen, damit wir hier fertig werden!«

Armin öffnete vernehmbar den Mund: »Nee, ich muß in die nächste Mühle. Reich du mir die Elektroden und den Geräteschlauch raus!«

Nach Abschluß des zeremoniellen Vorgestelltwerdens und Begrüßens nahm Christoph neben Manni Platz. Er schmunzelte vor sich hin. ʹSo liegen die Dinge also. Der Schichtleiter verzichtet auf Armins Galeerendienst in der Mühle, weil ... ›. Die Sitzreihe nochmal mit den Augen streifend, vermißte Christoph in der Parteigruppe den Obermeister, den Chemiedoktor, der die Meßproben überwachte, den Verwaltungsleiter. Nicht eine einzige Chemielaborantin gehörte der Parteigruppe an. Leise Zweifel an der führenden Rolle kamen wieder hoch.

Zwei Wochen vor Jahresschluß erschien ein Elektriker, um zum ersten Mal seit Bestehen des Kesselhauses eine Mühle vor der Reparatur vom Stromkreis zu nehmen.

An Ende des Arbeitsjahres hatte Christoph die Universitätsreife nicht geschafft. Nicht daß er zu faul für das Abitur gewesen wäre. Latein und Gesellschaftskunde bestand er, Französisch hatte er angefangen. Aber er bekam einfach kein Verhältnis zu den Naturwissenschaften. Das Abitur in Astrologie hätte er wahrscheinlich bestanden. Doch er war zu mutlos, in die Prüfungen zu gehen. Die Universität riet ihm zu einem einjährigen universitären Vorkurs, der für Werktätige mit Berufserfahrung eingerichtet worden war. Mit einem Delegierungsschreiben des Betriebes sei die Aufnahme quasi vollzogen. Der Obermeister erklärte sich bereit, nach Absprache mit der Gewerkschafts- und Parteileitung eines solches abzufassen. Als es fertig war, drückte Manni es nicht ohne Stolz Christoph in die Hand. »Da, du darfst es sogar lesen, was sonst nicht üblich ist.« Nach dem eröffnenden Blah, Blah über die vierjährige Betriebszugehörigkeit hieß es: »Kollege Hinz hat sich bei allen Tätigkeiten, die ihm übertragen wurden, stets als zuverlässiger tüchtiger Arbeiter erwiesen. Er meisterte auch die besonderen Herausforderungen in unserem Kesselhaus ohne Murren, ohne Krankmeldungen. Sein Engagement im betriebskulturellen Bereich (Buchpräsentationen, kulturelle Umrahmung von Belegschaftsversammlungen, Betriebsführungen für sowjetische Gäste, Übersetzungen, Teilnahme an künstlerischen Wettbewerben) verdient hohe Anerkennung. Er ist allen sozialistischen Initiativen gegenüber aufgeschlossen und beteiligte sich aktiv an einigen. Wir befürworten das Studium an der Universität ... «.

Den Wechsel vom Kesselhaus zur Universität durchlebte Christoph wie das Hindösen auf der Kurliege. Die chronischen Schmerzen an den

Sehnenscheiden ließen nach. Die Gliedmaßen wurden wieder beweglich. Er fühlte in seinem Körper Leben. Freilich war es etwas anderes, ob man im Monat mit 600 oder 180 Mark auskommen mußte. Das Ersparte war fast vollständig für neue Einkleidung und Bücher draufgegangen. Seine Liebe zu Büchern, seit der TBC-Kur stetig vertieft, hatte ihn wohl etwas aus der Selbstkontrolle gebracht.

Nun am Tag 10 bis 12 Stunden geistig arbeiten machte ihm keine Mühe. Er hatte keine Konzentrationsschwierigkeiten, keinen Ehrgeiz aufzufallen, keinerlei Reibereien mit Studenten oder Lehrern. Wer den Schüler Christoph kannte und ihn mit dem jetzigen Studenten verglich, hätte zutiefst überzeugt geurteilt: Das ist nicht derselbe Mensch!

Die Vorkurse waren, anders als die ABF, nach den Wünschen, in welcher Fachrichtung man später studieren wollte, vorspezialisiert. Christoph hatte bei der Befragung eintragen lassen: Germanistik, Slawistik, Romanistik. Seine Klasse war vollbesetzt mit 24 Studenten. Genau genommen, waren es Anwärter. Sprach- und Literaturwissenschaften nahmen zwei Drittel des Wochenstundenplans in Anspruch. Nur ein Drittel entfiel auf die Naturwissenschaften.

›Mathematik, Physik und Chemie sind Nebenfächer‹, witterte Christoph, ›die wollen darin gar kein Abitur‹! Er sollte Recht behalten. Am Jahresende absolvierte er »Sollprüfungen«, die er mühelos bestand. Das Problem war aus der Welt.

Der gleichmäßige Fluß des Studiengangs wurde nur einmal bewegter von einem Erlebnis, das sich Christoph tief einprägte. Die SED hatte zu einem Nationalen Kongreß für Frieden und Abrüstung nach Weimar geladen. Christoph fuhr hin, nicht, weil er auf die politische Repräsentation scharf gewesen wäre. Als passionierter Fotograf wollte er Bilder von Albert Norden in der Menge machen. Vielleicht könnte er, wie schon bei anderen Anlässen, einige in den kleinen Tageszeitungen unterbringen und mit dem Erlös seinen Vorlieben frönen: ins Theater oder Konzert gehen, Bücher kaufen, die schon lange auf der Warteliste standen. Er drängelte sich in die erste Reihe der Schaulustigen. Als Norden mit seinem Gefolge den Platz vor der Weimarhalle betrat, legte er mit mehreren Kameras los. Oder besser, er wollte es. Denn von hinten fühlte er sich umklammert, und von der rechten Seite wurden ihm alle Kameras sowie auch die Taschen mit den Wechselobjektiven und Filtern entrissen. Er wurde nach hinten abgedrängt durch eine schmale Zuschauergasse, die sich wie von selbst auftat. Er hörte nur ein wiederholtes

»Kommen Sie mit!«. Er saß augenblicklich, hart gegriffen und geschoben, in einem Auto und fuhr mit zwei Herren in eine Villa, im Südwesten der Stadt. Dort ließ man ihn nach Abnahme des Personalausweises zwei Stunden warten, ganz allein in einem schlichten Raum. Schließlich wurde er zu einem dritten Herrn, wohl dem Leiter der Dienststelle, gebracht. An dem Mann hinter dem Schreibtisch, vor sich Christophs gesamte fototechnische Ausrüstung aufgereiht, war nichts Besonderes. Er trug keine Uniform, hatte ein Durchschnittsgesicht, sprach gedehnt, aber völlig ruhig:

»Sie haben keine Akkreditierung! Warum drängeln Sie sich in den Vordergrund einer so gewichtigen politischen Manifestation? Sollen die vielen ausländischen Gäste auf Sie aufmerksam werden? Wollen Sie ins Westfernsehen?«

Christoph stutzte über die Akkreditierung. »Ich bin kein Berufsfotograf. Ich mache das, um mein Stipendium etwas aufzubessern.«

»Sie studieren, was, ... wo?«

»Genauer gesagt, ich bereite mich darauf vor, Germanistik und Slawistik an der Uni J.«

»Studienanwärter ... und so eine Ausrüstung?« Der Fragende schob die drei Kameras von der Tischkante hin zur Mitte: »eine Altix, eine Praktica mit höchster Ausstattung, eine Pentaconsix, das beste, was es gibt.«

Christoph hatte sein Gleichgewicht wiedergewonnen. »Die Altix ist ein Konfirmationsgeschenk von meiner Großcousine, die Praktica hat mir meine Patentante aus Österreich geschenkt, die Pentaconsix habe ich mir von meinem sauer verdienten Lohn als Betriebsschlosser zusammengespart. Moment, auch das ist nicht ganz richtig. Das meiste stammt aus Prämien und Preisen, als ich noch im Kaliwerk arbeitete.«

»So, so, da haben wir also einen Arbeiterstudenten, interessant! Für heute machen wir Schluß. Wir werden das alles überprüfen. Die Kameras bleiben hier. Die Techniker sollen sie untersuchen. Alles andere können Sie mitnehmen, auch die Batterie original verpackter Filme. Wir melden uns bei Ihnen.« Er blätterte im Personalausweis. »Die Nebenwohnung hier hinten ist Ihre Studienadresse?«

»Ja!«

Nach einer Woche kam die angekündigte Vorladung. Christoph sah am Absender, wo man ihn festgehalten hatte: »Ministerium des Innern. Sitz Weimar, ... straße 37« Was ihm schon ein paar Tage früher sein Parteigruppensekretär zugeraunt hatte, klang anders: »Die Stasi holt Auskünfte über dich ein. Was für einen Blödsinn hast du da in Weimar angestellt? Das weiß doch jedes Kind, daß man sich bei solchen Staatsaktionen nicht in den Vordergrund drängelt.«

Der Mann am Schreibtisch war derselbe. »Setz dich Genosse! Wie wir festgestellt haben, bist du einer von uns. Hier sind deine Kameras. Die Techniker haben nur die Filme entnommen. Sonst ist alles in Ordnung! Nur, wenn du in Zukunft wieder einmal so etwas anstellst, melde dich vorher bei der Pressestellte an. Du kriegst eine Zulassung, vorausgesetzt, deine Parteileitung befürwortet das. Nun, zu dem Wichtigeren. Dein Freund und Genosse Manni Bause aus dem Kaliwerk sagt, du bist eine Kämpfernatur. Sowas brauchen wir. Willst du uns nicht bei unserer schweren Arbeit helfen? Ja, manchmal auch fotografieren! Viel wichtiger ist, du schreibst uns Berichte über deine Mistudenten und Lehrer: wer hat vor, die Republik zu verlassen, wer hetzt gegen uns, wer trifft sich heimlich mit wem, um staatsfeindliche Aktionen zu planen? Ich denke dabei besonders an die Künstlertreffs und die kirchlichen Einrichtungen.«

»So etwas mache ich nicht«, sagte Christoph im Brustton der Überzeugung. »Ich horche Menschen nicht aus und denunziere sie nicht!«

»Das sollst du auch gar nicht. Du sollst die Menschen vor sich selbst schützen und obendrein noch unseren sozialistischen Staat!«

»Ja, mit Mitteln der Bespitzelung. Niemals! Ich bin Pommer. Mein Vater leitete die Abteilung »Handel und Versorgung« im Landratsamt und sollte dort seine Kollegen ausspionieren. Er hat sich geweigert. Daraufhin wurde er in den Polenkrieg geschickt, als Soldat ohne Ausbildung, einfach so mir nichts, dir nichts. Zur Bespitzelung anstiften führt geradewegs in die Katastrophe.«

»Genosse, Faschismus und Sozialismus sind die größten Gegensätze, die man sich denken kann. Wer hat dich auf einen solchen absurden Vergleich gebracht?«

»Mein Lebensschicksal! Nie wieder an faschistische Weisungen, Bräuche oder Methoden anknüpfen! Der Sozialismus braucht das nicht. Er ist stark genug, sich mit ethisch sauberen Ordnungsweisen durchzusetzen oder zu verteidigen.«

»Du unterschätzt die Methoden unserer Gegner und Feinde! Lassen wir das. Ich sehe, heute kommen wir nicht zueinander, ein andermal weiter.«

Einen weiteren Anwerbeversuch gab es auf Christophs Lebensweg nicht. Jahre später als Hochschullehrer bat ihn ein Stasimann im Beisein des

Sektionsdirektors um ein Statement über einen Studenten, den er im Diplomverfahren betreute.

»Gut«, sagte Christoph, »ich hinterlege einen Bericht hier bei der Sekretärin.«

Er suchte die Erstfassung der Diplomarbeit hervor, entnahm ihr sein Gutachten und kürzte es auf ein Viertel. Darin standen dann solche Sätze wie: »Herr Holzer kann den hohen Anspruch, den er sich bei der Analyse der Literaturverhältnisse eines kleinen, aber signifikanten feudalen Zwergstaates setzt, nicht erfüllen. (...) Die Aufschließung der regionalen Quellen haben trotz guter konzeptioneller Vorsätze den Blick auf die regionale Perspektive verengt. (...) Die lange Entstehungszeit hat dem wissenschaftlichen Organismus der Arbeit geschadet. Darstellungsbrüche sind unübersehbar. Der weitläufige Quellenfundus hat offenkundig eine im Ganzen zu redundante Sprachgebung mitbestimmt.«

Christoph wurde nie wieder von einem Stasimitarbeiter um die Beurteilung eines Studenten gebeten.

Nach Ende der von der Stasi durchseuchten DDR standen Hochschullehrer und Universitätsangehörige im vordersten Licht des Verdachts. An den Geisteswissenschaftlern klebten nach Meinung der westdeutschen Eiferer regelrecht Bespitzelung und Denunziation. Das sei bei der Regimenähe auch gar nicht verwunderlich. In dieser Hochzeit der Enttarnung arbeiteten in Christophs Wissenschaftsbereich 13 Kollegen. Zwei wurden der Mittäterschaft überführt. Der erste, ein Theoretiker des sozialistischen Realismus, fand mit seinen Versatzstücken nur auf dem Papier Resonanz, sofern eine Kampagne dazu Anlaß gab. Er äußerte sich zu politischen Themen, die diskutiert wurden, niemals. Er verwaltete seinen Lehrauftrag im Schmollwinkel der Nichtbeachtung. Welche Hinweise konnte er der Stasi geben? Der zweite Stasimitarbeiter war Mediävist. Er, nicht Mitglied der SED, äußerte sich immer kritisch, aggressiv, auch provokant. Wenn das jemanden zum Widerspruch reizte, was bei dem freien Meinungsklima in der Lehrgruppe die Regel war, pflegte er zu entgegnen: »Im Großen und Ganzen stimme ich Ihnen zu. Wir leben in ruhigen, friedlichen sozialistischen Zeiten, verglichen mit dem Mittalalter! Der Frauenlob hat die Dame seines Herrn mit Liebesschwüren übersät, nicht weil er sie liebte, sondern weil er sie mit der Liebsten verwechselte. Die eigenen Verwandten haben die Sidonie von Borcke im Kloster so lange denunziert, bis sie als Hexe verbrannt wurde, und das nur, um an das Erbe zu kommen. Mein kritisches Hinterfragen ist fachbedingt und keiner politischen Nachhilfe bedürftig. Ich wache und schlafe mit dieser Lebensweise, sonst müßte ich mir einen anderen Lehr- und Forschungsbereich suchen.«

PATRIOTISCHER QUANTENSPRUNG

Am Ende des Studiengangs gab es doch noch Aufregung. Die Cuba-Krise erregte die Gemüter der Studenten. Das politische Gerangel um Sinn, Provokation oder Recht der Atomwaffenbasis wurde von einer Kampagne begleitet, die die männlichen Studenten zum sozialistischen Waffendienst rief. In den Pausen herrschte Pärchenbetrieb. Die Mädchen führten das Wort:

»Du wirst dich doch nicht melden, wo es bei uns jetzt richtig losgeht!«

»Weißt du, worauf du dich da einläßt? Du machst Tagesmärsche von 30 km mit 30 kg Gepäck!«

Bei den Liebespärchen war der Diskurs umso heißer, als militärische Fragen oder patriotische Einstellung überhaupt keine Rolle spielten.

Gemäß einer höheren Weisung sollten alle Genossen in Christophs Parteigruppe zum Waffendienstaufruf Stellung nehmen. Alle Mitglieder, sieben, durchweg männlich, schwiegen und schauten erwartungsvoll auf Christoph, der niemals mit seiner Meinung hinter'm Berg hielt. »Natürlich ist es meine Pflicht, mein Land zu verteidigen, wenn es in Gefahr ist«, bekannte er prompt, »aber ist es in Gefahr? Da bin ich mir nicht so sicher! Ich werde die Entwicklung genau verfolgen und in den Ferien darüber nachdenken.«

Alle Genossen atmeten auf. Ja, einer solchen Meinung würden sie sich ungeteilt anschließen.

Christoph plagte das schlechte Gewissen. Er hatte sich weniger aus politischer Einsicht so geäußert, sondern vielmehr gefühlsbetont, in emotionalem Aufruhr. Er hatte wie jeder Student eine Angebetete unter den Kommilitoninnen gefunden, war aber durch ihre gespielte Gleichgültigkeit arg in seinem Stolz verletzt worden. Auch ohne Cuba-Krise mißfiel ihm die Vorstellung, mit ihr gemeinsam in einem Uni-Seminar zu sitzen. Uniwechsel war ausgeschlossen, weil anderswo sein spezieller Vorkurs-Abschluß nicht anerkannt worden wäre.

Zu Beginn der Sommersemester-Ferien fuhr er mit gemischten Gefühlen nach S. zurück, besuchte seine ehemaligen Kollegen im Kesselhaus, die ihn sofort zur Ferienarbeit zu überreden suchten. Ein Geldpolster schaffen – das wollte er, aber nicht in den Mühlen. Er meldete sich als Reparaturschlosser für untertage, aus Kampfesmut! Er wollte durch täglich neue körperliche Herausforderungen von seinen quälenden Gedanken abgelenkt werden. Und der Lohn, monatlich über 1000 Mark, kitzelte ihn auch.

Es wurde ihm kein Pfennig geschenkt. Das merkte er gleich am ersten Tag. Bei Temperaturen bis 42° stellten die Schlosser im Vierer-Team Schrapper (Kalifördermaschinen) auf, wechselten Pumpen aus und reparierten Loren. Ein Betriebsschlosser untertage mußte Arbeiten verrichten, die gar nicht zu seinem Berufsbild paßten. Halbtonnenschwere Maschinenteile wurden ohne Spezialfahrzeuge an den Arbeitsort gewuchtet, bis zu 7 km weit. Dort goß der Schlosser das Betonfundament, darin eingefaßt M24-Ankerschrauben. Behelfsmäßige Flaschenzüge halfen, die Maschinenteile auf dem Fundament zu montieren. Stahlseiltrommel und Getriebe mußten millimetergenau in die Motorwelle eingeführt werden, ohne Steuerungstechnik. Sodann zog der Schlosser, nicht der Bergmann, das Stahlseil in die Abbaustrecke, hängte es in eine ins Gebirge eingelassene Umkehrrolle ein, verband es mit dem Schrapperkasten, der das Rohkali zu den Loren beförderte, und führte es zur Maschine zurück. Die Entfernung zwischen Maschine und Rohförderung betrug bis zu 800 Meter. Die Stahlseile, 12 bis 16 mm im Durchmesser, konnten gut und gerne drei bis vier Dezitonnen schwer sein. Zum Schluß schalteten Elektriker und Schlosser die Anlage in den Probebetrieb. Die Schrapperkästen flogen am Seil um die 40 km/h hin und her. Jedes Lebewesen, ob Maus oder Mensch, wäre sofort zermalmt worden, wenn es beim Einschalten noch in der Strecke gewesen wäre. Um dies zu verhindern, gab es ein ausgeklügeltes Signalsystem, ohne dessen Kenntnis und geprüfter Handhabung kein Bergmann einfahren durfte.

Christoph konnte es nicht fassen, wie die Bergleute, mehr von der Gewohnheit als von der Vorsicht geleitet, mit der Signaltechnik umgingen. Zufällig holte er einmal auf der Rückfahrt seinen Schichtleiter, einen Steiger, mit dem Rad ein. Sie fuhren ein Stück gemeinsam.

»Kommst du mit der schweren Arbeit klar, hast du Wehwehchen?«

»Das geht schon«, beruhigte ihn Christoph. »Warum haltet ihr die Arbeiter nicht dazu an, die Signaltechnik streng anzuwenden? Ich habe den Eindruck, die Leute sind lebensmüde.«

Das Mienenspiel des Schichtleiters zeigte ein Lächeln und sogleich ein Verdüstern: »Wir tun unser Möglichstes. Das sind erwachsene Leute. Die kennen das Risiko. Jeden Monat gibt es eine unterschriftspflichtige

Belehrung. Und doch geht es im Bergbaubetrieb nicht ohne Tote ab, in keinem Jahr.«

Christoph nahm sich vor, keinen Tag länger als die mündlich vereinbarten sechs Wochen zu arbeiten. In der Regel fuhr er nach Schichtende nicht gleich nach Hause, sondern kreuz und quer durch die Landschaft, bei schönem Wetter auch ein Stück weiter. In den langgedehnten Auen zwischen Harzvorland und Thüringen wechselten stündlich Sonne und Regen. Er stellte sich unter, weil er Regen auf dem Rad nicht mochte. Die Landbewohner waren hier Hobbybauern und im Beruf Bergmann, Touristikbeschäftigte, Kraftfahrer, Handwerker. Es kam häufig vor, daß sie Christoph in die Küche baten, ihm Kaffee, gelegentlich sogar Kuchen anboten. Sie hatten keine Kleinstädtermanieren. An Christoph klebte nicht der Makel des Flüchtlings. Er war einer der Ihren, ein Bergmann. Ganz zwanglos kam sofort eine Unterhaltung zustande über das bauernfreundliche Wetter, den Kali-, Kupfer- und Silberbergbau, über die aus dem Boden schießenden Hotels, über Politik ohne Ressentiments. Ja, auch hier würden ein paar Leute abhauen, Obersteiger, Museumsleiter, ein Hobbyhistoriker; die Bauern, die nicht in die LPG wollten – das liege schon einige Jahre zurück! Wenn nicht das ewige Schlangestehen wäre, könne man ganz gut leben.

`Donnerwetter, die sind ganz anders als die stumpfsinnigen Neider aus S. und viel aufgeschlossener als deine Kommilitonen‹, dachte Christoph. ›Die reden, wie ihnen der Schnabel gewachsen ist. Kein Wegducken vor heiklen Fragen wie sozialistischer Mangelverwaltung, Mauerbau, Republikflucht ... ›!

Er dachte an die Mädchen seiner Studiengruppe. Sie waren offen gegenüber allen Anforderungen des Studienbetriebs, im privaten Gespräch hochnäsig, zumindest zurückhaltend. Sie suchten Egoismus, Aufstiegsstreben und Standesbewußtsein zu verbergen. Sie kamen aus Arzt-, Juristen-, Angestellten- und Selbständigen-Familien.

Nur die Petra war Arbeitertochter. Sie war nur aufs Studium fixiert, achtete peinlich darauf, daß nicht zu viel Nähe zu den Kommilitonen aufkam. Sie war Korreferentin bei Christophs Tucholsky-Vortrag. Der Vortrag vibrierte nur so von Emotionalität. Christoph sprach frei, auch die Gedichte, und konzentrierte sich bei der wissenschaftlichen Analyse auf die jüdischen Verbindungen zur Volksdichtung. Für Petra war Tucholsky politischer Propagandist oder Fabulierer. »Schloß Gripsholm« und »Rheinsberg« seien Gute-Nacht-Geschichten, geschrieben um des Geldes willen. Christophs

Versuch, sie im Auswertungsdisput von Tucholskys lyrischer Genialität zu überzeugen, mißlang. Petra argumentierte nicht, sie kanonisierte selbstbestimmt ihr Dichterverhältnis. Solche Schnellschreiber aus dem Bauch heraus, ohne gedankliche Konzentration und Symbolik könne sie gut entbehren. ›Bah‹, dachte Christoph, ›die tickt nicht richtig! Und mit so einer wolltest du anbandeln‹!

Die Jungen hinterließen bei Christoph außerhalb des Studienbetriebs einen noch schlechteren Eindruck. Sie duckten sich weg, wenn die offene Meinungsäußerung gefragt war. Sprach man über den freiwilligen Wehrdienst, die schlechte Versorgungslage oder den Berufszwang nach dem Studium, schmiegten sich schweigend an die Mädchen. Das Vorbild der Offiziers- und Funktionärsväter hatte da wohl fleckig abgefärbt.

›Wer sind eigentlich die Gebrandmarkten in dieser echten oder doch nur herbeigeredeten Krise‹? überlegte Christoph. ›Mein Bruder zum Beispiel und seine Kommilitonen! Der Professor haut ab, läßt seine Diplomanden, acht an der Zahl, in Stich, 30 Tage vor der Verteidigung, ohne Gutachten, ohne Ergebnis! Schofliger kann man sich nicht verhalten. Und feiger können die Professoren, die geblieben sind, nicht darauf reagieren! Keiner will sich der Arbeiten annehmen. Das naturwissenschaftliche Thema eines Republikflüchtigen hat über Nacht keinen Wert mehr. Selbstverständlich wird der Not leidende Student in einer sozialistischen Universität aufgefangen – ganz einfach mit dem Allheilmittel eines Beschlusses! Der Lehrstuhlleiter ruft seine Kollegen herbei und befiehlt: »Genossen, die betroffenen Chemiestudenten machen hier ihr Diplom. Gebt ihnen neue werthaltige Themen!«

›Der Ernst wird also ein Jahr d'ransetzen müssen, ohne Stipendium, am Wochenende im Stahlwerk schuften, damit er leben kann. Warum folgt er oder keiner der anderen betroffenen Studenten nicht dem abgehauenen Professor? Das ist eine Gleichung mit keiner Unbekannten‹, war sich Christoph in seiner politischen Meinung sicher.

Christoph beschloß seine quälerischen Selbstzweifel mit einem Befreiungsschlag. In dieser Zeit der organisierten Verantwortungslosigkeit, wo Anspruch und Wirklichkeit weit auseinanderklaffen, ist der Gang zur Armee eine Frage des Anstands. Militärdienst kam ihm überhaupt nicht in den Sinn. Kein Drückeberger sein, Neugierde befriedigen, zur Ruhe zurückfinden war sein Anspruch. Zwei Tage vor Ende der Ferienarbeit verkündete er gegenüber der Mutter beim »Gute Nacht«-Sagen:

»Ich gehe übermorgen früh zum Wehrkreiskommando und melde mich zur NVA!«

Die Mutter war wie vom Schlag gerührt: der eine Sohn Student ohne Stipendium, der andere, der den Boden für den Studenten gelegt hatte, Soldat!

Christoph legte in der Rezeption des Wehrkreiskommandos Personal- und Parteiausweis auf den Schalter. Ein Hauptmann beglückwünschte ihn feierlich mit Handschlag zu seinem Entschluß.

»Genosse, hast du einen besonderen Wunsch für eine Waffengattung?«

»O ja, ich möchte in eine Nachrichteneinheit, Telegraphiefunker.«

»Du weißt ganz genau, was du willst. Hast du eine Vorbildung in Telegraphie? Ich meine, warst du in einem GST-Funkerklub?«

»Nein, ich liebe das Morsesummen. Ich habe ein musikalisches Gehör!«

»Gut, ich verspreche dir, mein Möglichstes zu tun. Du weißt, erst nach sechs Wochen Grundausbildung geht es mit dem Funken los?«

»Ja, ja! Wann und wo muß ich mich melden?«

»Nicht ganz so schnell! Erst läßt du dich hier von unserem Arzt untersuchen, noch heute, wenn du willst. Du bist, wie ich sehe, ein sportlicher Typ. Die Untersuchung ist bei dir reine Formsache. Deshalb sage ich dir auch gleich, wie es weitergeht. Du meldest dich am kommenden Mittwoch, bis 10.00 Uhr, im Divisionsstab der 4. MSD in E. Hier ist die Adresse. Ausgehkleidung anziehen, in das Köfferchen nur Sportkleidung. Du bekommst alles im Ankleidemagazin, auch die Unterwäsche!«

Die Horrormeldungen über Grundausbildung in der NVA machten durchaus die Runde unter den Freiwilligen, die Christoph auf dem Weg zur Kaserne traf. Sie schürten Ängste bei einigen noch nach einer Woche Erfahrungen in Bettmachen, Spintkontrolle, Reinigungsdienst, Waffenreinigen, Exerzieren. Tagesmarsch über 10 km ohne Gepäck.

Christoph fand das lächerlich und äußerte sich auch so. Von einigen wurde er geschnitten, was er gelassen hinnahm. Für ihn war das, was auf dem Tagesprogramm stand, keine Herausforderung. Interessant war es auch nicht, eher langweilig und manchmal etwas nervig. Einige Typen unter den Unteroffizieren und Offizieren interessierten ihn durchaus. Seinem Naturell war es fremd, daß Menschen daran Spaß hatten, andere, die in einem Untergebenen-Verhältnis standen, zu provozieren, zu piesacken und zu schinden. Beim Hinuntergehen in den Essenraum traute er seinen Augen nicht. Sechs Soldaten einer Stube lasen vom Fußboden des Erdgeschosses ihre Kleidungsstücke auf, stritten miteinander, wem was gehört, und legten sie über das Treppengeländer je nach Besitzzuordnung.

»Was treibt ihr da für Blödsinn?«, wunderte sich Christoph.

Ein Soldat zeigte ängstlich mit dem Finger nach oben, ein zweiter tuschelte: »Der Unteroffizier hat bei der Spintkontrolle unsere Klamotten nach unten geschmissen. Wir müssen sie nach sauberen und schmutzigen ordnen. Für jede schmutzige sollen wir zur Strafe ein Hofrunde laufen und 25 Liegestütze machen.«

Die Auskunft wurde von einem scharfen Befehl unterbrochen. »Genosse Soldat, Sie mit dem schiefen Käppi«, die Stimme meinte Christoph, »her zu mir, sofort!«

Christoph sah zwei Treppenabsätze höher einen Unteroffizier, beide Arme heftig bewegen. Christoph folgte dem Befehl. Drei Stufen vor dem Kommandierenden wurde er angebrüllt: »Ein bißchen schneller, nehmen Sie Haltung an! Sind Sie wahnsinnig, was haben Sie sich in die Befehlsausgabe an meine Soldaten einzumischen, in welcher Einheit dienen Sie?«

»Divisionsstab, Telegraphiefunker«, stieß Christoph hervor.

»Sooo...! – Treten Sie ab, Mann, ein bißchen plötzlich, sonst reihe ich Sie in die Strafexpedition da unten ein!«

Beim Essen empörte sich Christoph über den Vorfall. Ein Tischgenosse meinte schadenfroh:

»Chris, du hast unsere Sorgen für lächerlich befunden. Es ist viel schlimmer als das, was du mit dem Unteroffizier eben erlebt hast. Den Höhepunkt hast du gar nicht mitgekriegt. Wenn die Klamotten aufgelesen sind, hält er jedes Stück dem Soldaten vor die Nase und spielt den Ordnungshüter. ›Warum, Sie Schlamperjan, haben Sie die Jacke, Hose beim letzten Wäschetausch nicht gewechselt? Laufen, Robben, Marsch, Marsch‹!

Christoph war das Essen vergangen. Er ging schnurstracks in das Nachbargebäude und klopfte an die Tür des Parteisekretärs.

»Herein!«

»Genosse Major, darf ich eintreten. Ich bitte darum, Sie in einer wichtigen Angelegenheit kurz zu sprechen.«

»Komm nur herein, Genosse Soldat ..., Hinz, wenn ich nicht irre. Was gibt es denn so Wichtiges – zu dieser Stunde?«

Christoph hatte noch nicht den ersten Satz beendet, als der Major ihn unterbrach:

»Genosse, willst du Beschwerde führen oder eine unabkömmliche

Meldung machen? Bei einer Beschwerde hälst du den Dienstweg ein. Geh zu deinem Gruppenführer oder Hauptfeldwebel! Wenn du mir etwas Politisches mitteilen willst, das keinen Aufschub duldet, lege los!«

Der Einwurf hatte Christoph Zeit verschafft, das Gesehene als kleines Drama zu inszenieren. Der Major hörte ohne Unterbrechung zu. Der Schlußsatz sollte wie antiker Chor klingen:

»Solche Drillexzesse waren in Hitlers Wehrmacht gang und gäbe. Sie sind unvereinbar mit den ethischen Werten einer sozialistischen Volksarmee.«

»Hm ... , hm ... , Genosse Hinz, ich lasse den Vorgang überprüfen. Wir sprechen darüber in der nächsten Parteigruppenversammlung.«

Der Genosse Major war Bataillonskommandeur und Parteisekretär in einem. Er begann die Sitzung der nur aus fünf Mitgliedern bestehenden Parteigruppe mit einem Statement: »Genossen, da ist eine dumme Geschichte passiert, die dem wachsamen Auge der Partei natürlich nicht entgangen ist.« Der Major gab sie mit drei Sätzen wieder, militärisch kurz, ohne die geringste emotionale Beteiligung. Eine rhetorische Wendung beendete den Tagesordnungspunkt: »Ich bin der Meinung, daß solche Drillexzesse aus Hitlers Wehrmacht unvereinbar sind mit den hehren Aufgaben und Zielen einer sozialistischen Volksarmee. Gibt es Willensäußerungen? Nein? Gut, dann wird der Unteroffizier morgen in das Panzerregiment versetzt.«

Christoph biß sich auf die Lippen. Auch auf seinem Zimmer schwieg er sich über das Erlebte aus. Als einige Tage später die ganze Kompanie munkelte, der Unteroffizier sei strafversetzt worden, sagte er kein Wort. Ihm war einfach nur schlecht. ›Da hast du dem Major gratis das Werkzeug geliefert, wie er unbeschadet aus einem schlimmen Exzeß herauskommt‹. Er korrigierte sich sofort. ›Du hast aus dem antiken Drama dir die Worte passend zurechtgebastelt. Von eigener echter Empörung keine Spur! ... Die Verantwortlichen wollen den Schein wahren! Und selbst der bröckelt sofort mit der Strafversetzung. Der Dreckskerl von Unteroffizier geht zu den Panzern. Dort sind die Sitten rauer. Dorthin paßt er, ohne aufzufallen, wenn er sich noch ausgefallenere Schindereien ausdenkt. Militär ist Militär. Hier hast du eigentlich nichts zu suchen‹!

Obwohl die Zahl der Bewerber für Telegraphie weit das Fassungsvermögen einer Zehner-Ausbildungsgruppe überstieg, wurde Christoph nach mehreren Übungstests genommen. Die Ausbilder waren »alte Hasen«. Sie waren methodisch versiert, effizient und prüften die Fortschritte der Lernenden alle vier Wochen nach einem strengen Reglement, bei dem

Schummeln ausgeschlossen war. Tempo 40, das heißt 40 Morsezeichen/ Min. hören, aufschreiben und geben auf der Taste, schafften sieben bis neun Funkschüler, Tempo 80 schafften vier bis fünf, Tempo 160 in einem »normalen« Lehrgang keiner, in einem herausragenden zwei. Auf Kommando war dieses Tempo ohnehin nicht zu leisten. Man brauchte Veranlagung, Ausdauer im Üben und eine gute Tagesform. Deshalb wurde das Ergebnis von den Prüfern erst nach drei erfolgreichen Tests anerkannt. Christoph und ein körperbehinderter Bursche Ende zwanzig ohne soldatische Ausbildung, der hervorragend Cello spielte, schafften es.

Christoph wurde auf den neu geschaffenen Posten des Cheffunkers der 4. MSD (motorisierte Schützen-Division »Grenze«) kommandiert, auf eine bewegliche gepanzerte Funkstation aus neuester sowjetischer Fertigung, einer R 118. Das nachrichtliche Führungsfahrzeug des Kommandeurs, Generalmajor Wruck, sollte sogleich in einem Manöver mit sowjetischen Einheiten auf seine Einsatzvielfalt und –stärke geprüft werden. Die Funk-Kompanie war in heller Aufregung, weil der Divisionskommandeur sich nicht blamieren und der Station und Besatzung vor Beginn des Manövers einen Besuch abstatten wollte. Der General erschien mit einem russischen Gast gleichen Dienstgrades. Die Besatzung stand stramm, soweit das die enge Station zuließ. Beide Kommandeure lachten.

»Guten Tag, Genossen, weitermachen, wir wollen euch beim Arbeiten zusehen, nicht beim Salutieren.«

General Wruck gab nach Absprache mit seinem russischen Kollegen einige verschlüsselte Nachrichten zum Absetzen an den Telegraphie- und Sprechfunker sowie an den Fernschreiber. Im Nu waren die Texte versendet und von den Empfängern bestätigt. Während General Wruck genau hinsah, wie die Besatzung seine Aufträge erledigte, inspizierte der russische General das Innere der Station genauer. Er kannte sie offenbar schon etwas länger, denn er war überrascht von einigen technischen Neuerungen, die auf seiner Station nicht vorhanden waren. Er entdeckte dabei auch hinter Christophs Funkertischchen in einer Wandnische einige Bücher mit auffällig gebundenen Lederrücken und russischen Aufschriften. Er nahm einen Band in die Hand.

»Das ist Nekrassow, einer der Lieblingsdichter von Lenin. Wer liest das von euch?« Noch ehe der deutsche Kommandeur mitbekam, was da vorging, antwortete Christoph auf Russisch: »Ich, Genosse General, ich lese Nekrassow in den Ruhezeiten der Funkstille, zur besseren Vorbereitung auf mein Slawistikstudium.«

»Alle Wetter«, wandte sich der General an seinen deutschen Kollegen, »du hast eine Mannschaft! Die liest statt der Dienstvorschriften Nekrassow. Das nenne ich ›deutsch-sowjetische Bildungsfreundschaft‹.«

Beide verließen die Station. Der russische Kommandeur nickte Christoph zu, den Zeigefinger der linken Hand leicht gehoben. Er deklamierte Krylow: »In einem Spiegel sah sein Bild der Affe. Sacht stößt den Bär er an: ›Sieh doch nur her, Gevattersmann, was ist das für ein fratzenhafter Laffe‹?«

Der russische General redete laufend auf den deutschen ein. Einige Fetzen bekam Christoph mit, mindestens so viel, daß es um ihn ging:

«Dein Funker ist ein Prachtkerl, aber nur zur Hälfte: fachlich hervorragend, soldatisch keine Disziplin. Bei uns ist es genau umgekehrt: soldatisch top, ansonsten faul, was das Zeug hält.«

Der Gruppenführer war im Begriff, die gerade abgelaufene Übung mit seiner Besatzung auszuwerten. Da wurde Christoph zum Hauptfeldwebel befohlen, sofort! Der Spieß stand in strenger Haltung hinter seiner schalterartigen, halbhohen Trennwand:

»Genosse Soldat, ich habe Ihnen bei der letzten Spintkontrolle befohlen, Ihren Bücherwust nach Hause zu schicken. Und was machen Sie? Sie verstecken die Bücher in der Funkstation.« Etwas leiser und verbindlicher im Ton setzte er nach: »Der Genosse General hat Sie mit drei Tagen Sonderurlaub belobigt. Hier ist der Urlaubsschein. Sie packen sofort Ihre Bücher zusammen und befördern sie aus dem Militärobjekt! Wenn ich Sie nochmal mit einem Buch erwische, außer den Dienstvorschriften, kriegen Sie keinen Urlaub, sondern Bunker; und ich sorge dafür, daß Sie nicht zum Gefreiten befördert werden. Haben Sie das verstanden?«

»Ja, Genosse Hauptfeldwebel!«

»Das heißt ›jawohl‹!«

»Gewiß, Genosse ... , ich meine jawohl, Genosse Hauptfeldwebel.«

»Abtreten!«

Als Christoph aus dem Urlaub wieder bei seinen Zimmergenossen erschien, überfielen sie ihn mit allerlei Fragen. Sein Kraftfahrer unterbrach die anderen:

»Chris, du sollst nach Ankunft gleich zu Major Schindler kommen.«

Christoph zog Uniform an, schaute in den Spiegel. Er hätte eigentlich zum Friseur gemußt. Egal, er marschierte unverdrossen los, einer weiteren Maßregel gewärtig.

Der Parteisekretär empfing ihn sehr freundlich: »Der Genosse General hat sich lobend über euren Betriebsstart auf der R118 geäußert. Du hast mit deiner Genauigkeit und deinem Tempo im Funkverkehr Eindruck gemacht. Ich möchte mit dir über deine weitere Laufbahn im Divisionsstab sprechen. Der Inhalt bleibt unter uns. Das ist ein Befehl! Wir schlagen dir folgendes vor: Du verpflichtest dich als Zeitsoldat, zunächst für zwei Jahre. Du machst neben deinem täglichen Funkdienst auf der Station eine Ausbildung als Unteroffizier, nur den administrativen Teil, höchstens sechs Wochen. Gleichzeitig wirst du zum Ausbilder in Telegraphie berufen. Wenn deine Leistung und deine Persönlichkeitsentwicklung stimmen, kannst du danach Offizier werden, auch da die Ausbildung nur in der Administration. So, und dann stehen dir alle Wege offen: die Militärakademie, Fachrichtung ›Nachrichten‹, Perspektive mit deinen Russischkenntnissen: Abschluß in der Sowjetunion. Einverstanden? Dein Sold wird von 270 auf 610 Mark erhöht – plus Leistungszulage als Ausbilder von 150 Mark, wenn deine Funkschüler die geplanten Ziele erreichen. Beim nächsten Fahnenappell wirst du zum Gefreiten befördert.«

»Genosse Major, das Angebot ist eine große Ehre für mich. Ich bin unendlich dankbar für die Bildungsmöglichkeiten, die mir die Armee geboten hat. Meine Lebensplanung ist eine andere. Ich will studieren, Literaturforschung betreiben, Bücher herausgeben und vielleicht selbst welche schreiben. Ich bin nicht zum Soldaten geboren.«

»Nun, das Studium an der Militärakademie hält für dich viel höhere Herausforderungen bereit als deine Universität. Dort studieren Tausende. An die Militärakademie schaffen es jedes Jahr nur 25.«

»Ganz ohne Zweifel. Das ist wahr! Aber die Fachrichtung ist nicht die meine. Funken ist für mich wie Musik hören, doch Musiker könnte ich nie und nimmer werden.«

»Genosse, überlege dir das gründlich! Wir sprechen nochmal darüber. Zum Gefreiten wirst du trotzdem vor der Zeit befördert.«

Christophs Standpunkt war unverrückbar. Das sahen auch bald seine Vorgesetzten ein. Sie entließen ihn 3 Monate früher, als seine Freiwilligen-Zeit vorsah, damit er pünktlich zu Semesterbeginn an Ort und Stelle war.

In der Folgezeit wurde er, gleich, wo und in welcher Position er tätig war, von jeglichem Reservedienst ausgenommen. Er wurde nicht einmal gefragt, ob er in einer Kampfgruppe mitwirken wolle. ›Die brauchen mich nicht und ich sie nicht; wie schön, daß wir einer Meinung sind‹, sagte sich Christoph.

VOM ICH ZUM WIR UND ZURÜCK

Christoph schickte seinen Antrag auf Immatrikulation, Fachrichtung Germanistik/Slawistik, an die Universität. Beigelegt war das blendende Delegierungsschreiben seines Bataillonskommandeurs. Die Immatrikulationsstelle antwortete ihm, nach dem Ergebnis des Vorkurses und den Abiturzeugnissen der Abendschule habe er keine Universitätsreife. Es fehlten die Abschlüsse in Mathematik, Physik, Chemie und Astrologie. Er könne nach der jüngsten Hochschulreform nicht zugelassen werden. Ein Lehrerstudium, Fachrichtung Deutsch/Russisch, sei für ihn die einzige Alternative. Man habe die Bewerbungsunterlagen an die Pädagogische Hochschule in P. weitergeleitet.

Christoph war wütend. Als Dank für die Verteidigung des Weltsozialismus verweigere man ihm die vor zwei Jahren festgeschriebene Immatrikulation. Seine damaligen Kommilitonen säßen quietschvergnügt in den Hörsälen, im 3. Studienjahr, und amüsierten sich über seine politische Naivität. ›Die haben über Bedarf ausgebildet und wissen nicht, wohin sie die Absolventen stecken sollen. In die Schule gehen diese Überkandidelten nicht. So einer wie ich soll das jetzt ausbaden‹, dachte er bei sich.

Nichtsdestotrotz, das Studium machte ihm Spaß. Es war gut organisiert. Die Lehrkräfte waren in ihrem Fach kompetent außer in Didaktik. Diese Ausbildung schwänzte er, wo er konnte. Er wollte die Langeweile aus seiner Schulzeit nicht im nachhinein auch noch theoretisch begründet haben. Vielleicht war das ein bißchen arrogant. Aber bei seinen Lehrproben im vierten Studienjahr hatten die Didaktiker wenig auszusetzen. Sie bemängelten ziemlich einmütig, daß er die Schüler zu viel und die Zeitplanung der Stunde mit ihren aufgesplitteten Lehrinhalten zu wenig beachte.

Traf er auf einen politischen Eiferer, die in den Fachmethodiken üppig versammelt waren, ging es schonmal zur Sache. In einer »Faust«-Stunde zum Naturmonolog in »Wald und Höhle« warf ihm die Didaktikerin vor, die Schüler zu überfordern und die Erziehungspotenzen des Werkes zu vernachlässigen.

»Welchen Beitrag leisten Sie zur Erziehung der sozialistischen

Schülerpersönlichkeit, wenn Sie Fausts spinozistische Naturbeziehung herausarbeiten?«

»O, ich dachte, die Stunde hätte die Frage beantwortet. Ist die sozialistische Persönlichkeit nicht reicher als die bürgerliche, wenn sie reicher an Wirklichkeitsbeziehungen ist? Wie aufschlußreich, wenn ein naturkundlicher Geist den Menschen durch die Natur führt, ihm die evolutionären Bewegungen zeigt, wie der Mensch sich stetig vervollkommnet, ohne je vollkommen zu werden – und das alles noch zu einem universellen Entwicklungsgesetz für den Menschen erhebt!«

Die Didaktikerin winkte ab. »Diesen Erkenntnisanspruch hat kein Schüler verstanden, je denn verinnerlicht.«

»Das sollten sie nicht bei mir, sondern bei den Schülern nachfragen!«

»Wir machen hier keine Soziologiestudie, sondern Unterricht. Richten Sie Ihr Augenmerk auf die Szenen, die sinnlich mehr Erziehungspotenzen haben: Eingangsmonolog, Vor dem Tor, Kerkerszene!«

»Diese Szenen sind Bestandteil der achtstündigen Behandlung. Wie wollen Sie Erziehungsdesiderate beurteilen, wenn Sie in den Stunden gar nicht hospitieren? Literaturwissenschaftlich ist Ihr Einwurf nicht zu halten. Der Eingangsmonolog ist eine Universitätssatire und für den Schüler reichlich wirklichkeitsfern. Vor dem Tor entstand als letzte Szene, unmittelbar vor der Druckfassung. Sie weist mit ihrer kunstvollen Komposition schon in das Spätwerk. Die Kerkerszene kann man in dieser Klassenstufe nur dramatisch durchblättern. Da sind die Schüler mit deren weltanschaulicher Tiefe tatsächlich überfordert.«

Der Didaktikerin kam diese wissenschaftliche Argumentation ganz und gar nicht gelegen. Sie würgte sie ab. »Wir betreiben hier nicht Literaturgeschichte, sondern Literaturmethodik. Ihre Stunde war, wohlwollend beurteilt, eine Drei!«

Christoph fühlte sich auf Anhieb in seine Schulzeit versetzt: ›vordergründiger Murks, Literatur wird politisch plattgemacht‹! Mit solchen Vorwürfen war er gewohnt zu leben. Wichtig war ihm, daß der Lehrstoff die Wirklichkeitserfahrung der Schüler bereichert hatte – auf eine Weise, die sie inspirierte.

Er durfte seine Diplomarbeit in deutscher Literaturgeschichte öffentlich verteidigen, nicht wie üblich in einem Seminarraum, sondern im Hörsaal 1, der prall gefüllt war. Der Zweitgutachter von der Akademie der Wissenschaften, der vorgeschlagen hatte, die Diplomarbeit zu einer Dissertation auszubauen, warf Fragen auf, die das sonst triste Frage- und Antwortspiel in einen öffentlichen Diskurs überführten.

Der wissenschaftliche Erfolg trug für Christoph keinerlei Früchte. Er mußte als Fachlehrer dahin, wo er gebraucht wurde, für mindestens zwei Jahre. Er wurde in ein idyllisches Städtchen nahe der Heide geschickt. Er wandte all seine Zeit daran, daß die Schüler Spaß beim Lernen haben. Kein Schüler sollte das durchmachen, was ihm selbst widerfahren war. Die Schule sollte nicht Hölle, sondern Wunderhöhle mit Zwergen, Kobolden und Heinzelmännchen sein!

Das Fach Russisch stand nicht in der Schülergunst. Das lag daran, daß die Politik die hohe Kultursprache zu sich in ihre niederen Sphären her- abgezogen hatte und obendrein noch den täglichen Gebrauchswert unter- grub, weil die Kommunikation mit Russen nicht auf der politischen Agenda stand. Christoph hatte die russische Literatur des 18. und 19. Jahrhunderts in Deutsch und Russisch gelesen. Er hatte während des Studiums das Glück gehabt, von einer Russin in die Geheimnisse der russischen Ausdrucksmög- lichkeiten eingewiesen worden zu sein. Er hatte im Labor und im Original die phonetischen Feinheiten gelernt. Das war für ihn wie Sprache in Musik setzen.

Christoph ging mit den Russischlehrbüchern sehr frei um. Er adaptierte die Texte auf einfachste Alltagssituationen. Gesprächs- und Beschreibungs- lexik wurde mit Redewendungen durchtränkt, zu melodischen Einheiten möglichst, die sich leicht ins Gedächtnis einprägten. Solche Spielchen wur- den geprobt im Unterricht, in den Kursen der Ganztagsschule, in den Frei- zeitzirkeln, beim Zusammentreffen auf der Straße. Gesprächsgelegenheiten mit Schülern in einem engen Städtchen gibt es haufenweise. Vor allem die Mädchen machten mit. Wenn sie ihre Redewendungen erprobten, fühlten sie sich auf gleicher Höhe mit dem Gesprächspartner. Es kam immer wieder vor, daß ein Mädchen vor Christoph strahlte:

»Ich habe gestern mit einem richtigen Russen gesprochen. Der hat alles verstanden. Nur ich hatte Schwierigkeiten beim Hören. Der hat so schnell und undeutlich gesprochen.«

Christoph nutzte solche Erfahrungen sofort für Spielsituationen im Unterricht. Er sprach in verschiedenen Tempi und Landesfärbungen Ge- genstände an, die in der Klasse vorhanden waren. Die Schüler brauchten nur dinglich reagieren, zum Beispiel das Fenster öffnen, die Schultasche geradestellen, ein Tafelbild fabrizieren, den Kopf schütteln, den Nachbar nach dem Wetter fragen, die Uhr vom Arm nehmen usw. Melden war nicht erwünscht. Wer die meisten richtigen Reaktionen zustande brachte, bekam eine Eins, der nächstfolgende eine Zwei. Eine Fünf gab es niemals. Dafür waren die Leistungsproben nicht ausgelegt und der Mitmachwettbewerb viel zu intensiv, um sich untätig hinter anderen zu verstecken.

So floß ein Schuljahr in gleichmäßigem Rhythmus dahin, und ein neues begann auf eben dieselbe Weise. Aufregung konnte nur von außen kommen. Sie kam mit Dubceks Reformversuch, für seine Tschechen und Slowaken einen Sozialismus mit menschlichem Antlitz schaffen zu wollen. Die sowjetische Führungsmacht sah darin die unverrückbaren Zeichen einer Konterrevolution. Panzer stellten den einzig wahren Sozialismus wieder her. Sowas konnte einen Lehrer wie Christoph durchaus bedrücken und unter bestimmten Umständen willensstark machen. Eine eifrige Ministerin schickte in alle Schulen eine vorgefertigte Freiwilligen-Willensbekundung, auf der alle Lehrer die Hilfsaktion der sozialistischen Staatengemeinschaft in der CSSR per Unterschrift begrüßen sollten.

Das Dokument lag auf einem separaten Tisch im Lehrerzimmer, der extra nahe der Tür aufgestellt war. Die Parteigruppensekretärin unterschrieb. Sonst herrschte Nichtachtung vor. Nicht einmal des Durchlesens würdig gingen die Kollegen vorbei. Da griff der stellvertretende Direktor ein. Unmittelbar vor Unterrichtsbeginn, kurz vor acht, hob er das Blatt in die Höhe und rief in den Raum hinein: »Kollegen, nicht vergessen, unterschreiben!« Er und sein Chef unterschrieben, so daß es alle Kollegen sehen konnten.

Bis Schulende Donnerstag kam ein halbes Dutzend Unterschriften zustande. Am Freitagfrüh mahnte der beauftragte Direktor: »Kollegen, laßt euch nicht ewig bitten, ich muß heute Nachmittag die Liste an die Kreisleitung schicken!« Er rückte einen Stuhl zwischen Tür und Tisch, setzte sich mit einem erhobenen Kugelschreiber und drückte diesen jedem Kollegen in die Hand, der das Lehrerzimmer verließ oder hereinkam.

Für Christoph war von der ersten Minute an klar, daß er nicht unterschreiben würde. Da waren ihm als Betroffenem die Schicksale von Besatzung, Terror, Flucht und Vertreibung viel zu gegenwärtig. Anfangs sagte er sich, ›ich winde mich schon irgendwie raus, ich habe es bisher immer geschafft‹. Als ihm die Parteisekretärin die Liste Donnerstagnachmittag in die Hand drückte, »Chris, du darfst als Vorbild nicht der letzte sein«, sagte er nur gequält:

»Ja, ja, ich fühle mich nicht wohl!« Er ließ er sich sofort krankschreiben, zum ersten Mal in seinem Berufsleben.

Er blieb eine geschlagene Woche zu Hause. Die Liste lag in der Kreisleitung. Dort würde man drüber schauen. Und dann würde die Kampagne wie jede Kampagne vorübergehen.

Montagfrüh paßte ihn der Direktor auf dem Korridor ab: »Kollege Hinz, am Mittwoch, 10.00 Uhr, Vorladung in die Kreisleitung, Genosse Siewert persönlich. Vertretung wird organisiert.«

Die Neuigkeit ging wie ein Lauffeuer durch das Kollegium. In der Hofpause faßte ein schon aus Studienzeiten befreundeter Kollege ihn an der Schulter: »Du, sag mal, was hast du angestellt. Der Siewert, das ist der Kreisleiter, der mit einem Rollkommando die Westantennen von den Dächern weggeschnitten hat. Nimm dich in Acht!«

»Meinetwegen, ich sehe nicht fern.«

»Paß gut auf«, warnte der Kollege aufdringlich: »mit dem ist nicht zu spaßen.«

Christoph rekapitulierte alle Einwände mit wachem Verstand, die unterschwellig seine Verweigerungshaltung festgeklopft hatten. Ansonsten sah er ruhig dem Termin entgegen. Er kam etwas zu früh in der Kreisleitung an. Der Pförtner leitete ihn sogleich per Anruf an die richtige Stelle. In einem hohen langgedehnten Raum saß an der gefensterten Stirnwand hinter einem kompakten Schreibtisch ein Mann in den Vierzigern, eine gepflegte Erscheinung: Haarpracht wie gerade vom Friseur auf Fasson geschnitten, dunkelblauer Anzug, tiefrote Krawatte, in der einen Hand die glimmende Zigarette, in der anderen der Telefonhörer. Der Kreisleiter legte bei Christophs Eintreten den Hörer sofort auf, winkte mit der Hand auf den nächsten Stuhl und begann ohne förmliche Begrüßung:

»Ich habe neulich im Kulturhaus der Wismut die Fotoausstellung deiner Schüler gesehen. Großartig, in der Motivbreite wie im Format. Sag mal, wie macht man so große Fotos?«

Christoph war auf diese Eröffnung nicht gefaßt, antwortete aber unverwandt direkt: »Wir haben uns von den Theaterwerkstätten große Fotoschalen von 2 m x 1,20 fertigen lassen. Das Fotopapier, 1 x 10 Meterrollen, bekomme ich von Berufsfotografen, mit denen ich zusammenarbeite. Alles andere ist harte Arbeit. Die Schüler müssen eimerweise Wasser tragen, die Chemikalien auflösen und nach getaner Arbeit die Lösungen in große dunkle Behälter gießen. Wir nehmen getönte Weinballons mit 20 bis 50 l Fassungsvermögen.«

»Es sind einige Farbfotos dabei. Sowas habe ich bisher nur in Theaterfoyers gesehen.«

»Stimmt, fabrikgefertigte Farbchemikalien aus Leverkusen bekommen bei uns nur zwei, drei Theaterfotografen, die international arbeiten. Mein Bruder ist Diplomingenieur in Chemie. Der beschafft mir die Einzelchemikalien. Die werden auf einer Apothekerwaage gewogen. Die Gewichte sind nach Formeln errechnet. Alle Schüler machen mit. Das ist eine lange Prozedur, ich kontrolliere nur, ob die Abmessungen stimmen. Die Zusammensetzung der Entwicklerlösung entscheidet über die Qualität der Fotos, vorausgesetzt, die Schüler haben alles richtig gemacht bei der Aufnahme mit Licht- und Zeitmessung. Letzteres ist Handwerk, das bei jeder Zusammenkunft vervollkommnet wird.«

»Aha, jetzt ist mir klar, wie ihr auf der Pariser Ausstellung einen 1. Preis geholt habt. Fabelhaft, ihr habt unser Land würdig vertreten, habt sogar für den Staat ein paar Devisen verdient! Lobenswert, wenn da nicht die Sache mit deiner Unterschrift wäre. Das ist doch keine Vergeßlichkeit? Das ist ein Affront ... , eine Provokation!«

»Nein, weder noch. Ich habe als kleines Kind, Besatzung, Schikanen, Exzesse, Flucht und Vertreibung noch miterlebt; was nicht bewußt erlebt, das hat meine große Schwester so lange erzählt, bis ich es als Erlebtes aufbewahrt habe. Ich unterschreibe so etwas nicht.«

»Lieber Genosse, wir sind uns doch einig, daß wir hier von verschiedenen Dingen reden. Vergleiche zwischen faschistischem Terror und sozialistischer Bruderhilfe gehen völlig daneben.«

»Ich vergleiche nichts. Ich habe nur meine Brandmale benannt. Übrigens, der Terror ging weit über den Faschismus hinaus. Er hat in Polen und in der Tschechoslowakei zwischen 1945 und 47, mancherorts bis 1951 gewütet und Millionen Flüchtige zu Tode gebracht. Wenn jemand etwas vergleicht, dann sind es die Tschechoslowaken. Die erleben die ›sozialistische Bruderhilfe‹ als Besatzung. Das müssen wir respektieren.«

»Der Dubcek wollte eine Konterrevolution anzetteln, die muß man bekämpfen, auch mit Gewalt! Begreifst du das nicht?«

»Dubcek will einen Sozialismus mit menschlichem Antlitz, wie er sagt. Jedes sozialistische Land hat das Recht auf einen Sozialismus nach seinem Verständnis, nach dem Willen seiner Bürger. Es muß nur Sozialismus sein.«

»Genosse, du bist total verbohrt. Was du da sagst, ist reaktionär! ... Eine gestandene sozialistische Lehrerpersönlichkeit – und in dieser Frage sowas von daneben! Du bist ein ausgezeichneter Russischlehrer und willst kampferprobte sowjetische Außenpolitik nicht wahrhaben. Die Mitglieder aus der sowjetischen Delegation, die neulich in deinem Russischunterricht hospitiert haben, waren voll des Lobes. ›Das ist Russisch, wie wir es sprechen und verstehen‹! – Genosse, wie kann man nur so verbohrt sein?« Er stand auf mit einer Geste des Abwinkens. »Ich werde mit dem Genossen Schulrat sprechen.«

›War das nun eine Drohung oder die pflichtgemäße Abarbeitung eines unliebsamen Vorkommnisses‹, überlegte Christoph auf der Busfahrt in die Schule. Nachdem sich das Erlebte gesetzt hatte, kam er zu dem Schluß: ›Ich muß aus deren Gesichtskreis raus, und die müssen sich in der Gewißheit wiegen, nie wieder mit mir solchen Ärger zu bekommen‹.

Am Abend schrieb er an den Schulrat ein Versetzungsgesuch. Er begründete den Antrag, er wolle in den Sommerferien heiraten. Seine künftige Frau in L. habe eine pflegebedürftige Mutter und drei halbwüchsige Geschwister aus zweiter Ehe. Da müsse er mithelfen. Er wolle zudem seine Forschungsambitionen wieder aufnehmen und eine Dissertation, mit den Nationalen Forschungs- und Gedenkstätten abgesprochen, in freier Promotion schreiben. Dazu brauche er nahe wissenschaftliche Einrichtungen.

Es herrschte Schweigen. Nicht einmal die Parteigruppe der Schule erhielt den Auftrag, Christophs Haltung zu rügen. Am Ende des Schuljahres drückte ihm der Direktor einen offenen Brief mit der Bemerkung in die Hand: »Da haben Sie uns in einen richtigen Notstand gebracht!«

Christoph entnahm dem Brief ein Blatt, auf dem ein einziger Satz stand: »Ihrem Versetzungsgesuch nach L. wird stattgegeben. Gez. Schulrat ... «

Christophs neue Schule befand sich in einem alteingesessenen Arbeiterbezirk. Sie war viermal größer als die vorherige. Die Schüler machten viermal mehr Arbeit als die auf dem Lande. Christoph war anfangs ausgelaucht von den Anstrengungen eines Arbeitstages. Bevor er einschlief, ließ er vor seinen Augen die vielen Einschläge aus seinem Schülerleben vorüberziehen. Jeden Morgen, wenn er zur Schule ging – das waren 15 Minuten Fußweg –, sann er nach einem neuen Einfall, welchem Übel mit welchen Mitteln zu begegnen sei.

Es war zur schlechten Gewohnheit jeder »Schwerpunkt«-Schule geworden, die berüchtigten Rabaukenklassen den Lehrern zuzuweisen, die neu an die Schule kamen. Christoph wurde Klassenlehrer der 6c, in der die stämmigen Sitzenbleiber, ein, zwei, drei Jahre älter, mit ihrer körperlichen

Überlegenheit ihre Mitschüler, nicht nur der eigenen Klasse, terrorisierten. Harry, der auffälligste Rüpel, war der jüngste Sohn von vier Kindern einer Arbeiterfamilie, in der der Vater in den städtischen Wasserwerken, die Mutter in der Straßenreinigung tätig waren. Der älteste Sohn hatte die Schule nach dreimaligem Sitzenbleiben am Ende der 6. Klasse verlassen. Harry war längst in die asoziale Ecke abgeschoben worden. Dort saß er ganz hinten, allein, den Schuljahreswechsel nutzend, um aus dem Blick des neuen Klassenlehrers zu kommen. Nach den ersten Auffälligkeiten ermahnte ihn Christoph: »Harry, wenn du da hinten sitzenbleiben willst, mußt du etwas ruhiger werden!« Er ließ vom Hausmeister die Tischordnung im Klassenraum so verändern, daß Harrys gesamte Gestalt, insonderheit seine Sitzhaltung, wie in einem Atelier ausgestellt war. Wenn er ausholte, um einen Schüler mit Fremdkörpern zu bewerfen, war Christoph rechtzeitig zur Stelle und griff ihm in den Arm. Harry war wegen Orthographie/Deutsch 5 nicht versetzt worden. Bei lautem Reinquatschen in Schüler-Lehrer-Debatten assistierte Christoph, ganz freundlich im Ton: »Diesen Satz mußt du heute nach dem Unterricht richtig schreiben lernen, damit du in Klasse 7 versetzt wirst.« Christoph probte mit ihm tatsächlich diesen Wortschatz. »Harry, wir sitzen nicht nach, wir üben deine Sprüche von heute Vormittag, bis sie richtig geschrieben sind.« Dabei füllte er die Vorgaben mit Lexik zu dem Themenschwerpunkt des nächsten Diktats auf, Groß- und Kleinschreibung, Zeichensetzung ... Harry wunderte sich, warum er kaum noch »Fünfen«, gehäuft aber »Vieren« und sogar »Dreien« schrieb.

Um seine Gewaltausbrüche unter Kontrolle zu bringen, beförderte ihn Christoph zum Helfer der Pausenaufsicht. Harry mußte an der Seite des Aufsichtlehrers die tobenden Ausbrüche anderer Schüler unterbinden. Gewisse Freiheiten wurden ihm gestattet, wenn er robust in aggressive Handlungen eingriff. Mischte er sich übermotiviert in unschuldige Techtelmechtel, wurde er am Ohrläppchen schmerzhaft daran gehindert.

Harry blieb ein auffälliger Schüler bei den Lehrern in den Nebenfächern. Bei einer Wochenstunde konnte ihn niemand disziplinieren.

Jahre später, Christoph war auf dem Rad unterwegs, bremste ein BARKAS scharf auf seiner Fahrlinie. Harry stieg aus, begrüßte seinen ehemaligen Lehrer sehr erfreut und verkündete stolz: »Ich bin jetzt Erzieher in einem Heim für schwer erziehbare Kinder. Schauen Sie, wir brav die Rangen im Auto sitzen.«

»Harry, grüß dich! Das ist ein glücklicher Zufall«, staunte Christoph nicht schlecht. »Und wer beaufsichtigt sie während der Fahrt?«, nickte er in Richtung Transporter.

»Na ich, wer sonst? Alles in bester Ordnung!«

Christoph wünschte viel Glück und Erfolg, konnte ein ›Aha‹ für sich jedoch nicht so einfach wegwischen. ›Da siehst du wieder, allseitig gebildete sozialistische Persönlichkeiten sind reicher, als du es jemals für möglich gehalten hättest‹.

Christophs Direktorin an der neuen Schule, eine resolute Endvierzigerin, war kommunistische Überzeugungstäterin im unverdorbenen Sinn. Sie schaute genau hin, was ihre Kollegen machten. Statt zu tadeln, zu strafen oder gar zu schurigeln, hospitierte sie mehr, half selbst oder organisierte wirkliche Hilfe. Sie war beliebt und gefürchtet. Nach einem halben Dutzend Besuchen bei Christoph – er unterrichtete in weit mehr Fächern als ausgebildet – lobte sie: »Genosse Hinz, das gefällt mir, wie du das machst! Nie trocken, immer lebendig; wenn es stockt, ein neuer Einfall, ein Methodenwechsel! Du bist wirklich beweglich. Am liebsten hätte ich dich als Fachbereichsleiter in Deutsch. Wenn du Heine den Alltag poetisieren läßt, sind die Schüler nicht mehr im Klassenraum. ›Das Mädchen heiratet aus Ärger den ersten besten Mann, der ihr in den Weg gelaufen‹. Wie wahr! Literaturunterricht ist nicht Denkmalschutz, sondern Leben im Alltag. Aber in dieser Schule gibt es kein Konkurrenzgerangel – sozialistischen Wettbewerb ja! Die erfahrene Monika Lennartz bleibt Fachbereichsleiterin bis zur Rente. In Sport könntest du auch, doch der Rolf Springholz hat Leistungsmeriten. Die müssen wir achten. Ich werde dich zum Fachbereichsleiter für Russisch vorschlagen. Du bist allemal auf Sprachverständnis fixiert und nicht auf Normierung wie die Rita, die mit dem ewigen ›kak delo‹? Die Leitungsfunktion bringt 50 Mark Leistungszulage. Ich weiß, daß du eine große Familie geheiratet hast.«

Sie kamen miteinander gut aus.

Eines Tages aber trübte sich das Einvernehmen ein. Christoph drückte sich in den Sommer- und Winterferien vor schulischen Aufgaben, wo er nur konnte. Er brauchte die Zeit zum zusätzlichen Geldverdienen. Er lieferte mit einem vom Großhandel gestellten Lastwagen Obst und Gemüse an die Kleinläden der Stadt aus. Das wurde gut bezahlt und am Ende des Tages mit Restware vergoldet. Das Ladegut wog immer etwas mehr als die ausgewogenen Portionen in den Läden. Beim Abladen der vollen Kisten in einer belebten Hauptstraße stand plötzlich Elvira Mönecke, die Direktorin, vor Christoph.

»Was machst du hier?«, fragte die Chefin ganz entsetzt

»Ich jobbe ..., ich versorge die Bürger mit Bananen, Spargel und Blumenkohl, was sie dringend brauchen.«

»Sooo! ... Wann bist du heute fertig?«

»Je nachdem, ob es Aufruhr in einem Laden gibt, zwischen 17.00 und 18.00 Uhr.«

»Gut, wir treffen uns 18.00 Uhr in der Schule. Ich warte auf dich!«

Als Christoph das Direktorenzimmer betrat, war alles Entsetzen aus dem Gesicht der Chefin entwichen. Mit offenem Blick dozierte sie: »Hör mal, Genosse Hinz, daß du Geld verdienen willst, verstehe ich, daß du deine Pflichten in den Ferien weniger erfüllst als die anderen, darüber sehe ich hinweg, daß du diese Arbeit in der Öffentlichkeit machst, geht gar nicht! Was passiert, wenn Schüler und Eltern dich so sehen? Undenkbar, wenn ein Schüler dich um eine Banane anbettelt. Du untergräbst deine Autorität, du schadest dem Ruf unserer Schule, du ruinierst das hohe Ansehen des Lehrerberufs in unsrem Land! Also was tun? Ich sorge dafür, daß du Vertretungsstunden bekommst, so viele, wie du schaffst. Das bringt 100 bis 150 Mark im Monat.«

Ohne Widerspruch folgte Christoph dem Vorschlag. Doch schon nach zwei Monaten nahm er die Fülle der zusätzlichen Stunden nicht mehr an. Nervige Anspannung zehrte an ihm, und die Steuern fraßen einen gehörigen Teil des Mehrverdienstes weg.

Er fand Aufnahme in eine Feierabendkolonne. Die jubelte mit offenen Armen, als er seinen Schweißerpaß vorzeigte. Für eine 12-Stundenschicht am Wochenende im Südkraftwerk, Schweißen von Alu-Kabel, bekam er 64,- Mark bar auf die Hand.

Bei dieser Belastung konnte natürlich keine Dissertation wachsen. Christoph sammelte und wertete Quellen aus, brachte es aber auf keine einzige Manuskriptzeile. An einem Samstagmittag verließen Christoph und die Direktorin in Begleitung ihres Mannes zufällig gemeinsam die Schule. Auf der Treppe erkundigte sich der Mann bei Christoph nach seinem Dissertationsvorhaben.

Christoph stöhnte: »Mäßig! Vorwärts kann man das nicht nennen. Wenn ich so weitermache, bin ich in 10 Jahren noch nicht fertig.«

Der Mann, ein Kombinatsdirektor, lachte: »Das habe ich auch durch, vor

20 Jahren. Dann gab man mir 2 Jahre Studienurlaub, weil ich das Werk nur als Doktor übernehmen durfte. Und schon hat es geklappt. Elvira, du bist mit der Annerose, der Bezirksschulrätin, befreundet. Bequatscht das mal! Nicht jeder Lehrer kann Doktor werden, aber ein Lehrerdoktor kann was werden für eure sozialistische Schule.«

Von diesem Tag an befreundeten sie sich. Die beiden Ehepaare besuchten sogar einander, tranken ein Glas Wein und plauderten stundenlang ihre Abgespanntheit aus. Der Kombinatsdirektor wußte von sozialistischer Wirtschaftspolitik in spaßigen Episoden zu erzählen, von den Vorgaben und von der praktischen Umsetzung in seinem Kombinat. Wenn die Gegenüberstellungen gar zu paradox wurden, geriet seine Stimme in lachendes Tenorhoch.

»Neulich bekam ich in Berlin die Auflage, in diesem Jahr den Export aller Bodenbearbeitungsgeräte in die Sowjetunion zu verdoppeln. Ich sagte dem Minister, daß wir dafür weder die Materialressourcen noch die maschinellen Herstellungskapazitäten noch das Personal haben. ›Dann laßt euch etwas einfallen‹, antwortete er nur. Das haben wir dann auch. Wir beendeten sofort die verordnete Konsumgüterproduktion und lieferten unsere Stammprodukte nur noch in die SU. In alle anderen Länder wurde nichts mehr geschickt. Ich wurde wegen der Vertragsverletzungen ins Ministerium zitiert. Ich sagte nur: ›die Exportquote in die SU haben wir geschafft. Das war schwer genug! Leider gab es wegen der Überbelastung des Maschinenparks eine Havarie. Wir sind am Ende‹. Der Minister stellte in Aussicht, uns mit neuer Technologie auszustatten – bei der nächsten Devisenanleihe! Bei dem Versprechen wird es bleiben.«

»Das mit der Havarie läßt sich doch überprüfen. Dann bekommt ihr noch mehr Ärger«, hakte Christoph nach.

»Aber nein, in dem Fall helfen wir ein bißchen nach«, lachte der Kombinatsdirektor, noch etwas lauter als zuvor.

Solche Auslassungen gefielen seiner Frau gar nicht. Sie bemühte sich, das Thema zu wechseln.

Eines Abends führte sie das Wort: »Christoph, ich habe mit meiner Freundin, der Bezirksschulrätin, gesprochen. Es gäbe vielleicht einen Weg für deine Dissertation. Das Hochschulwesen in der Verantwortung des Volksbildungsministeriums sucht dringend qualifizierte Dozenten und Professoren. Wenn dir die Schulrätin den Weg in diese Richtung genehmigt, kannst du dir auf jeden Fall eine Einstellung bei den NFG (Nationale

Forschungs- und Gedenkstätten) abschminken. Soll ich dir trotzdem einen Termin mit der Bezirksschulrätin organisieren?«

»O ja, das wäre phantastisch! Das Lehrerdasein halte ich sowieso nicht mehr lange durch. Es macht mich nervlich kaputt!«

Die Schulrätin empfing Christoph mit freundlichem Handschlag: »Lieber Genosse Hinz, ich weiß um die Sorgen deiner Dissertation, ich weiß von Elvira, daß du mit nie ermüdendem Einsatz arbeitest. Ich will dir unsere Nöte in der Lehrerausbildung kurz erklären. Nach jahrelangem Kompetenzgerangel, wer denn nun für eine sozialistische Lehrerausbildung zuständig ist, hat das Volksbildungsministerium die Zügel in die Hand genommen. Die Pädagogischen Institute müssen schnellstens Hochschulen werden, nicht dem Namen nach, sondern nach der Qualifikation der Lehrkräfte. Die Arroganz des Hochschulministeriums muß gebrochen werden. Wir brauchen Promovierte und Habilitierte. Ich würde deinen Wechsel in dieser Umbruchphase in ein(e) Institut/Hochschule genehmigen, damit du deine Dissertation zügig vollenden kannst. Das Thema, das du mit den NFG abgestimmt hast, dürfte mit dem Zweit- und Drittgutachter aus unseren Reihen kein Hindernis sein. Einen Wechsel zu den NFG genehmige ich auf keinen Fall. Wir wollen keinen Lehrer an eine Einrichtung verlieren, wo die sozialistische Kaderentwicklung, ich sage es sehr zurückhaltend, lax gehandhabt wird.«

BERUFUNG IM BERUF

Christoph machte als Lehrer weiter, jetzt im Hochschuldienst, obwohl das Institut, in das man ihn geschoben hatte, noch keine Hochschule war. Er traf ganz andere Verhältnisse an als die von der Schulrätin geschilderten. In jedem Studienjahr wurden 10 Seminargruppen mit je 25 bis 35 Student/innen immatrikuliert. Die Mädchen, frisch vom Abitur der Erweiterten Oberschule aus der ganzen Republik geholt, belegten mit 90 % die Fachrichtung Deutsch/Fremdsprache, die Herren – Jungen waren sie nicht mehr! – die Fachrichtung Deutsch/Geschichte/Staatsbürgerkunde mit ebenso hohem Anteil. Sie waren als »Werktätige« größtenteils aus der Armee ausgeschieden. »Werktätige« bekamen 90,- Mark mehr Grundstipendium als die Mädchen. Von Wunschfachrichtungen konnte keine Rede sein. Für die Mädchen wurde das Lehrerstudium reserviert. Bewarben sie sich an einer Universität für ein anderes Fach, wurden sie abgelehnt, jedenfalls mit großer Mehrheit. Den Männern wurde das Lehrerstudium schmackhaft gemacht durch Verzicht auf Leistungsnachweise, die auf Höhe des Abiturs waren. Ein weglobendes Delegierungsschreiben des »Betriebes« genügte. In einem Punkt hatte die Schulrätin recht: die sozialistische Schule sollte Gestalt gewinnen durch Erhöhung der Lehrerquote in den Fächern, die mit zwei bis sechs Wochenstunden als ideologierelevant galten.

Die Mädchen waren fast vollständig in Wohnheimen untergebracht. Die Männer lebten vorwiegend im Elternhaus, weil sie gedrängt aus der Region kamen. Der Altersunterschied von 18-jährigen Mädchen und 22- bis 28-jährigen Männern hatte beträchtliche Unterschiede im Lern- und Partnerverhalten zur Folge.

Gleich in den ersten Tagen traf Christoph zufällig mit seiner Russischdozentin aus Studienzeiten zusammen. »Habe ich Recht«, begrüßte ihn Frau Lohmert, »Sie haben hier angefangen, wo?«

»In deutscher Literaturgeschichte!«

»Ja, richtig, Sie haben uns damals schon einen Korb gegeben mit Ihrer Diplomarbeit. Tragen Sie bloß nicht die Nase zu hoch! Sie sind nicht besser dran als wir. Die Mädchen lernen – und leben ihr Fach nicht, die Männer leben! Sie wissen weder, was Lernen, noch viel weniger, was Studieren ist.

Wenn ich etwas zu sagen hätte, ich würde sie in ihre Spießgatter zurückverbannen. Dort richten sie weniger Schaden an.«

»Ist es wirklich so schlimm?«

»Ich schweige lieber. Beim nächsten Treff sagen Sie mir Ihre Meinung, – wenn ich noch hier bin! Ich gehe bei nächstmöglicher Gelegenheit in den Ruhestand.«

Christoph, von der Russischdozentin aufgeschreckt, schaute sich seine Studenten genauer an. Die Mädchen saßen in den Seminaren kaum anders als in den Schulklassen. Sie waren etwas auffallender gekleidet und ausgesuchter frisiert. Auf die Bienenfleißigen war Verlaß. Sie meldeten sich bei Sachfragen rege. Bei gedanklichen Operationen waren sie genauso passiv wie der übrige Teil der Seminargruppe. Christoph stand vor einem Dilemma. Er mußte zusehen, wie er sie vom Literaturunterricht wegbekommt und in ein literaturwissenschaftliches Seminar einführen kann. Er änderte nach zwei, drei Stunden den Stoffplan. Ausdünnung der Autoren und deren Werke, Akzentverschiebung auf Methodologie und wissenschaftliches Instrumentarium, länger und tiefer am Text und Fakten bezogener am außerliterarischen Bezugsfeld arbeiten! Weniger als ein Drittel der Seminargruppe konnte diese Wendung mitvollziehen. Dieser Teil verinnerlichte Literatur und lebte im Seminar auf. In der Schule erlernte Aktualisierungsriten lösten sich in Wohlgefallen auf, weil die analytische Arbeit sie nicht bereitstellte. Das Gros der Studentinnen verblieb im Schulsystem und suchte sein gewohnheitsmäßiges Heil in gesellschaftlichen Verallgemeinerungen ohne Werkgrundlage. Mit guten Leistungsbewertungen wurde das nicht mehr belohnt. In Prüfungen kulminierte dieser Stillstand. Es gab jede Menge »Vieren«, und 10 bis 15 Prozent der Mädchen fielen durch. Christoph als Bösewicht auszumachen, war aber schwieriger geworden. In den Prüfungskommissionen saßen zwei Prüfer – und wenn es noch demokratischer zuging! – plus ein Studentenvertreter.

Die Herren verhielten sich im Seminar, wie Tradition und Landläufigkeit Herren nun einmal beschreiben. Von Armeedisziplin hatten sie nichts mit hinübergenommen ins Studium. Sie saßen auf ihren Stühlen mit der Erwartung: ›So, nun zeig uns mal, was du kannst, Seminarleiter‹!

Am Anfang des Kurses hatten zwei Drittel der Teilnehmer die Texte nicht gelesen, die auf dem Seminarplan standen. Christoph machte augenblicklich aus dem Seminar eine Minivorlesung. Improvisieren lag ihm ohnehin. Hintergrundmaterial hatte er bei sich. Es wäre auch im Seminar eingesetzt worden. Er sprach frei, auch die lyrischen und dramatischen Texte. Das machte Eindruck, denn im Vortrag waren die analytischen Fixpunkte herauszuhören. Eine Mozart-Vertonung versinnlichte das ganze. Die literarästhetischen Befunde wurden textologisch demonstriert, so daß die Herren Studenten am Ende der Stunde einigermaßen verblüfft waren. Christoph nutzte den Effekt, sich verabschiedend: »Meine Herren, jetzt wissen Sie, wie genau sie die Texte zu Hause lesen und durcharbeiten müssen. Es steht Ihnen frei, es zu tun oder zu lassen. Mit Schlagwörtern aus Sachbüchern werden Sie jedenfalls die Lektüre nicht ersetzen können. Sie werden auffallen, negativ! Und ohne Werkkenntnis fallen Sie schnurgerade durch jede Zwischenprüfung.«

Die erste bittere Pille, die Christoph schlucken mußte, war, daß er auch weiterhin seine Dissertation in den Wind schreiben konnte. Auf seinem Wochenstundenplan standen 14 bis 16 Seminare, in den Semesterpausen ZV-Lager (Zivilverteidigung für Studenten) und DL-Kurs (Betreuung ausländischer Deutschlehrer). Der neue, von einer Bezirksschulrätin ausgelobte Qualifikant sollte spüren, was Hochschullehre ist. Da er brav sein Wochenpensum verrichtete, erhöhte man im darauffolgenden Studienjahr das Leistungsaufkommen. Er mußte die Vorlesung des zu einer Gastprofessur ins Ausland berufenen Lehrstuhlleiters übernehmen. Diese Ehre verdonnerte ihn zu permanenter Tag- und Nachtarbeit. Nun reichten Belesenheit und Literaturliebhaberei nicht mehr aus. Lehrinhalte und –methoden drängten ihn existentiell zur Verwissenschaftlichung. Davon profitierte seine Dissertation, die er zwar mit Bestnote, aber um zwei Jahre verspätet abschließen konnte. »Summa cum laude« galt nur erreichbar, wenn der Promovend sich auch in M/L (Marxismus-Leninismus) hervortat. Auf den geraden bequemen Pfaden war das Normalität! Christophs tief verwurzelter fragiler Langeweile-Aufenthalt im TBC-Sanatorium bewahrte ihn davor. Ideologismen monoton aufreihen wollte er nicht. Er setzte auf die vorgegebene ML-Themenliste ans Ende den selbst gewählten Beitrag »Der Spinozismus als Quelle des Marxismus/Leninismus. Die Jacobi-Debatte von 1785«. Der zuständige Sektionsdirektor ließ den Themenwunsch durchgehen, vorausgesetzt, Christoph fände einen Gutachter, der nach der Promotionsordnung zugelassen ist. Christoph wandte sich an den Philosophie-Dekan der nahegelegenen Universität. Der nahm den Beitrag an, empfahl ihn sogar zur Veröffentlichung in der »Zeitschrift für Philosophie«. Die Radaktion wachte darüber eisern – wie in allen DDR-offenen Zeitschriften üblich! –, daß nur ein Autor aus dem eigenen Kontrollbezirk aufgenommen wird. Dieser Stopp verhinderte nicht die Bestbenotung des gesamten Promotionsverfahrens.

Jetzt hatte die 13-köpfige Lehrgruppe, in der Christoph tätig war, vier Graduierte, keinen Professor. Ein Habilitierter wurde nicht zum Professor berufen, weil er als Spinner galt, ein Literaturliebhaber, der die Theorie des sozialistischen Realismus nicht verinnerlicht hat. Die Slawisten mußten einen ordentlichen Professor abstellen, der die Lehrgruppe administrativ führte. Er vollbrachte das Wunder, daß drei der älteren Kollegen im 6., 8. und 11. Jahr ihre Dissertationen abschlossen.

Altlasten, nicht Reformen bestimmten den Lauf der Lehrerausbildung. Die wohlgemeinte Selbstverpflichtung der Schulrätin, an der akademischen Hebung des Hochschulwesens mitzuwirken, war wohl ein Versprecher gewesen. Die Hochschulen sollten wohl nur aufgedunsen werden, damit Lehrermasse auf die Kinder schwemmen könne.

Verbal wurde Christoph von allen Seiten zur Habilitation gedrängt. Gleichzeitig schob man ihm eine Leitungsaufgabe nach der anderen unter: Prüfungskommissionen leiten, neue Prüfungskonzepte entwerfen, mehr Staatsexamensarbeiten betreuen, wissenschaftlichen Nachwuchs herausfiltern und Forschungsformate entwickeln, den Lehrplan für die ungarischen Gaststudenten ausarbeiten, Gastdozenturen an sowjetischen Universitäten und Hochschulen vorbereiten – und natürlich das Vorlesungsprogramm erweitern!

Christoph betreute zehn Staatsexamensarbeiten in einem Studiengang. Neun davon waren Mittelmaß bis schlecht. Es war nahezu unmöglich, Studenten/innen zu wissenschaftlichem Arbeiten zu befähigen. Wozu sollte ein(e) Lehrer(in) in der sozialistischen Schule Wissenschaft betreiben? Die Ausbildungsinhalte im Studium zeigten ihnen tagtäglich, daß sie zu anderen Aufgaben herangezogen würden. Konnte man den Themen zu Staatsexamensarbeiten überhaupt Wissenschaftsanspruch zubilligen? Sie lauteten: Grundpositionen des sozialistischen Realismus in Ostrowskis Roman »Wie der Stahl gehärtet wurde«, Fontanes antifeudale Autorenintention in »Effi Briest«, Die Bedeutung des Tafelbildes im Russischunterricht der 5. Klasse...

Christoph hatte in diesem Umfeld das falsche Wissenschaftsverständnis. Er ließ nicht wie üblich das Freiheitsbündnis von Egmont und Klärchen untersuchen, sondern »Begriff und Symbol des Dämonischen im ›Egmont‹«. Er fragte eine Studentin, deren Arbeit mit »Sehr gut« beurteilt worden war, ob sie nicht Lust habe, ihre Studie zu einer Dissertation zu erweitern?

»Um Gottes Willen, solch eine Belastung werde ich mir nicht antun«, erschrak die Studentin, »Doktor in der Schule heißt, Leitungsfunktionen übernehmen! Und so arbeiten wie Sie, verzeihen Sie, dazu habe ich nicht die geringste Lust. Ich lasse es mir in meiner kleinen Heideschule gutgehen.«

Einen »Werktätigen«-Studenten, ehemals wissenschaftlicher Bibliothekar, konnte Christoph überzeugen, seine Diplomarbeit in eine Dissertation zu überführen. Für Geschichts- und Staatsbürgerkunde-Themen wurde dem Promovenden ein dreijähriges Forschungsstudium gewährt. In Literaturgeschichte bestand die gleiche Gesetzeslage, aber eine andere Praxis. Der Absolvent wurde mit guten Wünschen in die Schule verabschiedet. Eine Dissertation in freier Promotion neben dem zermürbenden Berufsalltag zu schreiben, war, wie Christoph aus eigener Erfahrung wußte, schier unmöglich. Der Promovend gab nach fünf Jahren auf.

Bei Forschungsthemen orientierte sich Christoph nicht an Zentrismen, die in den Forschungsprofilen arg in Mode gekommen waren Er hatte erfahren müssen, daß die Konzentration auf einen Dichter, auf ein Werk, auf einen prägnanten Punkt unter den Bedingungen sozialistischer Wissenschaftsorganisation schnell zur Vereinnahmung auf ein ideologisches Realismus-Klischee führen kann. Er tendierte dahin, Literatur im Spannungsfeld von Regionalem, Nationalem und Internationalem möglichst in Zeiten des Epochenumbruchs zu erforschen. Solch Begehren wurde ihm als Hobbyforschung angelastet mit der Folge, den Wochenstundenplan mit zusätzlichen Lehrveranstaltungen zu füllen, damit da keine verdrängende Forschungspublizität entstehen kann.

Jede Hochschule, fast jedes Institut hatte ihre/seine hauseigene Zeitschrift. Darin eine drei- bis fünfseitige Studie unterzubringen war kein Problem. Das Problem war, daß sie keinerlei Wirkung erzielte. Beiträge für internationale Zeitschriften einzusenden waren genehmigungspflichtig. Sich an wissenschaftlichen Disputen zu beteiligen, verbot sich von selbst, weil das Warten auf die Genehmigung länger dauerte als der Disput selbst.

Die einjährige Ausbildung ausländischer Gaststudenten an DDR-Hochschulen gehörte zu den Solidarpflichten gegenüber den sozialistischen Bruderstaaten. Offiziell wurden die Leitungsaufträge immer als Auszeichnung deklariert. Das war die einfachste Form, den »ausgezeichneten« unerfahrenen Kollegen ohne Widerstand in die Aufgabe zu drängen und die in diesem Geschäft erfahrenen Mitarbeiter aus der ungeliebten Arbeitsbelastung zu befreien. Christoph, der Neuling, wußte nicht, was auf ihn zukommt, als er mit der Ausbildung eines geschlossenen Seminargruppenverbandes von 20 ungarischen Studenten betraut wurde.

In den sprachwissenschaftlichen Fachdisziplinen waren die Ungarn den deutschen Studenten in allen Belangen überlegen. Sie wollten in deren Seminaren nicht Altbekanntes wiederkäuen und forderten Lehrinhalte, die ihre Wissenslücken betrafen. Auf die konkret vorgebrachten Wünsche war das Lehrpersonal nicht vorbetreitet – und auch nicht vorgebildet. Christoph war vor die Wahl gestellt, es seinen Vorgängern nachzutun und den deutschen Studienablauf ungehört weiterlaufen zu lassen. In dem Fall beschwerte sich der Präsidialrat der Deutschen Minderheit bei der deutschen Botschaft. Christoph setzte auf die kreative Lösung, knüpfte Kontakt mit einem Mitherausgeber der »Sprachpflege«, der Beiträger der Zeitschrift für Gastseminare gewinnen konnte. Hobbysprachforscher unterrichteten statt akademischer Lehrkräfte.

In der Literaturwissenschaft waren die Wünsche nicht so gravierend, weil die Ausbildung in Ungarn einen deutlich niedrigeren Stellenwert hatte. Aber der europäische Blickwinkel auf die deutsche Literatur verlangte auch da Änderungen. Die ungarischen Studenten wünschten eine verdichtet geschlossene Literaturgeschichte durch das 18., 19. und 20. Jahrhundert – ohne politisch-weltanschaulich bedingte Auslassungen (Spätaufklärung und -romantik, dramatische und lyrische Massenliteratur, unbeachtete Autoren ohne Hoheitsansprüche wie Rilke, Kafka, Stefan Zweig, Benn, Johnson). Die DDR-Literatur mochten sie überhaupt nicht. Die war ihnen zu politisch plakativ oder von Reflexion verhüllt, langweilig, nicht inspirativ. Sie von Fühmann zu überzeugen, war ein Marathonlauf.

Wenn schon singuläre Größen besondere Beachtung erheischten, sollte das unbekannt Besondere im Lichte der Behandlung stehen. Die Ungarn interessierte nicht das von der Literaturgeschichte zum Leuchtturm erhobene Kunstwerk, sondern die »natürlichen« Spuren, wie es zum Leuchtturm wurde oder warum die Wirkungsgeschichte die Leuchtturmhöhe verhinderte. Sie verfolgten mit Leidenschaft, wie die Universitätssatire und die Gretchentragödie mittels der heimlichen Göchhausen-Mitschrift, dem »Urfaust«, zum Epochendrama wurde. Sie wollten Ort, Atmosphäre und Umstände in Tiefurt ganz genau prüfen.

Beim Betrachten von Runges und Friedrichs Bildern in der Dresdener Galerie kommentierte Christoph das neue romantische Farbenkonzept mit Versen aus deren ›malender Poesie‹:

»Ja, des Himmels Licht
In die Seele bricht:
So dein Licht in Farben prangend sich nun hüllet
Und die Welt mit vollem reichem Leben füllet.«

Die Studenten begriffen blitzschnell, daß poetisches und malendes Selbstverständnis ineinander übergegriffen, aber nur in der Malerei Jahrhunderttrends ausgelöst hatte. Farbstimmung dominierte Farbanschauung in der romantischen Malerei bis in den Impressionismus hinein. Das Staunen wurde immer größer, als Christoph ergänzte, daß Goethe dafür in der »Farbenlehre« die theoretische Begründung geliefert habe. Da taten sich Fragen auf für ein zweistündiges Fachseminar: Wie ist es möglich, daß die »Farbenlehre« an der malenden Revolution nicht partizipierte? Warum hat sich Goethe an der ›malenden Poesie‹ nicht beteiligt? Hat seine »Farbenlehre« die eigene Dichtung überhaupt irgendwie beeinflußt?

Von Heine mußte man die ungarischen Studenten nicht begeistern. Sie waren fasziniert von seiner ironisierten Liebeslyrik. Sie waren mehr noch von der sensualistischen Liebeslyrik eingenommen, die ohne dichterische Ferne auskam.

Brecht kannten sie, mochten ihn aber nicht. Sie vermißten die dichterische Inspiration und fanden die Dialog- und Handlungstechnik gedanklich überanstrengt. Das Lehrdichtungskonzept mittels Verfremdung überzeugte sie erst, nachdem sie eine Aufführung des »Arturo Ui« am »Berliner Ensemble« erlebt hatten. Sie fühlten sich mit ihrem Brecht-Bild im reinen, als sie die ins Pornographische reichenden Liebesgedichte kennenlernten.

Wenn Stimmen aus dem Kollegium die Ungarn als schwer zu befriedigende Individualisten abqualifizierten und Lehrverpflichtungen möglichst aus dem Wege gingen, hielt Christoph dagegen: »Ja, die Ungarn lesen nicht Literatur in sich hinein, sie erleben sie sinnlich. Ihr Kulturverständnis ist breiter als das unsere. Wir verschachteln die Zeitkorridore und Strömungen von vornherein mit unserem Hang zur Verwissenschaftlichung. Aber ihre Wißbegier regt an und reißt mit. Sie ist eine erfrischende Bereicherung in unserem etwas angestaubtem Lehrbetrieb.«

Christoph hatte die Rohfassung seiner Habilschrift fertig, verspätet wie seine Dissertation. Sie einzureichen und zu verteidigen, wäre der normale akademische Lauf gewesen. Die von Pflichten gedrängte Hochschulleitung wollte die akademisch gedehnten Verwaltungsregularien nicht abwarten. Christoph wurde über Nacht, wohl auch wegen der Russischkenntnisse, an die Leningrader Universität beordert. Sein Stundenplan war vollgepackt mit vier Stunden Vorlesung und einem Oberseminar täglich zur deutschen Literatur und zu den deutsch-russischen Literaturverhältnissen. Samstags wurde voll gearbeitet. Abends waren drei Stunden Konsultationen mit Doktoranden angesetzt. Die Themen überraschten. Sie hätten in der DDR als reaktionär gegolten: »Frauentypen in Hebbels Dramatik am Beispiel der Maria Magdalena«, »Die Platen-, Rückert- und Geibel-Rezeption bei Alexander Herzen«. Die Themen etwas ergiebiger in die Forschungsdesiderate auszubreiten, wurde als Einmischung zurückgewiesen. Also wurde im vorgeschriebenen Rahmen betreut, so gut es eben ging. Bei den Doktorandinnen lief das ganz erfreulich. Die Damen waren bienenfleißig und hellwach. Sie schrieben manchen inspirativen Vorschlag in ihre Arbeit hinein und legten damit bei ihren Gutachtern Ehre ein. Die Männer, größtenteils entlassene Offiziere, die in alle Fakultäten, auch in die Germanistik, hineingezwängt wurden, waren faul und uninteressiert. Ihre Dissertationen gingen mit und ohne deutsche Betreuung administrativ durch die Fakultät, notfalls auch ohne Verteidigung mit »Bestanden!« Die deutsche Gastbetreuung war ein gern gesehenes Wundpflaster. Der gekürte Doktor verschwand von der Bildfläche als Leiter einer Schule, Verwaltung oder sogar eines Produktionsbetriebes.

Diese Dozenturen dauerten nur 6 Wochen. Länger hätte der deutsche Gast auch die Fronarbeit nicht durchgehalten. In den darauffolgenden Semestern folgten nach dem gleichen Gastspielmuster Lehraufträge in Kiew und Moskau. Christoph hatte keine Zeit, zwischendurch seine Habilschrift in eine Endfassung zu bringen und zu verteidigen. Er überschlug auch nichts. Der Gutachter hatte seine Zustimmung signalisiert.

Das Gastspiel in Kiew verlief weniger anstrengend und freundlicher. Die Gastgeber waren an wissenschaftlichem Austausch interessiert. Sie kommunizierten lebhaft und organisierten zudem ein reiches Freizeitprogramm. Nur am Ende kam es auf dem Flughafen zu einem Eklat. Die Polizei kassierte die gültigen Flugtickets ein und schickte die Delegation in die Universität zurück. Der Leiter der Fakultät fand mit Hilfe des deutschen Konsulats heraus, daß die Plätze im Flugzeug für in der DDR stationierte Offiziere gebraucht würden. Die Delegation mußte mit dem Zug abreisen, was bei der Kurzfristigkeit Ende der Ferienzeit gar nicht funktionierte. Die Heimreise dauerte 3 Tage. Die WB-Leiter zu Hause rügten die verspätete Ankunft der völlig erschöpften Kollegen.

Beim dritten Ausflug in die Sowjetunion sollte alles schiefgehen. Die

Delegation, bestehend aus Sprach-, Literaturwissenschaftler und Didaktiker, wohnte, weit entfernt von der Lomonossow-Universität, im Südwesten von Moskau, in einem Studentenwohnheim-Komplex, der kurz zuvor als Olympisches Dorf gedient hatte. Bis ins Zentrum der Stadt brauchte man 30 Minuten mit der Metro plus 15 Minuten mit dem Bus. Bei diesen Entfernungen fuhr man morgens gemeinsam zur Arbeit, unabhängig vom Stundenplan, und spätabends zurück ins Quartier. Dem Ausspähen durch Kriminelle waren keine Schranken gesetzt. Am dritten Abend waren alle drei Wohnheimtüren aufgebrochen und von jedem Teilnehmer der Koffer mit den Konserven gestohlen. Es hatte sich seit Jahren eingebürgert, daß jeder Gastdozent einen Koffer mit Kleidung und Büchern und einen zweiten mit Essenskonserven in die Sowjetunion mitnimmt. Die Kost in den Mensen war für deutsche Zungen nicht ausgelegt. Das schmale Honorar in Rubel wollte man für Mitbringsel ausgeben, die es in der DDR nicht gab.

Mit hungrigem Magen wurde beratschlagt, was zu tun sei. Einig war man sich, daß eine Strafanzeige außer Ärger nichts brächte. Christoph schlug vor, die deutsche Botschaft anzurufen und um Hilfe zu bitten. Der Didaktiker, der die Parteiaufsicht über die Gruppe hatte, lehnte das energisch ab. Er wolle morgen Prof. Smirnow, den Fakultätschef, um Rat fragen. Dessen Vorschlag hatte sowjetisches Format. Er sorge dafür, daß die deutschen Kollegen unentgeltlich in der Mensa essen können. Bei allen Teilnehmern hingen bald die Kinnladen schief. Kaum ein Bissen wurde genommen.

Christoph sagte an einem Mittag, wo schon der Geruch im Essenraum die Gruppe ins Freie trieb: »Ich fahre jetzt in die deutsche Botschaft und verlange, daß wir dort essen können!«

»Das tust du nicht«, befahl der parteibeauftragte Delegationsleiter, »wir legen zusammen und kaufen Brot und Käse!«

Ohne Zucken machte Christoph seine Ankündigung wahr. Er kriegte in der Botschaft auch nach einigen Rückweisen einen Mitarbeiter zu fassen und sein Anliegen anzubringen. »Das ist ganz unmöglich, daß wir Sie hier verpflegen können, schon aus Sicherheitsgründen nicht!«

Christoph ließ nicht locker. Er drohte, den Lehrauftrag zu beenden und abzureisen. Der Mitarbeiter schüttelte nur mit dem Kopf: »Sie wollen doch nicht diplomatische Verwicklungen riskieren?« Und nach kurzem Überlegen hatte er eine Idee: »Ich versuche, für Ihre Delegation Essenmarken für das ›Petersburger Restaurant‹ zu organisieren. Warten Sie!«

Der Mitarbeiter kam mit einem Zettel zurück. »Das ist die Adresse von dem ›Petersburger Restaurant‹! Es gibt drei in Moskau. Sie fahren zu diesem und verlangen den Leiter, Genossen Sosniok! Der gibt Ihnen die Marken für Mittag und Abend. Die Botschaft übernimmt die Kosten. Sie können essen, was und so viel Sie wollen! Trinken müssen Sie selbst bezahlen!«

Der Delegationsleiter schwieg eisern, als Christoph zurück in die Runde stieß und den Erfolg seiner Mission verkündete. »Es ist 17.00 Uhr. Das ist weit, ich weiß, wo das Restaurant liegt. Los, wir fahren!«

Es gab keinerlei Hindernis. Der Restaurantchef begrüßte sie zuvorkommend, zählte für jeden die Marken aus. »Sie können gemeinsam oder einzeln essen. Sie sehen ja, hier herrscht kein Betrieb. Zwischen 15.00 und 17.00 Uhr ist geschlossen.«

Er reichte jedem eine Speisekarte, die etwa 20 Gerichte enthielt, nur 2 oder 3 russische, alles andere internationale Auswahl, vom Wiener Schnitzel bis zum norwegischen Dörrfisch. Das russische Bier kostete 1 Rubel, das Glas Krimsekt 1,30. Sotschi-Weine gab es auch, aber nicht offen.

Über den Konservenklau wurde in Moskau nicht mehr gesprochen. Es gab mehr Gesprächsbedarf als Zeit in den Konsultationen mit den Doktoranden. Christoph hatte ausschließlich aussortierte Offiziere zu betreuen. Im Gespräch kamen die Doktoranden aus ihrer militärischen Haltung nicht heraus. In ihren Texten herrschte kommandohafte Feststellungssprache. Ein Doktorand schrieb über Bielinskis Deutsche-Literatur-Rezeption und lobte die Aufwertung Schillers gegenüber Goethe oder Heine und setzte die »Größe« Goethes herab, indem er »Faust II. »eine unverständliche Allegorie« nannte. Christoph riet ihm, solche pauschalen Gegenüberstellungen zu unterlassen, weil sie keinen wissenschaftlichen Gewinn erbringen. Wenn sie die deutsch-russischen Literaturverhältnisse erhellen, müsse er sie im Einzelnen zitieren und analysieren.

»Nein, nein«, bat hilfesuchend der Doktorand, »ich mache das genauso wie Lenin in ›Was tun?‹ Wir brauchen den Bielinski nicht als Literaturkritiker, wir brauchen ihn als Propagandisten. Er ist der Vorkämpfer für eine ›fortgeschrittene Theorie, die nur eine Partei erfüllen kann‹.«

»So?«, fragte Christoph, »ist diese These bereits festgezurrt, bevor Sie wissenschaftlich zu arbeiten beginnen, oder ist sie das Ergebnis Ihrer Nachweise, die philologisch Punkt für Punkt analysiert wurden?«

Der Leiter der Fakultät, ein ehemaliger General, lud Doktorand und Betreuer gemeinsam zum Rapport. Er lud, allem voran, die russische

Gastfreundschaft zu Tisch. Es gab Wodka, Gurken, Fischhappen, Käse, Kaffee und Moskauer Törtchen.

Nach einer Weile fragte er: »Kirill Kirillowitsch, auf welcher Seite bist du?«

»Auf Seite 18, Genosse General!«

»Ich bin nicht dein General, ich bin Professor Smirnow! ... Seite 18, sagst du.« Er blätterte in seinem Notizbuch. »Das sind nur 2 Seiten mehr als beim letzten Mal!«

»Genosse Professor, ich habe das Kapitel nochmal neu geschrieben.«

Der Professor unterbrach ihn: »Genosse Betreuer, ist das nötig?«

Christoph versuchte zu beruhigen: »Nein, darüber haben wir auch gar nicht gesprochen. Solche Dinge entscheidet der Verfasser selbst. Wir besprechen das Grundsätzliche: was ist forschungsrelevant und was nicht? Die Konzeption, die gedankliche Klarheit in der Behandlung des Themas, historische Sachverhalte und Dichtung, Zitierweise, Quellennachweise ...«

Der Professor war während des Sprechflusses auf den Doktoranden zugegangen, riß, wie sportlich eingeübt, mit einem blitzschnellen Ruck Stuhl samt Sitzendem um und trat dem seitlich stürzenden Kirill mit seinem Stiefel kräftig in den Hintern, mehrmals. »Das nächste Mal, Freundchen, kommst du mit einem halbfertigen Manuskript, und das übernächste Mal bist du fertig!«

Dann verließ der Professor fluchend den Raum.

Christoph gab die Episode nirgendwo zum besten, auch nicht zu Hause im Kollegenkreis. Nachdenklich wurde er schon. ›Sollte man solche Szenen nicht vermeiden, indem man Gründe findet, die weitere Gastrollen ausschließen‹?

Wie ein Glücksfall ergaben sie sich von selbst. Es war üblich, daß der Delegationsleiter einen Bericht abfaßt, der die Erfahrungen aller Teilnehmer berücksichtigt. Der leitende Genosse Didaktiker hatte den Konservenklau nicht erwähnt und die Tätigkeit der drei Wissenschaftler zur reinen Erfolgsstory erhoben.

Christoph sagte nur, als er den Bericht gelesen hatte: »Dem stimme ich nicht zu. Ich werde meinen eigenen Bericht der Sektionsleitung übergeben.«

Noch ehe er dazu kam, wurde er in die Kaderabteilung bestellt. Sektionsdirektor, Kaderleiter und Auslandsbeauftragte nahmen Christoph in die Mangel. Der Sektionsdirektor resümierte, daß die deutsche Botschaft eine Aktennotiz an das Ministerium für Volksbildung geschickt habe, des

Inhalts, daß Vorkommnisse wie die mit dem Genossen Dr. Hinz nicht den Gepflogenheiten im Umgang mit Bruderländern entsprächen. Man ersuche das Ministerium, künftig nur solche Wissenschaftler mit Gastdozenturen an sowjetischen Universitäten zu betrauen, die dieser Aufgabe auch würdig sind. Christoph stellte den Sachverhalt dar, wie er sich wirklich ereignet hatte. Niemand wollte ihn hören oder schriftlich zu Kenntnis nehmen. Aber man zog aus dem Vorfall die richtigen Schlüsse. Christoph war fürderhin von allen Gastrollen an sowjetischen Universitäten befreit.

Er las nochmal die Stellungnahme durch, die der Gutachter zu seiner Habilschrift geschrieben hatte. Das waren keine Einwände, sondern Hinweise, wie man die Diktion beweglicher an die Forschungsergebnisse anpassen sollte. Christoph schrieb drei kleine Abschnitte um und schickte die Endfassung an die Fakultät. Schon nach einer Woche erhielt er von seinem Gutachter die kurze Mitteilung, daß die Fakultät die Arbeit nicht annehme. Das Thema sei zu verkürzt auf die Dichtungsstrategie eines Autors und passe so nicht mehr in den politisch-historischen Forschungskontext.

Viel mehr als über die Ablehnung wunderte sich Christoph über die Begründung. In den wissenschaftlichen Kolloquien war gerade dieser Teil der Arbeit als Durchbruch in der Symbolforschung gewürdigt worden. Der Gutachter hatte ihn ermutigt, diese Richtung weiter zu vertiefen. Sollte die Fakultät einen Wink – von wem auch immer – bekommen haben, dem Habilitanden ein Bein stellen? Wenig später raunte ihm der Kaderleiter, mit dem er zusammen in der Lehrkräfteauswahl Volleyball spielte, in der Umkleidekabine zu: »Siehst du, Chris, gerechterweise hätten wir gewinnen müssen, mit deiner Sprunggewalt. Haben wir aber nicht. Manchmal kommt man mit einem kühlen Kopf weiter als mit schnellen Beinen!«

Einige Jahre später reichte Christoph eine zweite Habilschrift ein. Das neue Thema »Der Beitrag der Zwergstaatendichtung zur deutschen Nationalliteratur« wurde prompt angenommen, verteidigt und in den wichtigsten Ergebnissen vorgetragen auf einer Europäischen Konferenz am Bodensee – unmittelbar nach der Wende. Die Teilnehmer unterbrachen den Vortrag immer wieder spontan mit lachendem Klatschen. Am Schluß klatschten sie nur noch.

IN DER NISCHE DES UNRECHTS

Die psychischen und geistigen Belastungen waren an Christoph nicht spurlos vorübergegangen. Er wurde von Müdigkeit geplagt. Kein Wunder! Von seinem Urlaubsanspruch blieb zwischen Weihnachten und Neujahr eine Woche. Schon seit Jahren schleppte er sein Recht auf Urlaub per Antrag in das folgende Jahr hinüber, so daß der Kaderleiter mahnte: »Chris, dein Urlaubsanspruch ist an die 100 Tage gewachsen. Sprich mit deinem WB-Leiter! Oder soll ich dich administrativ in den Urlaub schicken?«

Mitten im vollen Semester, im Mai – seine Vorlesungen fielen aus – fuhr Christoph mit der ganzen Familie, Kinder, Frau, heranwachsende Schwägerinnen und Schwager (7 Personen), nach Sch., in eine Jugendherberge, die vollkommen leer stand. Sie hatten eine ganze Etage für sich. Sch. liegt auf der Bergscheide zwischen Erzgebirge und Vogtland. Während die Familie nach den ersten Anemonen, Himmelschlüsseln und Perlblumen Ausschau hielt, fuhr Christoph mit dem Rad umher. Er nannte das »den Kopf freimachen«. In der Nische eines langgestreckten Waldeshangs tauchte ein Bauerngrundstück auf. Er war überrascht vom Grad der Verwahrlosung. Und da die Steigung langsames Fahren gebot, gewahrte er am Rand zwischen Straße und Grundstück eine alte Frau, vielleicht in den Siebzigern, die vom hohen Gras beinahe verdeckt, mit der Sense einen Durchgang freilegte. Ihre Bewegungen waren müde, aber durchaus wirksam. Das Gras fiel im kleinen Radius gehorsam zu Boden, ohne die Frau beim nächsten Armschwingen zu behindern. Sie hielt immer wieder ein.

Christoph rief: »Guten Tag! Da haben Sie aber zu tun, Schaffen Sie das?«

Die Frau schien froh über die Begrüßung zu sein. Sie sackte etwas in sich zusammen. »Grüß Gott! »Nein, nein, ich sense nur eine Gasse, damit das Wasser in den Graben abfließen kann.«

»Können Sie sich nicht helfen lassen?«

»Ja, die Nachbarn sind nette Leute. Aber die haben mit sich selbst zu tun. Die Grundstücke sind noch größer als meines. Die bauen etwas Kartoffeln, Getreide, Rüben an und halten nebenbei Vieh. Wir sind hier arbeitsame Leute.«

»Haben Sie keine Kinder, die Ihnen helfen können?«

»O ja, vier Töchter! Die wollen von der Plackerei nichts wissen. Die betreiben einen Getränkeladen unten in der Stadt. Denen geht es viel zu gut, um hier nach dem rechten zu schauen. Keine will das Grundstück übernehmen.«

Christoph zeigte auf die riesige Scheune, die wie ein Skelett über dem Wildwuchs ragte. »Tun müssen Sie was! Die Ruine erschlägt Sie eines Tages. – Nun ja, solange der Habicht da oben sitzt, passiert Ihnen nichts.«

»Der beschützt mich nicht«, lachte die Frau. »Hier gibt es immer etwas zu holen. Er ist mein Raubfreund. Schauen Sie, wie er sie beäugt, ohne Scheu!«

Christoph war neugierig geworden. »Darf ich mir das einmal anschauen?«

»Ja, kommen Sie rein. Sie können das alles sofort kaufen.« Die Frau wies auf ein kleines Schild am zerschlissenen Holztor: »Zu verkaufen«. »Ich brauche nur so viel Geld, wie eine schöne Wohnung zur Miete kostet.«

Christoph hob das zerbrechliche Tor ein Stück beiseite. Er mußte sich bücken. Die unteren Zweige einer riesigen Kastanie, deren Blattwerk gerade aufsprießte, hingen auf Schulterhöhe. Die Baumkrone überspannte die Auffahrt und einen beträchtlichen Teil der Grundstücksgrenze, die längs der Dorfstraße verlief.

»Ist die Kastanie gepflanzt worden, als das Haus gebaut wurde?«

»Gut möglich«, erwiderte die langsam herankommende Frau, »schauen Sie den Stammdurchmesser, der ist weit über hundert Jahre alt! Hier auf der Wiese standen einmal Obstbäume. Die Baumkrone hat sie im Wuchs zu sehr behindert. Deshalb hat sie der Nachbar, Gott sei Dank, abgesägt, damit ich das Gras mit der Sense unbehindert mähen kann. Hat aber auch nichts genützt. Der tiefverwurzelte Löwenzahn ist drüber gewachsen. Den kriege ich nicht mehr weg. Die Natur ist stärker als ich alte Frau.«

Sie näherten sich der Scheune. »Ja, die Scheune muß abgerissen werden, von Zimmerleuten! Die kriegen das hin, ohne von den sperrigen Balken erschlagen zu werden. Aber vorher braucht die Auffahrt einen festen Belag, sonst kann man den ganzen Mist gar nicht abfahren.«

Des Vorzeigens würdig fand sie den Brunnen. »Der ist groß und nicht tief. Das Wasser fließt schneller nach, als Sie verbrauchen können. Total sauber, schmeckt prima.«

Das Haus war hälftig geteilt: links die Stallung, die mit Gerümpel zugepackt war; rechts der Wohnbereich, ein Flur, eine Küche und ein Wohnzimmer, ehemals die Bauernstube, gut und gerne 40 Quadratmeter groß. Im

Obergeschoß befanden sich zwei Schlafzimmer, von einem ausbaufähigen Korridor mit Dachschräge voneinander geschieden.

Das Hausinnere interessierte Christoph weniger. Nichtsdestoweniger folgte er brav den Erklärungen.

Sobald die Vorzeigeaktion ins Stocken geriet, fragte er nach dem Dach, das mit Holschindeln gedeckt und von einer Blechhaube überspannt war.

»Warum ist das so? Sie kommen doch gar nicht mit der Pflege hinterher, bei dieser Riesenfläche! Das Blech rostet, wenn Sie es nicht laufend mit Schutzfarbe streichen.!«

»Das Blechdach ist ein Muß! Was glauben Sie, wie es hier schneit. Der Schnee muß laufend rutschen können. Die Last würde das Haus zerquetschen, nicht das Fundament! Das ist aus Feldsteinen gebaut, 80 cm dick. – Nun, haben Sie Lust bekommen? Kaufen Sie es!«

Christoph lachte: »Das ist für mich wie ein Überfall. Aber Sie haben recht, überlegenswert ist das!«

»Überlegen Sie sich's! Warten Sie, ich schreibe Ihnen eine Nummer auf, das Telefon der Poststelle. Die Frau Lambrecht meldet sich. Dort können Sie anrufen!«

Christoph verabschiedete sich: »Vielen Dank, vielen Dank. Das war sehr nett von Ihnen!« Er radelte nicht weiter bergauf, er kehrte um. ›Die hat mir das ja regelrecht aufgedrängt ... , durch den Kopf gehen lassen kann man sich das schon‹!

Nachmittags in einem Café breitete er das Erlebte vor der Familienschaar aus. Kaufen wurde überhaupt nicht diskutiert, aber die Neugierde schrie:

»Anschauen, anschauen, komm, laß uns hinwandern!«

Am nächsten schönen Sonnentag wurde der Plan in die Tat umgesetzt. Der Besitzerin ging es nicht so gut. Sie saß auf der Brunnenplatte in zusammengesunkener Haltung. Sie hatte nichts dagegen, daß die Spaziergänger das Anwesen ohne ihre Begleitung unter die Lupe nahmen. Erst jetzt fielen Christoph die erheblichen Nässeschäden am Haus auf. Auf dem Rückweg waren die Ausflügler einigermaßen ernüchtert.

Sophie, die ältere Schwägerin, glaubte, stellvertretend für die anderen sprechen zu müssen: »Der Wald, die Wiesenhänge, der Ausblick nach Südosten ins Tal, die Abgeschiedenheit – das ist wunderschön! Nun ja, das Bauernhaus ist furchtbar heruntergekommen. Aber das hält noch weitere 100 Jahre, trotz der Nässe. Doch wer soll so etwas wieder wohnlich machen? Und hast du dir einmal den Baustil angeschaut? Das Haus, wie alle anderen auch da oben am Hang, das sind Armbauern-Häuser, noch vor der Gründerzeit erbaut.«

Christoph widersprach nicht. Die Architekturgeschichte interessierte ihn nicht im Mindesten. Er liebäugelte mit einer Ausruh-Nische, in die man sich zurückziehen könne; mehr noch, er hatte wie ein Hund den Geruch aufgenommen und folgte der Fährte unbeirrt. Seine große Schwäche holte ihn wieder mal ein. Er wählte aus der Welt, die ihn umschloß, ausgerechnet immer den Teil, der die Leistungen eines einzelnen weit übersteigt. Keine Herausforderung war ihm hoch genug. Abenteurer-Leben aus Büchern trübten den Blick in die reale Welt.

Während des Resturlaubs vermied jeder das Thema »Kauf«. Gedankenspielereien wie im Wald spazieren, Pilze suchen, Skilaufen, auf einer Terrasse sonnen, einen Zaun aus Silbertannen anpflanzen, Hund, Auto, Zeltausrüstung anschaffen, wurden unentwegt durchgehechelt. Wieder zu Hause im Arbeitsprozeß eingespannt, sagte Christoph betont beiläufig: »Ich lasse das alles von einem Baufachmann, dem Paul aus der Volleyballmannschaft, prüfen. Dann sprechen wir noch einmal d'rüber!«. Nach ein paar Tagen rief er die Poststelle an, deren Nummer die Bauersfrau ihm zugesteckt hatte.

»Hinz ist mein Name. Frau Lambrecht, ich habe eine Nachricht für die ältere Bäuerin in der wilden Waldesnische auf halber Höhe. Können Sie ihr das Folgende ausrichten?«

»Sie meinen die Frau Altmayer, unter der Kuhweide?«

»Ja, eine Kuhweide ist dort. Den Namen habe ich mir leider nicht sagen lassen. Richten Sie ihr bitte aus, ich komme am Samstag zwischen 16.00 und 17.00 Uhr mit einem Baufachmann!«

»Ach, Sie wollen kaufen, das hätten Sie gleich sagen können. Gut, mache ich! Das ganze Dorf wird aufatmen, wenn Sie diesen Schandfleck beseitigen.«

Frau Altmayer begrüßte die beiden Männer hocherfreut. Sie hatte sogar »Plauener Törtchen« mit selbst gedörrtem Hagebuttentee zubereitet. Christoph bat um einen Augenblick Geduld und ging mit seinem Begleiter durch das Haus. Der blieb hin und wieder stehen:

»Das Haus ist solide gebaut. Doch du hast einen unendlichen Schwanz von Umbauten und Reparaturen – Kosten ohne Ende: Stallung in Wohnräume und Bad umwandeln, Holzdecken raus und Stahlträger rein, Betondecke einbauen, neuen Schornstein hochziehen, Holzschindeln imprägnieren und mindestens 16 cm dick isolieren! Dachschrägen verschalen! Schau mal, wie naß die Wand ist. Das Haus muß durchgesägt und mit einer Foliensperre versehen werden! Das ist nur das Grobe. Mit Handwerkern dauert das drei bis fünf Jahre.«

Der Bauingenieur fuhr mit seinem Auto allein zurück. Christoph blieb bis zum Abendzug. Beim Teetrinken rückte Frau Altmayer mit dem Kaufpreis heraus. Der war tatsächlich nicht zu verhandeln, gemessen an Größe und Lage des Grundstücks. Der Preis sollte gehörig locken. Selbst diese moderate Summe konnte Christoph bar nicht aufbringen. Er fragte, ob er die Hälfte des Kaufpreises in 12 Monatsraten bezahlen könne.

Frau Altmayer war einverstanden. Allerdings konnte sie sich einen Seitenhieb nicht verkneifen: »Also, ein Geschäftsmann sind Sie nicht. Sie sind ein Studierter. Da kann ich Ihnen vertrauen!«

Christoph ruderte zurück: »Einen Kaufvertrag haben wir noch nicht. Ich muß erst mit meiner Familie sprechen!«

Das tat er in der üblichen Weise: »Ich habe mir das mit dem Bauerngrundstück gründlich überlegt. Ich denke, wir machen das. Kein Streß mehr bei der Urlaubssuche, richtig ausruhen, wenn man kaputt ist, später ein wunderschöner Alterssitz. Und finanziell schaffen wir das auch, ich muß halt mehr verdienen! Ihr braucht euch um nichts zu kümmern. Ich mache das schon!«

Nur Sophie gab zu bedenken: »Da müssen wir Jahre warten, bis wir uns ausruhen können.«

»Aber nein, bei ein bißchen Einschränkung kann man das schon nach wenigen Wochen. Ich habe im Quarantänelager auf nacktem Beton geschlafen. Wir nehmen zur Not eine Luftmatratze, und bei schönem Wetter mähen wir einen Rasenplatz frei und sonnen uns, neben einer kunterbunten Blumenhecke, die hochgewachsen keinen Wind durchläßt.« Das Gespräch war beendet.

Christoph hatte nicht die geringste Ahnung, wie man einen Kauf bewerkstelligt. Unter den Kollegen wollte er über das Thema nicht sprechen. Keiner seiner nächsten Bekannten kam aus der Rechtsbranche. Bei der verbindlichen Kaufabsprache fragte er Frau Altmayer, ob sie wisse, wie man die Sache offiziell macht.

»Kein Problem, Sie gehen ins Staatliche Notariat. Wie haben nur eines in unserem Kreis. Ich schreibe Ihnen alles auf, was Sie von mir brauchen. Das geben Sie dort ab. Welche Daten Sie selbst dazu tun müssen, das fragt Sie die Sekretärin und schreibt es auf. Die Frau Notarin bereitet die Unterlagen vor und gibt Ihnen einen Termin. An dem Tag treffen wir uns wieder – im Notariat!«

So war es auch. Die Notarin eröffnete: »Es ist alles fertig. Bevor ich den Text verlese, müssen Sie wissen, daß ich zwei Verträge beglaubige: einen Kauf- und einen Nutzungsvertrag.«

Christoph stutzte. »Warum das? Wenn ich etwas kaufe, ist es doch selbstverständlich, daß ich es auch nutzen kann.«

Die Notarin beschwichtigte in mildem Ton: »Herr Dr. Hinz, unser sozialistisches Recht weicht da ein wenig ab von dem, was landläufig als Recht verstanden wird. Den Nutzungsvertrag, den Sie mit der Stadt abschließen, bietet die Gewähr, daß die LPG, in der Herr und Frau Altmayer Mitglied waren, keinen Einspruch gegen den Kauf einlegt. Ein solches Recht hätte die LPG, weil sie Eigentümer der eingebrachten Ländereien von Frau Altmayer ist. Sie sehen, die sozialistischen Eigentumsverhältnisse sind fein säuberlich gegliedert.«

Die Notarin schaute Christoph an. Der zuckte mit den Achseln.

»Wenn das so ist, ich verlasse mich auf Sie.«

Die Notarin las rasend schnell. Die Wortfetzen flogen Christoph um die Ohren, so daß er am Schluß etwas bedeppert dasaß. Frau Altmayer war die Ruhe selbst. Sie unterschrieb ganz mechanisch. Die Notarin schob die Papiere zu Christoph weiter. Er unterschrieb, zuletzt die Notarin. Der Kauf war abgeschlossen.

In den Semesterferien konnte Christoph loslegen. Aus seinen 70 Tagen Urlaubsstau beantragte er 30 Tage. Der WB-Leiter genehmigte sie nicht, doch mit administrativer Anweisung des Kaderleiters erhielt er den Urlaub.

Als erstes brach er die Riesenscheune ab. Gut 10 Meter hoch schnallte er sich an. Das sah lebensbedrohlich aus. Die Dörfler blieben auf der Straße stehen. Da werkelte ein Stadtmensch, der keine Ahnung hatte. »Vergelt's Gott, daß dieser Schandfleck wegkommt! Halten Sie nur durch, und seien Sie vorsichtig, das ist ein Mammutprojekt! Wenn Sie etwas brauchen, Sagen Sie's nur!«

Christoph zeigte auf den Riesenberg von Abbruchholz: »Kennen Sie jemanden, der mir eine Kreissäge leihen kann?«

»Leihen nicht, aber der Flick Willi, der wollte vor 14 Tagen eine verkaufen.«

Die Kreissäge war noch zu haben. Christoph kaufte sie. Die Säge kreischte eine ganze Woche. Mit dem Haufen Holz konnte er den ganzen kommenden Winter das Haus beheizen.

Der schnelle Erfolg ermutigte ihn, von Hof zu Hof zu gehen und nach nötigen Gerätschaften zu fragen. Er spürte, die Dorfbewohner trauten ihm die Wiederaufbauarbeit nicht zu. Sie überspielten ihr mangelndes Vertrauen in Christophs Durchhaltekraft, indem sie auf die vier Töchter schimpften: »So schlimm hätte es niemals kommen dürfen. Diese Brut hat die Mutter schmählich in Stich gelassen, Solange noch etwas zu holen war, Eier, eine Weihnachtsgans, sogar ein Spanferkel, sind sie aufgetaucht und schnell wieder verschwunden. Die Paula ist gegen die Mädchen nicht aufgekommen, noch weniger gegen deren Männer.«

Im Umgang waren sie freundlich und halfen, wo sie konnten. Christoph kaufte einen Betonmischer, eine massive Tischler-Werkbank. Diverses Handwerkszeug konnte er ausleihen.

Die Sanierung machte viel mehr Mühe als gedacht. Elektriker und Maurer bekam man mit Geduld und Aufgeld. Ein Sanitär-Fachmann arbeitete nur für Westmark oder hohe Sachleistung. Die Sperrfolie für die Trockenlegung des Hauses zu beschaffen, war ohne Devisen aussichtslos. Die liebe Gritta aus Amerika mußte ran. Das Obergeschoß konnte nur mit neuem trockengelagertem Holz ausgebaut werden. Um die 15 bis 20 Festmeter waren nötig. Christoph wandte sich an den Förster.

»Bäume, die Sie selbst fällen – nach meiner Anzeichnung! –, können Sie haben, gegen entsprechende Pflegeleistungen im Wald! Nur, das ist das kleinere Übel. Sie brauchen ein Sägewerk und ein Gespann, das Ihnen die Bäume hin- und die Bretter und Balken zurückfährt. Dann lagern Sie alles fachmännisch, das dauert zwei Jahre!«

An Sägewerken mangelte es in dieser waldreichen Gegend nicht. Doch kein Sägemüller arbeitete auf Bestellung für DDR-Mark. Christoph fand einen, der in der Nebenbeschäftigung Baumstämme zusägte und ansonsten seiner Liebe, dem Pferdesport, nachging. Herr Kopitzsch selbst hatte 4 Pferde, die er Christoph stolz vorführte. Gegen Pferde-Fachbücher – er nannte ein halbes Dutzend Titel! – würde er schon die 20 Festmeter für ein Honorar von ... Mark auf Wunschmaße sägen.

Christoph notierte sich die Buchtitel, bestellte sie dank seiner universalen wissenschaftlichen Arbeitserlaubnis in der Nationalbibliothek, ließ sie kopieren und binden. Das dauerte keine 10 Tage. Mit dem DIN A4-Pack-Konvolut erschien er vor Sägemüller Kopitzsch. Der staunte nicht schlecht: »Wie haben Sie das gemacht? Ich suche seit Jahren nach den Büchern. Vergrößerte Kopien, leider nur schwarzweiß, aber ausgezeichnet lesbar! Warten Sie, ich rufe meinen Freund, den Ruprecht, an. Der hat ein

Transportunternehmen und fährt Ihnen das Stammholz aus dem dem Wald zu mir. Wir lassen es gleich hier am Gatter abkarren und sägen es, wenn Sie Handlanger spielen. Mein ältester Sohn ist vor 14 Tagen eingezogen worden. Der kann nicht!«

Das alles ging unglaublich flott vonstatten. Nur einmal hielt der Sägemüller das Gatter für zwei Stunden an, um die acht Sägeblätter nachzuschärfen. Als es auf Christophs Arbeitskraft allein ankam, dauerte das Übrige eine Ewigkeit. Eine ganze Woche arbeitete er an dem Lagerplatz zum Trocknen. Er sägte die Lagerungsstangen zu, legte Balken und Bretter in Waage und überspannte das ganze mit einem Foliendach. Der Holzabfall mußte ofengerecht zersägt werden. Der Förster begutachtete das Werk und war zufrieden.

Die Bewohnbarmachung dehnte sich. Trotzdem konnte das Erdgeschoß provisorisch eingerichtet werden. Das Trockenklo im Freien war für die Städterinnen natürlich eine Zumutung. Die Familie nahm das Provisorium trotz aller Widerwärtigkeiten an. Aber sie versuchte auf ihre Art, Annehmlichkeiten oder lang gehegte Wünsche durchzusetzen. Ein Hund müsse z.B. den Aufenthalt angenehmer machen. Ein Irish Cockerspringer namens Rocco, ein nicht zu bändigender Jagdhund, der das Welpenalter längst hinter sich hatte, sprang bald durch das Grundstück, das ihm viel zu eng war. Er jagte durch den Wald. Die Familie folgte ihm, sehr viel langsamer. Einheimische liefen über den Weg, die Glück wünschten und sich nach den Fortschritten erkundigten.

Bei einem Ausflug, den Rocco über allen Maßen ausdehnte, trafen sie auf eine Gruppe russischer Soldaten, die ein Feuer angezündet hatten; darüber ein Drahtgitter mit Fleischstücken und ungeschälten Kartoffeln. Christoph, erfreut über die seltene Gelegenheit, russisch sprechen zu können, trat einige Schritte auf sie zu:

»Grüße Euch, laßt es euch gut schmecken, heute bei diesem wunderschönen Wetter, macht es euch gemütlich!«

Offenbar der Vorgesetzte, ein Leutnant, winkte ihm energisch zu. Er hielt eine Keule in der Hand: »Nimm. Nimm, nimm! Ich heiße Wassili.«

Er ließ nicht locker, bis Christoph zupackte und dem wild bettelnden Rocco ein Stück abgab. Sie sprachen sofort in einem Ton miteinander. als würden sie sich kennen. Wie ist es möglich, daß man hier so zufällig aufeinandertrifft? Der Leutnant wußte sofort Bescheid, wo Christoph wohnt, als er ihm das Grundstück beschrieb. Seine Truppe bewache das nahe gelegene Sanatorium für Offiziere der sowjetischen Streitkräfte, die im Dreiländereck stationiert seien. Sie unterhielten sich über Kasan, die Heimatstadt des Leutnants, über die Dauer seines Aufenthalts in der DDR und wie es ihm hier gefalle. Dann fragte Wassili, wie aus heiterem Himmel: »Brauchst du Benzin?«

Christoph reagierte prompt: »Das kommt darauf an, mit welcher Oktanzahl, und wenn, mit Mischöl. Ich fahre einen Trabi.«

Der Leutnant lachte: »Überhaupt kein Problem. Wir haben alles. Wieviel, wir bringen es in Fässern, 100. 200, 300 Liter.?«

Sie sprachen ohne die geringsten Handelsumstände Menge, Preis und Tag der Belieferung ab. Alle Mitglieder der Familie mußten sich währenddessen am Grill bedienen.

Der Benzinkauf florierte problemlos bis in die Wendezeit hinein. Christoph sparte 50 % gegenüber dem Tankstellen-Preis. Wassili beschaffte zudem dringend gebrauchtes Handmaschinen-Werkzeug. Bei schweren Arbeiten, zum Beispiel die Stahlträger auf die freigelegten Wandvorsprünge auflegen, damit die Betondecke installiert werden konnte, stellte er vier Soldaten ab. Binnen einer Stunde waren 12 Träger eingezogen. Auf deutsche Baumonteure hätte man Wochen warten müssen. An einem eiskalten Wintertag – Christoph räumte gerade den Schnee von der Auffahrt – hielt Wassilis Touren-Fahrzeug unter der Kastanie. Christoph begrüßte die frierende Truppe. Sie gingen in die Küche und wärmten sich auf bei einem zünftigen Grog. Wassili sah auf dem Tisch eine Prawda-Ausgabe mit einem fettgedruckten Glasnost-Perestroika-Artikel.

»So was liest du? Bei uns gibt es das nur im Offizierskasino – wenn man Glück hat.«

»Spürt ihr hier die gesellschaftlichen Veränderungen, die bei euch in der Heimat passieren?« fragte Christoph

»Hier weniger«, runzelte Wassili die Stirn. »Zu Hause hat man den Sold etwas erhöht, hier aber keinen Pfennig mehr. Die Soldaten dürfen beim Fahnenappell einen Sprecher wählen, der jetzt häufiger und freier als früher Stellungnahmen abgibt – aber nichts spontan!«

Im Beisein der Soldaten wollte Wassili nicht über politische Dinge plaudern. Er wechselte sofort das Thema. »Wenn du Hilfe brauchst, sag' es! Hier kannst du mich erreichen.« Er kritzelte seine Privatwohnung auf einen Zettel. In dringenden Fällen machte Christoph von dem Angebot Gebrauch. Um die Dämmmatten an den Dachschrägen anzubringen, brauchte man drei Monteure. Zwei paßten die Matten an, einer befestigte sie im Holzgitter. Wassili stellte zwei Soldaten ab, immer im Einklang mit ihrem Arbeitsrhythmus. Sie arbeiteten zwei Stunden im Haus, absolvierten ihre gut halbstündigen Kontrolltouren und setzten danach ihre unterbrochenen Arbeiten fort. Wassili sagte sogar die Mitarbeit bei einem aufwändigen Meliorationsvorhaben zu. Die reichen Quellen, die oberhalb des Grundstücks sich im Lauf der Zeit unter dem Haus ihren Weg gebahnt hatten und von dort in tieferen Erdschichten in den Straßengraben flossen, mußten, in 24er Tonröhren gelenkt, abgeleitet werden, so daß aufsteigende Nässe im Mauerwerk ausgeschlossen war. Gräben, bis 2,20 m tief und 70 m lang, wurden dafür ausgehoben. Christoph hätte mit »normaler« Nachbarschaftshilfe ein halbes Jahr gebraucht. Wassilis Soldaten schafften das in einer Woche – für DDR-Mark-Beträge, für die kein deutscher Bauarbeiter zu haben war.

Kurz vor Abzug der sowjetischen Streitkräfte aus Deutschland bat er Christoph, er möge mit ihm Ostdeutschland abfahren und den Kauf von alten Wolgas dolmetschen. Er brauche 20 Wagen für die Offiziere des Sanatoriums. Es war ziemlich schwierig, so viele dieser schwerfälligen motorstarken Karossen aufzutreiben. Aber es gelang dank derer, die als Wrack herumstanden. Beim Sägemüller Kopitzsch standen drei, bei seinen Bekannten nochmals zwei. Über den Preis war man sich schnell einig. Nur, wer reparierte sie? Wer hatte die nötigen Ersatzteile? Kopitzsch telefonierte alle in Frage kommenden Werkstätten durch. Ein heftiger Tauschhandel zwischen dem Leutnant, einigen Schrottplätzen und Reparaturdiensten setzte ein. Zuletzt fehlte doch noch ein Wagen. Nach langem Suchen erstanden sie einen gut erhaltenen Wolga von einem Fischereibetrieb am Arendsee gegen eine nagelneue Reusen-Ausrüstung vom Amur.

Nach zwei Monaten waren 20 fahrbereite Wolgas beschafft. Die Kur-Offiziere gaben ein Abschiedsfest. Ein Oberstleutnant stieß mit Christoph an: »Du bist uns ein echter Freund geworden. Schade, daß wir uns so spät kennengelernt haben. Auf ein Wiedersehen in Rußland!«

Statt der veranschlagten drei bis fünf Jahre waren Grundstück, Haus und Anbauten nach zehn Jahren wohnlich und ansehnlich. Das Haus war von außen immer noch ein Armenbauernhaus. Innen ließ es nichts zu wünschen übrig: alles neu gedielt oder mit »Vogtländischem Marmor« gefliest, alles gedämmt und mit Holzschalung verkleidet, fließendes Wasser mit Pumpenautomatik aus dem Brunnen, dessen Wandung neu mit den Feldsteinen zementverstrichen aufgemauert war; Bad, Toilette mit Westberliner Fliesen ausgestattet, zuletzt eine Sauna mit Elektroofen, das neueste aus der DDR-Technologie!

Der nächste Nachbar, LPG-Bauer Flix mit der größten Privatwirtschaft im Dorf, sagte bei einem Besuch: »Donnerwetter, als ich das erste Mal Ihre schmächtige Gestalt sah, dachte ich, das Bürschchen packt das nicht, er wird schnell aufgeben.«

WENDEZEIT – WENDERECHT

Bei der rastlosen Arbeit im Beruf und auf dem Landsitz schlitterte Christoph angespannt, aber nicht aufgescheucht in die Wendezeit hinein. Er las regelmäßig die sowjetische Presse, die den DDR-Bürgern vorenthalten wurde. Die Eröffnungen des Kombinatsdirektors lebten im Unterbewußtsein fort. Er wußte als einsichtiger Geschichtsmensch, daß der wirtschaftliche Kollaps auch Honeckers Vorzeigesozialismus zur Strecke bringen würde. Dies immer gewärtig, war ihm weder unruhig noch ängstlich zumute. Er hatte sich zu keiner Zeit von Ideologismen anstecken lassen. Er vertraute seiner kreativen Arbeits- und Willenskraft. Was ihn überraschte, war das Tempo des Verfalls. Er befand, daß der Aufbruch schon das Prädikat »Revolution« verdiene, der weitere Verlauf weitaus treffender mit »Wende« als mit »friedlicher Revolution« beschrieben würde. Was war an dieser Umwälzung für den DDR-Bürger friedlich? Wie viele Revolutionäre waren unter der Masse der Protestler, wie viel Strahlkraft hatten sie, um mehr als den Schrei nach der DM auszustoßen?

Daß der Begriff »Wende« das Diffuse beinhaltet, in welche Richtung die Entwicklung geht, schien ihm ganz passend für den Zustand der gesellschaftlichen Wirklichkeit, die keine historischen Muster aufwies.

Hätte ihm ein Besserwisser auf die Schulter geklopft und prophezeit, »paß auf, Christoph, jetzt kriegt ihr die bundesdeutsche Wirklichkeit übergestülpt«, hätte ihn das in keinerlei Aufregung versetzt. Er wußte vom Hören und Sagen und aus den Medien, daß die Mangelwirtschaft ein Ende haben würde. Die Grundfreiheiten wären nicht mehr Papier, sondern würden Wirklichkeit! Seine bisher gewohnte Lebensweise, sich in geistigen Welten ungehindert zu bewegen, würde wohl eher besser als schlechter fortgesetzt werden können. Wer in der DDR ganz gut klargekommen ist, sollte in der bürgerlichen Gesellschaft doch nicht anecken. Die Grundelemente in seinem Wertebewußtsein waren primär doch bürgerlich: rechtschaffen arbeiten und kulturvoll leben, kreativ sein, sich durchsetzen, selbstbewußt seine Lebensweise verteidigen.

Wie ein Tritt vor's Schienbein spürte er die ersten Kontakte mit Menschen aus dem Westen. Im fränkischen Hof, nur wenige Kilometer von seinem Landsitz entfernt, wollte er ein Bankkonto eröffnen.

»Warum wollen Sie hier ein Konto, Sie haben doch eines bei Ihrer Hausbank da drüben«, fragte die Mitarbeiterin der Volksbank.

»Ich will den schnelleren Überweisungsweg von Honoraren Ihrer Verlage auf ein Konto, über das ich immer verfügen kann, wenn ich hier einkaufe. Dafür ist Ihre Bank doch die richtige?«, ließ sich Christoph nicht abwimmeln.

»Das schon! Sie sind der erste Kunde von drüben. Da muß ich mich erstmal erkundigen, ob das überhaupt geht.«

›Nanu, wir scheinen nicht dieselbe Sprache zu verstehen, obwohl Kultur und Sprache nach politischer Doktrin doch das einigende Band unter West- und Ostdeutschen ist‹, fragte Christoph sich, unverrichteter Dinge das Gebäude verlassend.

Der Leiter der Bankfiliale genehmigte das Konto – nach einwöchigem Besinnen. Als das Guthaben die Bargeldauszahlungen bei weitem überstieg, fragte die Bankmitarbeiterin eines Tages ganz erstaunt: »Wollen Sie nicht ein Extra-Sparkonto einrichten. Das bringt doch viel höhere Zinsen.«

»Nein«, dankte Christoph, »das Konto ist ganz nach meinem Wunsch, ich werde es schon schröpfen.«

Einmal auf der Rückfahrt von Franken nach Sachsen überholte er mit seinem neuen Mazda an einem Ortausgang ein Fahrzeug mit bayrischem Kennzeichen. Der überholte Fahrer gab Gas, raste an Christoph vorbei, schnitt ihm die Fahrbahn und bremste scharf. Christoph hatte Mühe, seinen Wagen zum Stehen zu bringen, ohne aufzufahren. Der stoppende Fahrer war längst ausgestiegen, riß Christophs Tür auf und schrie:

»Sind Sie wahnsinnig? Sie fahren auf einer Ortsstraße über 50!«

Christoph zuckte: »Sooo, sind Sie Polizist?«

»Das ist doch völlig wurscht, wer ich bin. Hier gelten die Regeln der StVO, nicht das Chaos, wie in Ihrer dreckerten Ostzone!«

Christoph brauchte mehrere Versuche, um sein Fahrzeug wieder in Gang zu bringen. ›O, auf was für Menschen lassen wir uns da ein mit unserem Einheitsjubel‹?

Im Jahr der Einheitserwartung fand Christoph im Briefkasten das Schreiben einer Rechtsanwaltskanzlei aus Z. vor. Unter »Betr.« stand: »Herausgabe der Rest- und Splitterflächen sowie der Baulichkeiten in der Gemarkung ... an meine Mandanten ... «, und im Mittelteil: »Meine Mandanten sind Erben der im Jahre 1985 verstorbenen Frau Altmayer. Der zwischen Ihnen und der Eigentümerin abgeschlossene Kauf- und Nutzungsvertrag aus dem Jahre 1981 war von Anfang an nichtig, siehe § 7 Abs. 1, DDR-LPG-Gesetz! Mithin hat kein Eigentumswechsel stattgefunden. Es ist nur eine Frage der Zeit, wann meine Mandanten vor einem ordentlichen Gericht diesen Rechtsanspruch einklagen können. Um Ihnen Unannehmlichkeiten und hohe Kosten zu ersparen, fordere ich Sie auf, das o.g. Eigentum zeitnah zurückzugeben. Meine Mandanten werden bei Ihnen vorstellig für das weitere Vorgehen. Butzmann, Rechtsanwalt «

Christoph mußte mehrfach lesen, um zu begreifen, wovon die Rede war. ›Habe ich das richtig verstanden? Der Rechtsanwalt will, daß ich mein Eigentum, das ich mir in 10 Jahren erschuftet habe, diesen Kröten – so nannte Frau Altmayer doch ihre Töchter – ausliefere? ... Die nutzen das Rechtsvakuum, das zwischen DDR-Ende und BRD-Anschluß entstanden ist, zur Bereicherung‹! Er entschied, gar nicht darauf zu antworten. Er wollte sich aber in der Fachbibliothek der Juristischen Fakultät kundig machen. Er fand weder im Katalog noch im Handapparat dieses LPG-Gesetz.

»Nein«, sagte die Dame an der Rezeption, »sowas haben wir hier nicht in der Großstadt-Uni, vielleicht in landwirtschaftlichen Fachschulen, ganz sicher im Handapparat der Berliner Staatsbibliothek. Nur der ist in der Fernleihe nicht verfügbar.«

Bei dem nächsten Aufenthalt auf seinem Landsitz erschien eine siebenköpfige Gruppe, 4 Frauen und 3 Männer. Christoph sah sie vom Hausinneren aus am äußeren Zaunrand entlangstreichen. Das war sehr beschwerlich, denn das Gras war hochgewachsen, nicht gemäht. Die Gruppe versuchte durch die Waldpforte auf das Grundstück zu gelangen. Weil verschlossen, kehrte sie zum Haupttor zurück. Jetzt war der Zugang frei. Christoph empfing sie auf der Mitte der Auffahrt mit gekreuzten Armen.

Ein untersetzter Mann Anfang dreißig trat einen Schritt vor, ohne Gruß, ohne eine Entschuldigung wegen der Störung. »Wir wollen unseren Besitz besichtigen und einen Übergabetermin ausmachen!«

»Darf ich Ihren Eigentumsnachweis sehen?«, fragte Christoph.

Der Mann faßte nach dem Unterarm der neben ihm stehenden Frau. »Zeig mal deinen Personalausweis!«

Christoph wehrte ab: »Den brauche ich nicht. Ich weiß, wer Sie sind, – und daß Sie auf meinem Grundstück nichts zu suchen haben, wenn ich es nicht gestatte. Gehen Sie! Und versuchen Sie es nicht ein zweites Mal! Sie kriegen eine Anzeige wegen Hausfriedensbruchs!«

Die Damen kehrten um, die Herren wollten sich über das Grundstück verteilen.

Christoph kommandierte in scharfem Ton: »Verlassen Sie das Grundstück! Oder soll ich meine Androhung sofort wahrmachen?«

Die Männer schlenderten im Zickzack Richtung Ausgang.

Einen Tag später, Sonntagnachmittag, schlich der untersetzte Mann, der Sprecher vom Vortag, mit einem Dobermann am Zaun der Straßenseite entlang, ließ den Hund schnüffeln, wo immer er wollte. Als der Hund die Nase voll hatte, öffnete er die schmale Tür, die im Tor zur Auffahrt eingelassen war und kommandierte etwas, was Christoph vom Haus aus nicht verstehen konnte. Christoph hockte sich auf die Mitte der Auffahrt, hinter sich die Garage, seitlich das Haus, die Augen starr auf den Kopf es Hundes gerichtet, der steil bergauf anfangs ziemlich schnell, bald deutlich langsamer lief und etwa 5 Meter vor Christoph, die Hinterbeine spreizend, sitzenblieb.

Christoph stutzte zunächst … , lockte sodann: »Du bist ja eine Doberdame, komm mein Mädchen, ein feines Leckerlie!« Christoph streckte den linken Arm vor mit einem getrockneten Fleischkringel zwischen den Fingern. Die Hündin blieb starr sitzen, neigte den Kopf etwas nach links, zeigte die Zähne, ohne zu fletschen. Christoph warf ihr den Kringel zu. Die Hündin kaute und schluckte in einem. Christoph bewegte sich im Entengang Richtung Hündin, dieselbe Armbewegung, dasselbe Locken. Ein Meter trennte die Schnauze von Christophs Fingerspitzen mit einem zweiten Kringel. Die Hündin speichelte, bewegte sich keinen Millimeter. Christoph ließ den Kringel fallen. Die Hündin tatzte danach mit der rechten Vorderpfote, erwischte den Kringel, schlang ihn hinunter, schnüffelte den Boden ab und trollte sich Richtung Herrchen, das ungehalten nach ihr rief: »Tilla, Tilla – es klang wie Dülle – hierher!« Tilla hatte es nicht eilig. Immer wieder blickte sie zurück auf den hockenden, lockenden Christoph.

Der ging zurück ins Haus, streichelte ganz leicht den schlafenden Rocco, der blinzelte und weiterschlief. »Du hattest Besuch von einer Doberdame. Die wollte mit dir anbandeln, nein, dich in Besitz nehmen! Hat aber nicht geklappt! Vielleicht beim nächsten Mal!«

Das gleiche Spiel wiederholte sich am nächsten Wochenende. Christoph war besser vorbereitet und mutiger. Er hielt einen Happen Innereien bereit, die der Förster für »seinen Jagdhund« Rocco zur Belohnung mitgebracht hatte. Die Hündin schlang das erste Stück vom Boden weg. Das zweite schnappte sie in der Lauft auf, das dritte nahm sie aus Christophs Hand mit schiefem Blick. Beim vierten Stück ließ sie sich an der Seite kraulen. Die Schnauze schleckte immer wieder an Christophs Hand. Sie gingen gemeinsam zum Herrchen.

Christoph verabschiedete sie: »Machs gut, Tilla, meine kluge Doberdame! Dein feines Näschen will nichts von Inbesitznahme wissen. Recht so! Laß es dir gut gehen!«

Danach bekam Christoph Tilla nie wieder zu Gesicht. Stattdessen erhielt er kurz nach dem »Tag der Deutschen Einheit« die Klageschrift vom Gericht zugeschickt. Sie enthielt die schon bekannte Forderung nach Herausgabe des Eigentums an die Mandanten. Der Kaufvertrag müsse für unwirksam erklärt werden, weil Gebäude und Baulichkeiten nach LPG-Recht nicht losgelöst vom Grundstück hätten verkauft werden dürfen. Einem Verkauf an die LPG oder einen LPG-Genossen hätte nichts im Wege gestanden.

Das habe die Eigentümerin nicht getan, weil der Verkauf an einen regimenahen Hochschullehrer viel leichter zu bewerkstelligen war. Die Rechtsorgane der DDR hätten nach Parteidoktrin und nicht nach dem Gesetz die Kaufmodalitäten kurzerhand zurechtgebogen.

Daß für das verwilderte Grundstück kein Käufer aus LPG-Kreisen aufzutreiben war, daß die Mutter händeringend ihre Töchter jahrelang gebeten hatte, sich um das Grundstück zu kümmern inklusive Eigentumsübertragung, war als Tatbestand hinderlich und wurde ausgelassen. Daß ein Staatliches Notariat nach Maßgabe der Rechtsabteilung des Regierungsbezirks Verträge »fein säuberlich nach den sozialistischen Eigentumsverhältnissen« beglaubigt hatte, spielte keine Rolle!

Christoph hatte bei der Suche nach einem geeigneten Rechtsanwalt von Anfang bis Ende eine böse Ahnung. Jede einheimische oder fränkische Kanzlei riß sich nach dem Auftrag. Wenn über Fakten oder Strategien für die Klageerwiderung gesprochen wurde, waren die Anwälte völlig passiv. Christoph schwante: ›Die sind inkompetent und tun viel zu wenig, um sich in den Tatbestand einzuarbeiten‹.

Ein Rechtsanwalt aus Coburg ließ bei einem gemeinsamen Mittagessen leichtsinnigerweise durchblicken: »Sie finden keinen Rechtsanwalt, der sowohl im bundesdeutschen wie in DDR-Recht gleichermaßen Bescheid weiß. Die DDR ist tot. Es lohnt sich nicht, ihr weiter nachzugehen. Die Bundesrepublik ist Rechtsnachfolger. Die steht doch nicht für Rechtsfehler von DDR-Angestellten, die auf Weisung gearbeitet haben, gerade. Der löchrige Einigungsvertrag wird massenweise Rechtsstreite auslösen. Die werden nach bundesdeutschen Vorgaben entschieden – gegen die Wehrlosesten der Wehrlosen zuerst!«

Die öffentliche Verhandlung vor dem Kreisgericht dauerte 80 Minuten. Gleich zu Beginn, beim Abhandeln der Formalia nach der Zivilprozeßordnung, stellte Christoph – nicht sein Rechtsanwalt! – den Antrag, die Klageschrift nicht zur Verhandlung zuzulassen. Sie enthalte haufenweise politische Diffamierungen, die den Tatbestand der üblen Nachrede und der Verleumdung erfüllten. Der Richter wies den Antrag ab. Das Gericht habe die Klage zugelassen, sonst säßen sie heute nicht hier.

Die Argumente, die Kläger und Beklagte vorbrachten, waren an Gegensätzlichkeiten nicht zu überbieten. Als Rechtsanwalt Butzmann die angeblichen Kaufprivilegien ausbreitete und den Beklagten der Regimenähe beschuldigte, entgegnete Christoph im scharfen Ton, er möge seine Behauptungen mit Beweisen untermauern oder sich in aller Form für die politische Diffamierung entschuldigen.

Butzmann winkte ab: »Das weiß doch jedes Kind, daß Hochschullehrer regimetreu waren. Sonst wären sie nicht Hochschullehrer geworden.«

»Hochschullehrer ist eine wissenschaftliche Qualifikation, keine politische Steigbügelübung – in der DDR wie überall auf der Welt. Man muß promovieren und sich habilitieren«, entgegnete Christoph.

Der Richter ließ die Streitenden gewähren, was Christoph noch mehr in Rage brachte. Er hatte Mühe, seinen Ton zu mäßigen: »Herr Vorsitzender, die üble Nachrede, die der Herr Rechtsanwalt hier pflegt, um Kapital bei Ihnen zu schinden, ist ein Straftatbestand. Der darf vor einem Gericht nicht ungesühnt durchgehen.«

Richter Blösig nahm eine gespannte Haltung an: »Herr Beklagter, ich führe hier die Verhandlung! Meine Herren, ich darf doch bitten, keine Exkurse in die Persönlichkeitsgeschichte! Wir haben hier einen zivilrechtlichen Tatbestand zu verhandeln.«

Christoph begehrte noch einmal das Wort. Sein Rechtsanwalt zog ihn ärgerlich am Oberarm. »Herr Vorsitzender, ich lasse mich vor Gericht nicht ungestraft politisch diffamieren. Ich stelle den Antrag auf Besorgnis der Befangenheit gegen das Gericht gemäß § 43 Zivilprozeßordnung.«

Beide Rechtsanwälte zuckten. Allgemeines Schweigen.

Der etwas müde Richter straffte sich abermals. Seine Stimme tönte nasal: »Das Gericht zieht sich zur Beratung zurück.« Nach einer Minute kehrte der Richter zurück und verkündete stehend: »Der Antrag ist abgelehnt! ...

Ich darf dringend alle Anwesenden bitten, persönliche Anfeindungen zu unterlassen. Die Verhandlung wird fortgesetzt.«

Am Ende wurde der Klage stattgegeben. Der Kaufvertrag wurde für unwirksam erklärt. Alle Baulichkeiten, auch die während der zehn Jahre von staatlichen Bauämtern genehmigten und neu errichteten, waren Eigentum der Kläger.

Natürlich legte Christoph gegen das Urteil Berufung ein. Er wechselte die Anwälte. Sieben Monate später verschärfte das Bezirksgericht das erstinstanzliche Urteil. Die Erbengemeinschaft hatte in der Verhandlung durch ihren Rechtsanwalt vortragen lassen, daß alle auf dem Grundstück getätigten Sanierungsarbeiten, von den Außenanlagen, über die neuen Bauten bis ins letzte Ausstattungsdetail des Bauernhauses, von ihnen nicht genehmigt worden seien. Der jetzige Zustand entspräche nicht ihren Wünschen. Sie wollten ihr Eigentum nicht nach Fremden-Diktat nutzen. Die Beklagten hätten daher keinen Anspruch auf Vergütung der Sanierungsleistungen und Neubauten.

Christoph wollte zornentbrannt selbst antworten, wurde jedoch von seinem Anwalt auf seinen Sitz gezogen. Die Dreistigkeit der Kläger sei nicht zu überbieten, übernahm Christophs Anwalt das Wort, die Mutter habe ihnen acht Jahre lang die Möglichkeit eingeräumt, als überschriebene Eigentümer Grundstück und Haus zu sanieren und nach ihren Vorstellungen einzurichten. Erst als sie das Tempo der Verwahrlosung nicht mehr aufhalten konnte, habe sie das Verkaufsschild ans Tor gehängt.

Da das Berufungsgericht schweigend zuhörte, beantragte der Rechtsanwalt, seine Ausführungen ins Protokoll aufzunehmen. Die Schriftführerin schaute den Vorsitzenden Richter an. Der schaute völlig regungslos in den Saal. Eine Mitschrift erfolgte nicht.

Das Gericht schrieb kurz und bündig ins Urteil: Das Grundstück ist »nebst den darauf errichteten Bauwerken ohne weiteres Entgelt zu übereignen.«

Christoph war fassungslos. Er überhörte die mannigfachen Einwände, die einer Kostenexplosion das Wort redeten, und beauftragte einen dritten zugelassenen Anwalt, beim Bundesgerichtshof Revision einzulegen.

Zwei Dorfbewohner hatten sich die Verhandlung am Bezirksgericht angehört. Sie konnten es nicht glauben, in welchem Eiltempo das Verfahren ohne Erörterung der historischen Begleitumstände zu dem Urteil der entschädigungslosen Enteignung geführt wurde. Im Dorf machten Schlagwörter wie

»politischer Machtmißbrauch«, »Justizwillkür«, »westdeutsche Richter-
arroganz« die Runde. Irgendjemand aus dem Dorf erzählte die Geschichte
dem Chefredakteur vom RTL-Magazin. Der Redakteur erkundigte sich
nach Kontaktdaten. Es gelang ihm, Verbindung mit Christoph über das
Sekretariat der Fakultät aufzunehmen.

»Wir möchten bei Ihnen vor Ort auf dem rechtsverworfenen Grundstück
eine Reportage machen. Sind Sie einverstanden?«

Christoph, der keineswegs die Frage in Anwesenheit von Kollegen erör-
tern wollte, wich schmallippig aus: »Sie erreichen mich gerade im Fluß der
Lehrveranstaltungen. Rufen Sie mich bitte heute oder morgen nach 17.00
Uhr unter der Nummer ... an! Da besprechen wir Ihr Angebot.«

Nach dem Klingelzeichen zu Hause ging Christoph sogleich auf die An-
frage ein. »Das kommt darauf an, was und wie Sie die Sache darstellen wollen, und ob der Zeitpunkt der richtige ist. Das Urteil geht in Revision an
den BGH.«

»Ohne jegliche politische Tendenz«, antwortete der Redakteur, »wir
moderieren den Rechtstatbestand an, gehen mit der Kamera durch Grundstück und Haus, natürlich in Ihrer Begleitung, und machen ein Interview
mit Ihnen und Dorfbewohnern, sofern welche da sind, zu Ihrer Meinung
über das Urteil. Wir würden gern Fotos vom Urzustand des Grundstücks
leihweise mitnehmen und Kopien vom Kaufvertrag und den Stellen des
Urteils machen, in denen von der Herausgabe und entschädigungslosen
Enteignung die Rede ist. Der Zeitpunkt ist haargenau der richtige. Über
das Urteil darf kein Gras gewachsen sein. Ich will Ihnen keinen Schrecken
einjagen, aber Sie glauben doch nicht im Ernst, daß der BGH Ihre Revision
annimmt. Die wollen solche Fälle wie den Ihren totschweigen in den neuen
Bundesländern und nicht fördern. Bloß keine Öffentlichkeit! Öffentlich-
Rechtliche Medien haben sich bei Ihnen doch nicht gemeldet, oder?«

Christoph willigte in die Reportage ein für den kommenden Samstag,
14.00 Uhr. Er würde auf Wunsch des Senders einige Dorfbewohner einla-
den. Aufnahmen, Interview- und Begleittexte wolle er autorisieren, wenn
der Beitrag fertig ist. Drei vier Tage später würde er im Magazin, 18.00 Uhr,
gesendet.

Christoph wollte es gar nicht glauben, wie viele Leute RTL sehen. Er,
der ganz selten fernsah, wurde am darauffolgenden Wochenende von den
Nachbarn bestürmt. Scharen von Schaulustigen hätten die ganze Straße zum
Dorf versperrt und das Grundstück belagert. Auch die Erbtöchter seien

dagewesen, aber nicht in das Grundstück eingedrungen. Sie hätten nur dem Bauern Flix zugerufen: »Wenn die uns unser Eigentum nicht freiwillig herausgeben, werden wir es auf unsere Weise holen!« Dabei schlugen sie sich mit der Faust auf den linken Unterarm.

Ein ansehnliches Grüppchen von Dörflern und Christoph schmiedeten den Plan, sollte ein solcher Versuch stattfinden, würde er, Christoph, zum Flix Martin laufen und der würde per Telefon das ganze Dorf zusammentreiben und mit Sensen, Mistgaben, Schaufeln und Spitzhacken dem Erbengesindel so zusetzen, daß es einen weiteren Versuch nicht wagen würde.

Die vier Erbtöchter und drei Männer kamen tatsächlich am Sonntagmittag und forderten in frechem Tonfall, aber friedlich einen Herausgabetermin.

Christoph entgegnete kurz im Befehlston: »Zeigen Sie mir Ihren richterlichen Vollstreckungsbefehl!«

Die Herrschaften schauten sich fragend an.

Christoph nutzte die Verlegenheitspause und fuhr fort: »Mit Frieden hat es ab sofort ein Ende! Wenn ich Sie noch einmal hier auf dem Grundstück ohne meine Erlaubnis erwische, werden die Mistgabeln des ganzen Dorfes Sie aufspießen. Das ist keine Drohung, das ist die nächste Aktion! Also, flehen Sie schon mal Polizeischutz an, aber reichlich!«

Das machte Eindruck. Die siebenköpfige Mannschaft trollte sich aus dem Grundstück.

Wie der RTL-Redakteur richtig prognostiziert hatte, brauchte der Bundesgerichtshof ein Jahr, um die Revision nicht anzunehmen. »Die Rechtssache hat keine grundsätzliche Bedeutung.« Das Urteil war rechtskräftig. Die Prozeßklagerei hatte ein Ende.

›Was kommt jetzt‹, fragte sich Christoph, ›friedlich wird es mit mir nicht weitergehen! Wenn der Staat mit Gewalt Unrecht durchsetzt, werde ich mit noch mehr Gewalt antworten‹! Noch ehe er das Drehbuch einer Dorfrevolte fertig hatte, meldete sich ein Richter Wruck vom Landgericht und lud zu einer Öffentlichen Sitzung ein.

›Nanu, was läuft hier? Der Rechtsstaat hat doch seine Pflicht getan‹, ging es Christoph durch den Sinn, als er das Schreiben las. ›Soll da ein Richter den politischen Scherbenhaufen zusammenkehren? Ein Vollstreckungsbefehl ist doch bisher ausgeblieben‹! Er war einigermaßen überrascht, als im Gericht ein Beamter ihn in ein Richterzimmer statt in einen Sitzungssaal wies. Christoph weigerte sich, an einem Tisch Seite an Seite mit Rechtsanwalt

Butzmann zu sitzen oder gar zu sprechen. Er teilte dem Richter die Vorgeschichte am Kreisgericht mit. Die politische Diffamierung stehe weiter im Raum. Und solange sie rechtlich oder persönlich nicht aus der Welt geschaffen sei, gebe es mit Butzmann keine Kommunikation. Richter Wruck beschloß, die Sitzung in separaten persönlichen Gesprächen sowohl mit der Kläger- wie mit der Beklagten-Partei abzuhalten. Von Öffentlicher Sitzung war augenblicks keine Rede mehr. Christoph verzichtete auf den Beistand eines Rechtsanwalts.

Im Gespräch mit Christoph legte der Richter jegliche Amtspose ab und eröffnete mit Gesten eines Moderators: »Wie Sie sehen, bin ich ein Richter im Ruhestand, der hier in den neuen Bundesländern hin und wieder aushilft. Mir steht es nicht zu, ein rechtskräftiges Urteil zu kommentieren. Ich weiß nur: zu Ende bringen müssen wir Ihre Streitsache – friedlich! Beide Seiten hatten bisher nur Aufwand und Kosten. So kann es nicht weitergehen.

Die Kläger wollen die Herausgabe des Grundstücks für umsonst. Das auf Rechtsbasis friedlich durchzusetzen, halte ich bei der Verhärtung der Standpunkte, übrigens auch bei den juristischen Auslegungsmöglichkeiten, die der Einigungsvertrag bietet, für ausgeschlossen. Wir sollten also eine Lösung auf dem Wege des Vergleichs suchen. Sie geben Grundstück und Baulichkeiten heraus, sagen wir mal, gegen eine Zahlung von xxx DM! Die volle Erstattung Ihrer Sanierungs- und Bauleistungen erreichen Sie sowieso nicht. Wie wäre es mit einem Teil, der Ihnen den Rückzug erlaubt?«

»Ihr Vorschlag, Herr Richter in allen Ehren«, holte Christoph aus. »Wie Sie aus meiner Prozeßführung in allen Instanzen ersehen, ist das Recht, nicht das Geld, der prägnante Punkt gewesen. Ihr Vorschlag ist für mich keine Option. Mein Fall wurde von den Klägern aus naheliegenden Motiven der Habgier und der Erbschleicherei vor Gericht gebracht in dem Kalkül, er werde wie Millionen andere gegen ostdeutsche Habenichtse als Restitutionsanspruch anerkannt. Ich habe Grundstück und Haus redlich erworben. Wenn irgendjemand gegen hanebüchene DDR-Gesetze verstoßen hat, waren das Rechtsorgane, LPG-Vorsitzende und örtliche Behörden. Tragen Sie Ihren Rechtsstaat nicht wie eine Monstranz vor sich her, sondern machen sie Ernst und stellen Sie die Schuldigen vor Gericht! Ich kann nach dem Grundgesetz, dessen Zugehörigkeit ich mir zu eigen mache, nicht für Taten bestraft werden, die ich nicht begangen habe. Die Bundesrepublik ist Rechtsnachfolger der DDR.«

Richter Wruck unterbrach den Wortschwall mit beschwörender Geste:

»Herr Dr. Hinz, wir haben ein Urteil! Das können wir nicht politisch aufarbeiten, nur juristisch in unserer kleinen Runde – mit dem beiderseitigen Bemühen, die ohnehin schon hohen Kosten nicht auf astronomische Höhen zu treiben.«

»Das Risiko auf Wiederherstellung des Rechts gehe ich ein. Ich bringe den Fall vor das Verfassungsgericht«, reagierte Christoph ungestüm auf den Einwand.

Der Richter winkte ab. »Bei dem Antragsstau in diesen Zeiten haben Sie kaum eine Chance, daß Ihre Klage zur Entscheidung angenommen wird. Sie wiederholen den Fehler der Revision beim BGH.«

»Na, wenn schon, dann verklage ich die Bundesrepublik beim Europäischen Gerichtshof ... «

Ungläubiges Lächeln ließ Christophs Redefluß stocken: »Sie wollen sich doch nicht die nächsten zehn Jahre in einen Rechtsstreit verhaken, der, von blühenden Landschaften überstrahlt, Lügen gestraft wird.«

Christoph widersprach dem Richter, entschieden im Ton, selbstbewußt in der Haltung: »Die eine oder andere Landschaft mag blühen, keine Frage. Aber sie wird menschenleer oder vom Gegenwind der paar Verbliebenen zerzaust sein. Der Schaden, den Ihre Berufskollegen im Auftrag Ihrer Politiker anrichten, ist irreparabel. Wir befinden uns nicht mehr in Zeiten des französischen Revolutionsterrors, als die Opfer einfach ungehindert die Gosse hinuntergespült wurden.

Ostdeutsche Bürger, die sich in der DDR sozialisiert haben, werden Ihre Demokratie links liegen lassen und ein eigenes Verständnis für sich in Anspruch nehmen. Sie werden ihr Wahlrecht auf ihre Weise ausüben, entweder gar nicht mehr wählen oder Populisten und Extremisten, die das gesellschaftliche Vakuum für ihre Zwecke instrumentalisieren. Eine unheilige Allianz wird Ihnen Ihr Versagen um die Ohren hauen.«

Richter Wruck sah ein, daß seine Einwände auf taube Ohren stießen. Er brach die Sitzung ab, nicht aber seine Bemühungen um einen Vergleich. Nach einem halben Jahr willigte Christoph ein – nicht aus Überzeugung, sondern einzig aus Existenzsorge. Er konnte sich einen Rechtsstreit auf zwei Schauplätzen, dem Ruhesitz und dem Arbeitsplatz, nicht mehr leisten.

Etwa zwei Drittel der von Handwerkern erbrachten Sanierungs- und Bauleistungen wurden von den Klägern erstattet. Die Masse von 10 Jahren Eigenleistungen und Nachbarschaftshilfen fand kaum Berücksichtigung.

ARBEIT ODER FREIHEIT.
WOHIN SICH WENDEN?

›Wo bin ich da hingeraten‹, fragte sich Christoph, als seine Hochschule geschlossen wurde und er mit dem kleineren Teil in die Universität eingegliedert wurde. Die Masse seiner Kollegen, die man alle der Regimetreue bezichtigte, war man über Nacht los, der Rest würde sich geduckt in die neue Arbeitsordnung einfügen, um einer drohenden Kündigung zu entgehen. Das war das Kalkül der Politiker.

Am Tag seines Arbeitsantritts an der Uni begrüßte Christoph die Sekretärin in der Fakultätsleitung sehr persönlich, weil er sie kannte. Ihr Mann, der Chef des Gemüse-Obst-Großhandels, hatte ihm in DDR-Zeiten den Job der Auslieferung an die Einzelläden verschafft. Die Dame hinter dem Schreibtisch machte erschrocken »Psst« und zeigte auf das Hinterzimmer, an dessen Tür sofort ein Herr in majestätischer Haltung erschien.

»Würden Sie die Freundlichkeit haben, sich vorzustellen! Ich bin Professor Jansen, ich vertrete den Leiter der Fakultät, Herrn Kollegen Trautmann.«

»Christoph Hinz«, sagte der Angesprochene ungerührt, »meine Tätigkeit beginnt heute hier.«

Der Professor richtete einen fragenden Blick auf die Sekretärin. Die erwiderte kurz: »Das ist der Privatdozent von der aufgelösten Pädagogischen Hochschule, der die C3 ›Literaturgeschichte 1700-1830‹ übernehmen soll.

»Ach so, gut, geben Sie ihm den Stundenplan. Er soll loslegen! Wir haben bei der Neuausrichtung der Fakultät keine Zeit zu verlieren.« Eilig verschwand er in sein Zimmer.

»Oh, Ihr neuer Chef kennt sich in der Kulturgeschichte meines Lehrgebiets gut aus. Er spricht mit mir in der dritten Person«, lachte Christoph die Sekretärin an.

Christoph war jetzt Privatdozent, aus Drittmitteln bezahlt nach der Gehaltsgruppe eines Oberassistenten. Die Universität aber beschäftigte ihn ohne eigene Kosten voll im Aufgabenbereich einer C3-Professur »Deutsche Literatur 1700-1830«, in Vorlesungen, Oberseminaren, Prüfungen, als Gutachter für Dissertationen, in Betreuung von Diplomarbeiten. Die Arbeit hatte an Fülle und Themenbreite zugenommen. Das störte ihn nicht. Er war in seinem Leben der Arbeit noch nie aus dem Weg gegangen. Was ihn störte, war, wie die westdeutschen Helfer und Eiferer über den Universitätsbetrieb herfielen. Sie ließen die ostdeutschen Mitarbeiter auf jede erdenkliche Weise wissen, daß sie diesen Hort der Indoktrination von der DDR-Hinterlassenschaft zu reinigen berufen seien. Am harmlosesten, aber nicht minder verletzen wollend waren ihre Ausfälle gegen das Lokalkolorit. Ulbrichts Fistelstimme ungelenk nachahmend, machten sie sich über Organisationsbräuche lustig, etwa vor Beginn einer Fakultätssitzung. Hardts Sachsenhymne wurde überlaut abgespielt. Das Häuflein ostdeutscher Kollegen ließ diese Inszenierungen schweigend über sich ergehen. Christoph mißfiel dieses Raushalten. Er polterte in die Runde: »So wird das Reinemachen hier nichts, Sie müssen richtig sächsisch lernen und bei der Sachsenhymne in normaler Lautstärke genau hinhören! Die hat hintergründige Sachsenhistorie. Ich habe mit Jürgen Hardt drei Jahre als Lehrer kollegial zusammengearbeitet. Ich stehe Ihnen gern als Nachhilfe zur Verfügung.«

Noch waren die ostdeutschen Kollegen in der Fakultätsmehrheit. Die Politik des Wissenschaftsministeriums sah darauf ab, einige wenige ostdeutsche Kollegen in den Entscheidungsgremien der Fakultät zu belassen, wenn sie mit den westdeutschen Helfern Hand in Hand arbeiteten, die schleichend in die Führungspositionen drängten. Das waren keine Professoren oder wissenschaftlich Qualifizierte, die sich durch Leistung ausgezeichnet hatten, wie Christoph sehr bald merkte, sondern Karriereakrobaten, Parteiaktivisten und schlecht bezahlte Vertreter aus dem akademischen Mittelbau, denen das Warten auf eine höher bezahlte Stelle im Westen zu lange dauerte.

Mit Nachdruck wurden die ostdeutschen Professoren in den Vorruhestand geschickt, und wo das nicht ging, mit vorgeblichen Kompensationsangeboten auf andere Stellen gelockt. Eine Münchener Mediävistin war im Begriff zu promovieren. Sie rückte auf die leer gepreßte Stelle nach. Ihre Nichtgraduierung war zu offensichtlich, um nicht dem letzten Kollegen aufzufallen. Also stattete man sie mit Vorschußlorbeeren aus. Man würde ihr in einem Modellfall von Frauenförderung die schnelle Habilitation ermöglichen.

Von dieser Dame ohne jeglichen Qualifikationsnachweis fand Christoph eines Morgens in seinem Fach eine Fleming-Dissertation mit handgeschriebener Weisung vor: »Herr Kollege, für vorliegende Dissertation bitte ein Gutachten erstellen, bis … ! Bei Rückfragen an … wenden!«

Christoph arbeitete auf einen völlig anderen Wissenschaftsgebiet. Er hatte Spezialkenntnisse in mittelalterlicher Volksdichtung, weil er die pommersche und schlesische Regionalliteratur gut kannte. Dem ostdeutschen Kollegen, einem ausgewiesenen Latinisten, hatte er verschiedentlich beiseite gestanden, wenn es um deutschsprachige Quellen ging, die zur Blüte der Volksdichtung geführt hatten. Das war ein Akt kollegialer Solidarität. Die Mediävistin mißbrauchte diese Kenntnis, indem sie einfach anwies, ohne dazu berechtigt zu sein. Christoph erwiderte auf einem Schriebs, in die Dissertation eingelegt: »Vorliegende Diss. zurück! Ich bin kein Mediävist. Mein Lehr- und Forschungsgebiet ist ›Deutsche Literatur 1700-1830‹.«

Er hinterlegte das Exemplar im Sekretariat der Fakultätsleitung. Zwei Tage später lag die Dissertation abermals in seinem Fach. »Lieber Chris, schrieb der Leiter, »sei so nett und schreibe das Gutachten! Wir haben keinen anderen. Die neue Kollegin kennt sich mit unseren akademischen Bräuchen hier noch nicht aus, entschuldige! Prof.T.«

Christoph schrieb das Gutachten. Er konzentrierte sich auf die Inhalte der Dissertation, zu denen er sich fachlich kompetent äußern zu können glaubte: die Öffnung von Flemings Gelegenheitsgedichten hin zur Erlebnislyrik späterer Jahrhunderte. Diese wissenschaftliche Perspektive paßte der Mediävistin gar nicht, weil ihre Forschungsvorgabe für die Dissertation eine andere war. Bei der öffentlichen Verteidigung überging sie einfach Christophs Vortragsrecht, las sein Gutachten selbst auszugsweise vor, übersprang alle Teile, die ihr nicht zusagten. Am Schluß autorisierte sie Christoph als Gutachter, der so den Text gar nicht verfaßt hatte.

Es stand im Ermessen Christophs, die öffentliche Verteidigung platzen zu lassen. Er tat nichts dergleichen. ›Was kann die arme Promovendin für diese miserable Betreuerin‹, sagte er sich.

Ab diesem Tag ignorierte Christoph weitere Weisungen dieser Kollegin. Auch der Fakultätsleiter konnte nichts mehr vermitteln. Die westdeutsche Kollegenschaft mobbte ihn, wo sich eine Gelegenheit ergab.

Christoph erfuhr wie alle noch verbliebenen ostdeutschen Kollegen, sieben an der Zahl, daß die Hochschulrektorenkonferenz (die besitzergreifende »Westdeutsche« war zuvor gestrichen worden), beschlossen hatte, die wissenschaftliche Qualifikation der ostdeutschen Hochschullehrer zu überprüfen. Die Weisung kam zu einer Zeit, als jedes Bundesland längst den

Schwachmatikussen den Abschied gegeben hatte. Ein probates Mittel, weitere Ostdeutsche aus gut bezahlten Stellen zu treiben, war die Idee allemal. Die Prüflinge empfanden das als Demütigung. Die integren westdeutschen Professoren, die gedrängt wurden, die Aufgabe zu übernehmen, bewerteten das als Zumutung.

Der Literaturhistoriker von der Universität G., der in Christophs Gruppe erschien, sagte bei der Vorstellung: »Glauben Sie mir, ich mache das nicht aus freien Stücken! Aber ehe hier noch mehr Unrecht geschieht, wollen wir uns gemeinsam, so kollegial wie möglich, der Aufgabe unterziehen. Ich werde all Ihre Qualifikationsnachweise lesen, völlig unbefangen gegenüber den Grundsätzen, wie Wissenschaft in der DDR betrieben wurde. Ich werde mich frei dazu äußern, zunächst mündlich, damit ich mich korrigieren kann, wenn ich Gegenargumente von Ihnen gehört habe. Ich werde mir Ihre Publikationslisten anschauen und in Ihren Lehrveranstaltungen hospitieren. Damit wir uns gegenseitig vertrauen können, müssen wir uns besser kennen. Ich lade Sie alle zum nächstmöglichen Wochenende auf mein Landgut im westlichen Harz ein.«

Auf der gemeinsamen Fahrt in zwei Autos gab es keine Peinlichkeit, Befangenheit oder Langeweile. An der thüringisch-niedersächsischen Grenze wechselten die Mitfahrer, so daß der Professor mit allen Kollegen kommunizieren konnte. Christoph hielt sich bei wissenschaftlichen Diskursen zurück. ›Der soll erst meine Arbeiten lesen. Dann haben wir wissenschaftliche Grundfesten und Bezugspunkte‹. An politischen, noch dazu schulpolitischen Diskussionen beteiligte er sich rege. Am Ausverkauf des wissenschaftlichen Potentials in den neuen Bundesländern ließ er kein gutes Haar.

»Ich war zweimal in Kolloquien zur Hochschulerneuerung in D., vom zuständigen Staatsministerium veranstaltet. Drei Fragen wurden zur Diskussion gestellt: Wie misten wir die DDR-Hinterlassenschaften aus, wie gewinnen wir CDU-Mitglieder unter Lehrenden und Studierenden, welche Werbestrategien müssen wir anwenden, um die hohe Atheistenquote in der Bevölkerung zu minimieren? Ich fragte den Minister, ob es nicht besser wäre, uns um unsere eigenen Angelegenheiten zu kümmern (Abbau der Verwaltungsbürokratie, mehr Studentennähe, freie Lehre und Forschung). Und wenn wir uns als Hochschullehrer politisch engagieren, sollten wir dann nicht zuallererst die extremistischen Ränder der Gesellschaft bekämpfen, die in unserem Einzugsgebiet beängstigende Ausmaße annehmen? Bei den Fragen blieb es!«

»Ja«, fragte der Professor, »warum gibt es bei Ihnen so viel Extremismus, von rechts und links?«

Der Kollege, der das 20. Jahrhundert vertrat, meinte: »Die PDS verkündet neu-linke Positionen, die auch von fast jedem Gewerkschafter stammen könnten. Sie ist eine Protestpartei. Die Menschen wählen sie, weil sie sich von den etablierten nicht vertreten fühlen. Ihr Einfluß wird von selbst schwinden, aus biologischen Gründen, und weil die Gesellschaft sich in dem extremen Stadt-Landgefälle stark verändert. Auf dem Land wird die Linke aussterben.«

Christoph ergänzte: »Die realen Gefahren kommen von rechts. Sie werden von den arroganten Politikern, die hier König spielen, teils ignoriert, teils als Hofnarren geduldet oder belächelt. Die müden Bürger zucken mit den Schultern. Sie müssen um ihre Existenz kämpfen. Sie kommen gar nicht dazu, zivilgesellschaftlichen Protest zu organisieren. Schauen Sie sich mal die Reichsbürger-Bewegung in der Sächsischen Schweiz an. Die ›Reichsbürger‹ kaufen Schrott-Immobilien auf, richten sie für Massenaufläufe und für eigene Aktivisten zum Wohnen her. Sie schreien Parolen, die allzu bekannt sind. Da kommt eine ganze Bewegung von Militaristen, Neonazis und Antisemiten auf uns zu. Und sie finden Anklang in der Bevölkerung, weil die westdeutschen Politiker nicht deren Identität oder Befindlichkeit zur Kenntnis nehmen, geschweige denn, ihre Politik auf sie ausrichten.«

Auf den langen Spaziergängen durch Harzer Wald und Wiesen führte der Professor mit jedem Kollegen lange Individualgespräche. Er erkundigte sich nach Spezialisierungen, Vorlieben und Vorhaben. Nach Abschluß der ganzen Prozedur war der Professor vom Wissenschaftsniveau der Arbeiten, noch mehr der Vorlesungen und Seminare, überrascht. Nur die Publikationslisten konnten mit der westdeutschen Größenordnung nicht mithalten.

»Dieses Minus«, stellte er fest, »ist ganz normal. Ihre Lehrbelastung ist im Schnitt um ein Drittel höher gewesen als bei uns. Ihre Publikationsmöglichkeiten brauchen wir mit den unseren gar nicht zu vergleichen.«

Alle Kollegen wurden erfolgreich evaluiert, wenn auch mit moderater Graduierung.

Kurze Zeit später schieden aus der siebenköpfigen Gruppe zwei ostdeutsche Vertreter. Der älteste Kollege wurde ins Archiv verbannt, weil er den Vorruhestand nicht akzeptierte. Der jüngste Kollege, ein Fontane-Spezialist, war mit seiner Habilschrift um ein Semester in Verzug. Ihm drohte die

Kündigung. Er ging von selbst und nahm als guter Tennisspieler den Vollzeitjob eines Platzwarts an.

Für Christophs Lehr- und Forschungsgebiet wurde eine C3, eine Professur ohne Lehrstuhl, ausgeschrieben. 55 Bewerber meldeten sich. Nach Auswertung der üblichen Bewerbungsunterlagen beschied die Berufungskommission, die drei Erstplatzierten mögen eine Probevorlesung halten. Christoph wählte das Thema: Der Symbolstil in Goethes Spätwerk. Das Beispiel »Faust II«. Wie in seinen Vorlesungen üblich, benötigte er auch für diese aufwändige technische Einspielungen: historische Aufnahmen, Filmszenen, Faksimiles von den Paralipomena zur Endfassung, historische Illustrationen, Partiturauszüge, Zeugnisse von historischen Persönlichkeiten. Die Techniker waren das gewöhnt. Es gab nie eine Panne. Allerdings waren nicht alle Hörsäle gleich gut technisch ausgerüstet. Im Wissen um solche Kalamitäten stellten die Planbauer immer den H 14 zur Verfügung. Diese Voraussetzungen wurden auch der Prüfungskommission zur Kenntnis gegeben. Sie wählte für alle drei Probanden ein- und denselben Hörsaal aus, der technisch ungeeignet war. Über die Auswahl bewahrte sie Stillschweigen.

Am Tag der Veranstaltung rief der Techniker früh um 10.00 Uhr Christoph an: »Ich sehe gerade, daß Ihre Faust-Vorlesung um 14.00 Uhr im H 31 stattfinden soll. Dorthin kann ich Ihnen die Technik nicht einspielen.«

Christoph versuchte vergebens, Kontakt mit der Prüfungskommission aufzunehmen. Die Planbauer sahen keine Möglichkeit, den H 14 freizumachen. Er konnte nur in der verbleibenden Zeit die Vorlesung umbauen. Vor Beginn beschwerte er sich bei dem Prüfungsvorsitzenden, einem westdeutschen Romanisten, daß man ihn über die Entscheidung nicht informiert habe.

»Sie haben als einheimischer Bewerber keine Privilegien.«

»Welche Privilegien?«

»Ihre technischen Sonderwünsche!«

»Was halten sie von der Freiheit in Lehre und Forschung? Jedem Probanden ist freigestellt, ob und wie viel Technik er in seiner Vorlesung einsetzt. Sie haben kein Recht, diese Freiheiten einzuschränken!«

Der Professor wandte sich brüsk zur Seite: »Werden Sie nicht anmaßend, kümmern Sie sich lieber um Ihre Vorlesung!«

Die Kommission platzierte Christoph auf den dritten Platz, die Bewerber aus Kiel und München auf die ersten zwei. Das Votum, das die Studenten abgeben durften, von der Kommission aber nicht berücksichtigt zu werden brauchte, setzte Christoph mit 74 zu 3 Stimmen auf Platz 1.

Bei der Rückgabe der geprüften Arbeiten an Christoph sagte der Evaluierungsprofessor beiläufig: »Die Abstimmung über Ihre C 3 war sehr knapp: 3 zu 4 gegen Sie.«

Christoph fragte nach der Zusammensetzung der Kommission.

»5 westdeutsche, 2 ostdeutsche Professoren, fachlich 4 Germanisten, 1 Romanist, 1 Anglist, 1 Englischdidaktiker!«

Zum Semesterende fand Christoph in seinem Fach die Änderung seines Arbeitsvertrages vor, ohne den Aufgabenbereich auch nur um ein Jota zu erweitern. Das unbefristete Arbeitsverhältnis sollte in ein befristetes umgewandelt werden. Köder war eine C 3. »Herr Dr. phil. habil. Christoph Hinz wird vom ... bis zum ... auf der Stelle eines Professors für Neuere deutschsprachige Literatur am Fachbereich Germansitik/Niederlandistik beschäftigt.« Christoph unterschrieb den Vertrag »mit Vorbehalt: ohne Anerkennung der Befristung.« Der Vertrag wurde vom Rektor nicht gegengezeichnet. Er blieb rechtsunwirksam.

Die Kündigung kam früher als zugelassen. Der Personalrat winkte sie wie ein williger Erfüllungsgehilfe durch. Christoph, klüger geworden nach den Erfahrungen mit westdeutschen Richtern, fuhr nach Frankfurt am Main zum Zentralvorstand der Gewerkschaft. In der Rechtsabteilung bat er um den »besten Rechtsanwalt, der auf universitäre Kündigungen spezialisiert« ist.

Nach anfänglichem Kopfschütteln, das in geschäftiges Hin und Her mündete, erhielt er tatsächlich eine Liste mit drei Namen und Adressen, alle aus Frankfurt. Er winkte ab, als man ihm anbot zu telefonieren. »Nein, vielen Dank, ich fahre selbst hin. Ich will die Herren sehen und sprechen.«

Gleich in der ersten Kanzlei sagte die Dame an der Rezeption: »Ja, wir bearbeiten solche Fälle wie den Ihren. Aber den Herrn Rechtsanwalt können Sie nicht sprechen. Ich kann Ihnen einen Termin geben, ... am ... . 08.00 Uhr. Ist Ihnen das recht?«

»Um Gottes willen, das ist viel zu spät! Ich bin aus L., 500 km, zu Ihnen herübergefahren. Ich bitte Sie, es ist dringend, es ist lebenswichtig, es muß heute sein!«

Die Sekretärin schmunzelte, nicht abweisend: »Setzen Sie sich in den Vorbereitungsraum! Ich will sehen, was ich für Sie tun kann.«

Christoph nutzte die Wartezeit, machte ein Vortragskonzept und schrieb sich Stichpunkte auf. Er wurde nach einem Stündchen zu einem Herrn Stolzing vorgelassen. Schon nach drei Sätzen fiel der Rechtsanwalt ihm ins Wort:

»Wir machen so etwas, ja, aber nicht in L. Wir arbeiten nicht in den neuen Bundesländern. Wir hätten dort gar nicht die Bürokapazitäten und die rechtlichen Arbeitsmöglichkeiten, die wir brauchen. Natürlich könnte ich mit einer Partnerkanzlei Kontakt aufnehmen. Nur, Sie haben sich doch auf den langen Weg gemacht, um bei uns einen erfahrenen Anwalt zu finden, oder? Das einmal vorweg: Sie sind aus einer Professorenstelle ›rausgeflogen! Da steckt nach unseren Erfahrungen hier viel akademische Intrigenwirtschaft drin. Da geht es um viel Geld. Was glauben Sie, welcher Aufwand betrieben werden muß – auf beiden Seiten! –, um Erfolg zu haben. Chancen gibt es bei Ihrer Größenordnung immer! ... Warten Sie, ich habe eine Idee! Ich spreche kurz mit meinem Chef. Bitte gehen Sie nochmal in den Vorbereitungsraum!«

Nach einer Weile hatte Herr Stolzing einige Fragen an Christoph. Ob es an der Universität eine Entlassungslawine gebe, welche sonstigen Hochschulen am Ort seien, wie hoch das Sanierungstempo in der Stadt sei, wie schwer es sei, Büros mit moderner Kommunikationsausstattung zu finden ... ?

Bei dieser Frage hakte Christoph ein: »Sanierte Büros sind schwer zu finden. Aber ich habe aus DDR-Zeiten mit allen Handwerkerkreisen Verbindung. Die wissen ganz genau, wo, was, wie saniert wird. Da kann man sich Monate vor der Fertigstellung um einen Mietvertrag kümmern.«

»Diese Sache ist am Anfang wichtiger als Ihr Streitfall. Ich mache Ihnen folgenden Vorschlag: Sie lassen alle Uni-Dokumente hier. Die Sekretärin macht Kopien. Viel dringender, ich brauche von Ihnen ein Drehbuch über Ihre Tätigkeit in der Uni, nicht nur das Offizielle! Wie sah im groben Ihr Bildungsweg aus, wie ist Ihre Fakultät gegliedert, welche Entscheidungsgremien sind wie besetzt, wie funktionierte die Zusammenarbeit mit Ihnen? Gab es Konflikte, Fehden? Welche Kollegen aus DDR-Hochschulzeiten arbeiten an der Uni in Stellen, die mit Ihrer Fakultät administrativ verbunden sind? Gibt es ein meßbares Studentenecho zu Ihren Lehrveranstaltungen? Hatten Sie Kontakt mit Vertretern aus der Staatsregierung? Und spätestens morgen beantragen Sie Einsicht in Ihre Stasiakte! Was Sie noch nicht vorbereitet haben, schreiben Sie es auf, oder diktieren Sie es der Sekretärin, wenn die es zeitlich einrichten kann! Je konkreter Ihre Angaben sind, desto schneller kann ich entscheiden, ob wir Sie als Mandanten annehmen. Ich rufe Sie an.«

Rechtsanwalt Stolzing sagte telefonisch zu, diktierte den Wortlaut einer

Mandantenerklärung und bat Christoph dringend, bei der Beschaffung eines Büros zu helfen.

Seine Klage vor dem Amtsgericht hatte zum Ziel, die Kündigung für unwirksam zu erklären und Christoph unbefristet weiter zu beschäftigen unter den Bedingungen der C 3-Professur. Er brachte ein Dutzend Begründungen vor und doppelt so viele Anträge.

Am Tag der Verhandlung stürmte der Anwalt auf den letzten Drücker in den Sitzungssaal. »Wir sind noch beim Einrichten des Büros. Ich muß mich ganz auf meinen Schriftsatz verlassen. Der ist sehr genau auf Ihre Behandlung an der Uni zugeschnitten. Da hat die Richterin zu knabbern.«

Die Richterin, vielleicht Anfang dreißig, eine staksige Gestalt mit röhrender Stimme, knabberte an gar nichts. Sie brauchte 18 Minuten, um den personalisierten Tatbestand nach Prozeßordnung ohne Punkt und Komma durchzuleiern, kam den Versuchen des Anwalts, Anträge zu stellen, zuvor, indem sie die Kündigungsfrist als falsch berechnet einräumte, alle anderen als unbegründet zurückwies und die Urteilsverkündigung in 30 Tagen terminierte.

Rechtsanwalt Stolzing brauchte einige Sekunden, ehe er benommen, den Blick nicht auf seinen Mandanten, sondern in den Saal gerichtet, hervorstieß: »So etwas habe ich noch nicht erlebt. Das ist eines deutschen Gerichts unwürdig.« Seine Stimme schallte, weil der Saal fast leer war. Etwas leiser fügte er an: »Die müssen nach der Urteilsverkündung das halbe Gericht umbesetzen.«

Die Machart der Verhandlung am Amtsgericht erzielte Wirkung bei RA Stolzing. Der Schriftsatz der Berufung an das Landgericht listete auf 18 Seiten minutiös die Einwände und Anträge auf. Jeder Satz war ein Hieb auf die Richterin, ohne daß sie ein einziges Mal namhaft gemacht wurde: Das gesamte Kündigungsverfahren sei unvereinbar mit den Regelungen des Einigungsvertrages, es wimmele nur so von Rechtsbrüchen. Die Ausschreibung einer besetzten Stelle, die der Kläger vier Jahre lang, teils per Lehrauftrag, teils arbeitsrechtlich sanktioniert, eingenommen habe, sei unzulässig. Die Universität selbst habe auf Weisung des Wissenschaftsministeriums mangelnden Bedarf organisiert, um einen Rechtsgrund für die Kündigung zu bekommen. Die systematische Nichtberücksichtigung auf andere freie Stellen erfülle den Tatbestand es Mobbings. Die fachliche Eignung des Klägers sei feingesponnen diffamiert worden, während die Beurteilungen und das ausgezeichnete Evaluierungszeugnis ignoriert wurden, der Personalrat habe in stillschweigendem Einvernehmen mit dem Rektor die Kündigung abgenickt. Eine Sozialauswahl habe nicht stattgefunden. Schließlich sei die Arbeit der Berufungskommission für die C 3-Professur eine Farce. Die Erstplatzierten seien von vier westdeutschen Mitgliedern von Anfang an gesetzt gewesen, die Probe-Vorlesung eine Alibi-Veranstaltung, einer deutschen Universität unwürdig.

Bei diesem Punkt gerieten die Prozeßbevollmächtigten richtig aneinander. »Das ist ungeheuerlich! Wie können Sie so etwas behaupten?«, empörte sich die Rechtsanwältin der Beklagten-Seite.

»Ich habe die Zeugeneinvernahme von Prof Dehmel angeboten. Er war Evaluierungsbeauftragter, und als solcher gehörte er der Berufungskommission an. Er hat mir telefonisch meinen Verdacht bestätigt, daß bei vier westdeutschen Professoren die zwei Erstplatzierten gesetzt waren. Er selbst und zwei ostdeutsche Kollegen haben für meinen Mandanten gestimmt.«

Der Richter wandte sich an die Rechtsanwältin: »Frau Bauer, Sie können die Aussage ganz leicht entkräften. Legen Sie das Protokoll der Berufungsentscheidung vor!«

»Ich habe keines, ich habe auch in der Akte meiner Mandanten nie eines gesehen.«

»Es ist nicht meine Aufgabe, nach dem Protokoll zu fahnden. Frau Rechtsanwältin, Sie hätten es von Ihren Mandanten fordern müssen, mindestens die Einvernahme des Zeugen beantragen. Warum haben Sie es nicht getan? Werden Sie womöglich von Ihren Mandanten im Regen stehengelassen?«

Der Vorsitzende Richter ging Punkt für Punkt durch. Das dauerte neun Stunden, weil Wiederholungen, Falschbehauptungen, Ausreden und rechtsuntaugliche Vergleiche der Rechtsanwältin das Gericht zu nicht enden wollenden Nachfragen veranlaßte.

Rechtsanwalt Stolzing hatte umsichtig Beweise gesammelt: Qualifikationszeugnisse, Publikationslisten, Vorlesungsverzeichnisse, Gastaufträge, Hauptprüfer-, Gutachter- und Betreuertätigkeit, Beurteilungen, Evaluierungszeugnisse, Stimmen aus dem Studentenrat, Zitate aus Gesetzen und Verordnungen, Präzedenzurteile.

War eine Beweisreihe abgeschlossen, erteilte der Richter der Bevollmächtigten der Gegenseite das Wort. Die Rechtsanwältin war von der gründlichen Arbeitsweise des Richters, von der Fülle der Nachfragen, erst recht von deren Unbekanntheit und rechtlichen Folgewirkungen regelrecht erdrückt. Sie entgegnete mit einer Gegenbehauptung – und wenn selbst die ihr zu pauschal war –, mit einer rhetorischen Floskel oder einem Zitat aus ihrem Schriftsatz.

Der Richter hatte eine Engelsgeduld, aber nach fünf, sechs Verhandlungspunkten wurde auch er ungehalten: »Frau Rechtsanwältin, ich habe Ihren Schriftsatz aufmerksam gelesen. Würden Sie uns bitte nicht weiter die Zeit stehlen und Gegenbeweise vorbringen!«

Die Rechtsanwältin wußte sich keinen anderen Rat, als Beispiele aus Parallelprozessen aufzuzählen.

Der Richter unterbrach: »Frau Rechtsanwältin, wir verhandeln hier die Sache Hinz gegen Freistaat ..., also bitte! Wenn Sie nichts weiter wissen, als Prozeßstatistik aufzuzählen, kann ich gern Ihren Herrn Minister persönlich als Beklagten laden und auf die vorgebrachten Einwände, Anträge und Beweise direkt antworten lassen?«

Die Rechtsanwältin atmete tief durch. »Herr Vorsitzender, ich möchte einen Antrag stellen!«

»Nur zu, nur zu!«

»Ich beantrage, die noch ausstehenden Punkte nicht mehr zu verhandeln und stattdessen auf dem Wege des Vergleichs die Streitsache abzuschließen. Wenn Sie meinem Antrag stattgeben, bitte ich um eine Unterbrechung, damit ich meine Mandanten kontaktieren kann.«

»Haben Sie Einwände, Herr Rechtsanwalt Stolzing?«

»Nein! Ich halte nur die Chancen für sehr gering, daß wir auf diesem Weg zu einem Abschluß kommen.«

»Wir probieren es«, entschied der Richter im Austausch mit seinen Beisitzenden, »dem Antrag wird stattgegeben, 20 Minuten Pause!«

Herr Stolzing wandte sich in der Pause Christoph zu. »Die Rechtsanwältin kapituliert. Sie spricht mit dem Ministerium die Angebote ab, wie weit sie gehen darf.«

»Was ist da zu holen?«, fragte Christoph

»Da geht es ums Geld, nichts anderes!« Stolzing tat gelangweilt. »Von dieser am Faden des Ministers hängenden Dame dürfen Sie keine Wiedereinstellung erwarten.«

»Wissen Sie«, stöhnte Christoph, »mir ist an einigen Stellen heute richtig übel geworden. Dieses Maß an Intrigen, Verkommenheit, Lug und Trug habe ich nicht erwartet. Ich dachte, die erfüllen in bürokratischem Gehorsam einen vorgegebenen Stellenplan. Und wenn etwas hakt, wird halt nachgeholfen, weil man sich das Leben nicht schwermachen will.«

»Da denken sie vollkommen richtig, nur die kriminelle Energie als Methode unterschätzen Sie dabei! Ich urteile juristisch.«

»Für den Augenblick habe ich nicht die geringste Lust, meine geliebte Tätigkeit denen erneut zu schenken.«

»Sie schenken denen nichts! Sie machen einen Job, der gut bezahlt wird. Hören Sie auf mit Ihren hehren Grundsätzen. Kein tüchtiger Professor läßt sich auf die Straße werfen, jedenfalls nicht bei uns in Frankfurt, Köln oder Hamburg. Kündigung unwirksam, Wiedereinstellung, es müßte doch mit dem Teufel zugehen, wenn wir das nicht hinbiegen!«

Die Verhandlung ging weiter. Die Rechtsanwältin bot die Weiterbeschäftigung bis Ende des Kalenderjahres an und 25.000,- DM Abfindung nach dem Sozialtarifvertrag. Die Kündigung bliebe rechtswirksam.

»Meine Herren«, wandte der Richter sich an die Klägerseite, »wollen Sie über den Vorschlag miteinander reden? Oder wollen wir die restlichen Punkte weiterverhandeln. Ich bin ganz Ohr, was da noch kommt. Mein Kalender für einen weiteren Termin ist vollkommen zu. Wir verhandeln bis zur Urteilsfindung, meinetwegen bis 22.00 Uhr.«

»Wir bitten um eine Beratungspause«, tauschte sich der Anwalt mit Christoph aus.

»Gut, in 15 Minuten wieder im Saal!«

»Was meint die Rechtsanwältin mit »Weiterbeschäftigung«, fragte Christoph seinen Anwalt.

»Sie kriegen die letzten neun Monate nachgezahlt und müssen die verbleibenden zwei Monate täglich in der Universität erscheinen. Ob Sie Lehr- oder Betreuungsaufträge bekommen, halte ich für äußerst fraglich.«

»Das sind rund 90.000,- DM«, rechnete Christoph nach. »Einmal angenommen, der Richter urteilt ›Kündigung unwirksam, Wiedereinstellung‹, muß man dann nicht befürchten, daß die immer wieder versuchen, mich rauszuschmeißen?«

»Das ist nicht zu befürchten, das ist Regelwerk an unseren Universitäten. Sie müssen lernen, sich mit Hornhaut zu schützen!«

Christoph war hin- und hergerissen. »Nein, ich will mit diesem Geschmeiß nichts mehr zu tun haben!« Er stampfte wie ein bockiges Kind mit dem rechten Fuß auf den Boden. »Ich will leben und arbeiten und nicht arbeiten und dabei tot sein!«

Der Rechtsanwalt runzelte die Stirn: »Sie machen einen großen Fehler, aber Ihr Wunsch ist mir Befehl!«

Der Vergleich wurde geschlossen. Die Rechtsanwältin hatte keine Vollmacht, auch nur einen Pfennig draufzugeben.

FREIHEIT OHNE ARBEIT.
WAS TUN?

Anders als nach den Grundstücksprozessen war Christoph diesmal auf Urteile jeglicher Richtung gefaßt. Er fühlte sich zumindest emotional gestärkt, daß er den Intentionen seines Anwalts nicht gefolgt war. Nein, 15 Jahre seines Arbeitslebens mit Rechtsstreit verbringen oder unter Feixen seiner Vorgesetzten, auf's Abstellgleis abgeschoben, wollte er nicht.

Sozial fühlte er sich in den Flüchtlingsstatus zurückversetzt. Er hatte gelernt, wie man seinen Lebensunterhalt mit dem Anspannen aller Äderchen verdient. Darin steckte weder Liebe noch Berufung, einfach nur körperliche und geistige Disziplin. ›Dann fangen wir mal mit dem Nächsten an‹, nickte er Richtung Schreibtisch, wo eine Visitenkarte auf Kante am Bildschirm stand. Er mußte gar nicht danach greifen. In Fettschrift, ultramarinblau, war auf Abstand zu lesen:

Lutz Hunzinger
Geschäftsführer
Grund und Boden GmbH
Repräsentanz der ... Bank

Christoph hatte ein leibhaftiges Bild von dem Inhaber bewahrt, einer imposanten Erscheinung, Anfang sechzig, hochgewachsen mit voller schlohweißer Haarpracht. Der Herr Hunzinger hatte ihm das Kärtchen auf einer Zugfahrt von Frankfurt nach L. regelrecht aufgedrängt.

Er war sehr gesprächig gewesen. Er erzählte, daß er zwischen Heimat- und Arbeitsort regelmäßig pendele, daß er nach Absprache mit seiner Bank in den neuen Bundesländern auf dem Feld tätig werden wolle, wo die höchste Notlage herrsche. Seine GmbH werde Grundstücke, Industriebrachen, Häuser akquirieren und mit Investmitteln ausstatten, so daß Vorzeigeobjekte die Landschaften blühender machten als vorausgesagt.

Die volltönende Baritonstimme noch im Ohr rief Christoph den Geschäftsführer an. Der konnte sich sofort erinnern und lud ihn, wortreich verbindlich, zu einem Besuch ein. Er werde sich persönlich die Zeit nehmen und ihm das breite Tätigkeitsfeld seiner Bankrepräsentanz vorstellen.

Das Büro des Herrn Hunzinger befand sich nahe dem D...ner Hauptbahnhof in einem heruntergekommenen Gewerbegebiet. Längs der vielbefahrenen Hauptstraße stand, 30 Meter gegen die Altbaubrachen zurückgesetzt, ein unsanierter Plattenbau. Christoph verweilte einen Augenblick vor dem Eingang. ›Das ist fürwahr ein würdiger Platz, wo der Aufbau Ost in Angriff genommen wird‹. Er stieg in die zweite Etage hinauf, die Herr Hunzinger vollständig gemietet hatte. Eine Glastür, vom Firmenschild zugedeckt, noch prangender als die Visitenkarte, schloß die Büros, 12 Räume für 4 Mitarbeiter, vom Hauptflur ab. Drei Räume waren als Büros eingerichtet mit billigsten Preßholzmöbeln in Mausgrau. Der ganze Stolz war das Sekretariat, wo eine junge Frau an modernster Technik, wie der Gastgeber hervorhob, arbeitete. Auf einem klobigen Rechner stand ein ebenso klobiger Bildschirm mit winzigem Display. Durch ein Faxgerät surrte eine Dünnpapierrolle. Die Sekretärin schnitt die Rollenlängen nach 1 ½ Metern ab und breitete sie über dem Schreibtisch aus, alles mit Bedacht.

»Das muß so sein«, reagierte Herr Hunziger auf Christophs Amüsiertheit, »die Rollen müssen trocknen, sonst ist nach einer Stunde nichts mehr zu lesen.« Eine Telefonanlage überstrahlte die weiß-graue Papierdecke. Herr Hunzinger spielte mechanisch auf der Symbolleisten-Tastatur herum, während seine großen Augen neugierig und freundlich auf dem lächelnden Christoph ruhten. »Sie müssen wissen, das Telefon ist meine Leidenschaft, die man einfach für dieses Geschäft braucht. Ohne Telefonieren kann man keinen Kunden gewinnen, keinen Erfolg akquirieren, kein Geld verdienen, nicht glücklich sein.«

Das klang wie der Auftakt zu einer Lehrstunde. Herr Hunzinger führte Christoph in sein Refugium. Das Büro war genauso mausgrau eingerichtet wie die anderen Räume, fiel aber durch peinlichste Leere und Ordnung aus dem Rahmen. Drei hohe türverschlossene Schränke im Spintformat, nebeneinandergerückt, so daß der Eindruck eines massiven Ablageraumes entstand, ein übergroßer Schreibtisch mit einem ebenso überdimensionierten Bürosessel, in dem eine gewichtige Persönlichkeit Platz fand, drei uniforme Polsterstühle auf dünnen Stahlbeinen füllten das Innere aus. Die blitzblanke Schreibtischplatte ohne Aktenstöße, ohne Vorlegemappen, nur mit einem Kalender und dem nach vorn geschobenen Telefon bedeckt, flößte Christoph regelrecht Ehrfurcht ein. Da konnte er sich mit seinem Arbeitswust, auf allem Mobiliar abgelegt, nur wie ein Chaote vorkommen.

»Arbeiten Sie hier nicht: schreiben, ordnen, nachprüfen?«, fragte Christoph verdutzt den kerzengerade stehenden Hunzinger.

»O ja, ein Notizbüchlein habe ich immer bei mir, aber ich benutze es selten. Alles, was hier reinkommt, gebe ich sofort an die Mitarbeiter weiter. Es wird nichts liegengelassen. Bei mir, einem gedienten Beamten, gibt es keine Bürokratie!« Herr Hunzinger war tief befriedigt über das Zucken seines Gastes. Platznehmend wollte er den Vortrag wieder aufnehmen, als das Telefon klingelte. Er rückte Christophs Stuhl an sich heran, nahm den Hörer ab, stimmte sich auf den wohlklingenden baritonalen Ton ein, kleidete Personen- und Firmendaten akkurat in wohl geformte Sätze, syntaktisch mit Kunstpausen pointiert.

Seine Stimme klang wie die eines Verliebten: »Ich grüße Sie Herr Amtsvorsteher, wie ist das werte Befinden? Ich habe mir gestern erlaubt, Ihnen eine Akte zuzuführen. Darf ich Sie bitten, sie schnell bearbeiten zu lassen. Meine Bank hat Großes vor mit dem Objekt. Ich hole sie mir persönlich ab, sagen wir übermorgen? Anschließend gehen wir in das beste italienische Restaurant.«

Herrn Hunzigers Augen leuchteten, auf Christoph gerichtet: »Das war der Amtsleiter des Bauordnungsamtes. Mit solchen Leuten muß man engste Kontakte pflegen. – Das Telefon geht auch auf dem umgekehrten Weg, wenn ich Akquisen einfädeln will. Man muß sich nur kühn entschlossen an die oberste Führungspersönlichkeit wenden. Schauen Sie, wenn ich die Privatisierung der Werkswohnungen haben will, die der Einigungsvertrag im Begriff ist, an den Freistaat zu übertragen, wende ich mich gleich an den Staatssekretär. Ich rufe im Ministerium an, bitte im Auftrag meiner Bank um ein persönliches Gespräch, eröffne das Angebot eines speziellen Darlehens für die bonitätsschwachen Mieter – und schon werde ich ernstgenommen und bekomme eine Einladung in den Vergabeausschuß. Man kann mir nichts abschlagen, und wenn das Telefonieren eine Stunde dauert. Ich sag Ihnen auf den Kopf zu, nur so klappt das Geschäft.«

»Versprechen Sie nichts, machen Sie es einfach! Ich bin ganz Ohrenzeuge«, ermunterte ihn Christoph, etwas spöttisch im Unterton.

Herr Hunzinger schaute auf die Uhr. »Es ist kurz vor Mittag. Wir haben etwas Besseres vor. Den Rundgang durch meine Bürolandschaft verschieben wir. Meine Mitarbeiter mußten kurzfristig in den Außendienst.« In welchen, konnte Christoph nicht erfahren.

»Die lernen Sie noch früh genug kennen: eine prächtige Frau, unsere

Baufinanzspezialistin, und einen Mann, nein, was sage ich, ein Lokalgenie, das hier jede kaufbare Immobilie ausfindig macht.«

»Und die anderen?«, fragte Christoph

»Die anderen sind noch Papierform. Geduld, Geduld muß man haben. Es wird schon! Ich schaue mir die Bewerber, am liebsten die aus Ihren geistigen Eliten, sehr genau an. Sie müssen arbeitshungrig und lernfähig sein. Je mehr sie in das politische System der DDR verstrickt waren, desto besser! Der Zwang zum Geldverdienen weist ihnen den Weg in die Marktwirtschaft. – Aber jetzt gehen wir erstmal essen. Es gibt hier ausländische Restaurants, nach denen Sie sich in Ihrer Stadt die Finger lecken würden.«

Die Speisekarte, großformatig, war ein Buch mit sieben Siegeln, von der Sprache wie von der Vielzahl. Herr Hunzinger fingerte, Christoph zugewandt, Speisen heraus, die Gourmets zum Schmelzen bringen sollten. Christoph konnte dem Tempo nicht folgen und sagte nur, als der italienische Kellner die Bestellung aufnahm: »Für mich das gleiche!«

»Bei den Vorspeisen lassen wir uns den Pinot Grigio schmecken, danach nehmen wir etwas Besseres.« Nach dem dritten Gang mußte Christoph aufgeben. Herr Hunzinger aß ungestört weiter, unglaublich viel, wie Christoph zu sehen glaubte, dazu stets den Wein wechselnd. Er zählte das breite Tätigkeitsfeld auf, das zu zeigen vorher ausgefallen war, so, als müsse er Christoph in seine Arbeit einweisen. Er lobte ausführlich das demokratische Gleichheitsprinzip, das in seiner GmbH herrsche. Jeder Mitarbeiter bekomme ein Drittel des Honorars, das der GmbH zufalle, gleich, ob aus Provisionen der Bank oder frei ausgehandelter mit Verkäufern und Käufern von Immobilien; gleich, ob die zugewiesenen Arbeiten fünf Minuten oder fünf Stunden dauerten, gleich, welchen Schwierigkeitsgrad die Arbeiten hätten. Die wichtigsten Fragen ließ er offen. Nach welchen Kriterien hatte der Mitarbeiter einen Provisionsanspruch? Wie verfuhr man, wenn sich die Leistung aus verschiedenen Bestandteilen zusammensetzte oder ein Auftrag sich verschiedene Mitarbeiter teilen mußten? Zu welcher Zeit wurde ausgezahlt? Norm sollte sein, wenn der Betrag auf dem GmbH-Konto eingegangen war. Dies Datum kannte nur Herr Hunzinger. Wann er den Mitarbeiter zur Rechnungstellung aufforderte, entschied er ganz für sich allein.

Herr Hunzinger engagierte seine freien Mitarbeiter in einem illegalen Beschäftigungsverhältnis. Das hatte den Vorteil, daß er sie zu allem verpflichten konnte, ohne ihnen gegenüber Pflichten wahrnehmen zu müssen.

»Ich weiß, Dok., daß Sie ein Hochqualifizierter sind«, sagte Herr

Hunzinger in der von Wein gestimmten Vereinnahmung, »aber deshalb kriegen Sie keinen Pfennig Honorar mehr als die anderen. Sie hatten einfach nur Pech, aus Ihrer akademischen Laufbahn herausgerissen zu werden. Das haben Revolutionen so an sich. Na ja, als nichtstudierter Unternehmer will ich mich zurückhalten, ob das nicht eher ein gesellschaftlicher Unfall war, den unsere Politiker super genutzt haben. Glauben Sie einem überzeugten Demokraten, der ein paar Jahre mehr als Sie auf dem Buckel hat, daß Ihre gesellschaftlichen Aufstiegschancen in meiner Firma viel größer sind als in Ihrer akademisch-intriganten Uni. Ich sorge dafür, daß Sie hohe bänkerische Kompetenz erwerben und richtig Geld verdienen. Ich stelle Sie den Herren Direktoren aus der BauFinanz, der Rechts- und Beleihungsabteilung meiner Bank vor. Sie lernen mit unseren festen Mitarbeitern Seite an Seite alle wichtigen Belange des Bankgeschäfts. Sie dürfen die Vorlesungen in der Bankakademie besuchen. Wenn Sie Glück haben, übernimmt die Bank die Kosten. Sobald das Geschäft hier in der Repräsentanz richtig läuft, gründe ich Fachabteilungen. Sie werden Abteilungsleiter, werben selbst Mitarbeiter nach dem Umfang Ihres Geschäftsbereichs an und stellen in Ihrer Abteilung die gleiche Hierarchie her, die ich als Geschäftsführer der GmbH betreibe. Na, ist das ein Angebot?«

Nicht essend und nicht trinkend hatte Christoph Muße, aufmerksam zuzuhören. »Herr Hunzinger, ich bin noch gar nicht bei Ihnen, und schwuppdiwupp haben Sie mich zum Abteilungsleiter befördert. Ich werde darüber schlafen.«

»Schlafen Sie nicht zu lange, Dok., es die Zeit des idealen Einstiegs. Wir beginnen erst zu prosperieren.«

Mit letzterem hatte Herr Hunzinger recht. Die GmbH erwirtschaftete im ersten Arbeitsjahr eine knappe Million Gewinn, im zweiten glatt 2 Millionen, im dritten 2,8 Millionen. Von den Erlösen blieb nicht viel übrig für seine Mitarbeiter, die wirklich hart arbeiteten. An manchen Tagen waren sie 14 Stunden unterwegs. Herr Lohmann, der Immobilienspezialist, der branchengemäß die fettesten Happen erwischte, brachte es in guten Jahren auf 50.000,- DM, seine Frau, Chefin der Baufinanz, auf 15.000,- DM, ohne Ruhetag, ohne einen Tag Urlaub.

Nach außen zeigte sich Herr Hunzinger unglaublich spendabel. Bei einem Abendgelage im berühmtesten Weinlokal der Gegend bezahlte er, ohne zu zucken 980,- DM. Hotelübernachtungen anläßlich einer Einladung in der Bank kosteten ihn 3.200,- DM. Als der Erlös des zweiten Arbeitsjahres abzusehen war, spendierte er den Abteilungsleitern eine achttägige Reise zur FED nach New York. Ein deutscher Bankmanager führte sie in das Aktiengeschäft ein. Diese Ausgaben waren gewollt. Sie drückten sein exorbitantes Steueraufkommen und sollten natürlich stimulieren.

Die Spendierfreude war neben der lobhudelnden Sprachfertigkeit nur zum kleinsten Teil das Geheimnis seiner Akquisitionsquoten. Die Kunden, die sein Telefon täglich pausenlos klingeln ließen, hatte die Bank vermittelt. Es waren aus dem Westen herübergeschwemmte Aufkäufer von Betrieben, die die Treuhand abgestoßen hatte, Bau- und Sanierungsträger und in Überfülle Regierungs- und Verwaltungsbeamte, die neue oder sanierte Häuser und Wohnungen im Eigentum oder zur Miete brauchten.

Herr Hunzinger selbst gehörte an die Spitze der aus dem Westen herübergefluteten Helfer, Abenteurer oder ganz schnurgerade denkenden Gewinnler. Er hatte Lehren aus einer vierzigjährigen Beamtenschaft gezogen, ob rein zufällig oder mit Bedacht auf die neuen beruflichen Perspektiven, war nicht auszumachen. Darüber schwieg er eisern, selbst mit alkoholseliger Zunge. Als einige Fälle von zu enger Verquickung von dienstlichen und privaten Interessen ruchbar wurden, nahm er freiwillig seinen Abschied. Sein lebenslanger Ehrgeiz, reich zu werden, explodierte jedenfalls, als die persönliche Wende mit der gesellschaftlichen zusammenfiel.

Einige Vorstände seiner Hausbank gehörten zu seinen Bekannten, deren Reichtum er neidvoll bewunderte. Er mußte sie nicht lange drängeln, bis sie die Gründung seiner GmbH mit dem aufwertenden Sigel einer Bankrepräsentanz unterstützten. Geschäfte auf dem neuen Markt erkunden und einfädeln waren für die Bank willkommene Dienste. Sie mußte nicht einmal ins Risiko gehen. Sie überließ Herrn Hunzinger die alleinige Inhaberschaft, was jegliche Interessenskonflikte ausschloß. Dem Ziel, grenzenlos reich zu werden, stand nichts mehr im Weg.

Christoph sagte ohne lange Bedenken die Mitarbeit zu. Nicht das Tätigkeitsfeld oder die lockenden Gebärden des Herrn Hunzinger überzeugten ihn. Er hatte schlicht keine Alternative. Er konnte sich als Bergbauschlosser untertage nicht mehr verdingen. Die ostdeutschen Kaliwerke waren oder wurden abgewickelt. Als Lehrer war er überqualifiziert. Er hätte sich unter derselben Tarantel einfügen müssen, der er gerade entronnen war.

Herr Hunzinger hatte mit dem Ausbildungsversprechen gegenüber Christoph in seiner Bank reichlich übertrieben. Und er ließ sich Zeit mit dem Hinweis: »Dok., Sie bearbeiten hier in der Firma als erstes

Darlehenswünsche und –anträge von Kunden, die Selbstläufer sind. Wenn Sie dann nach einigen praktischen Erfahrungen in der Bank erscheinen, machen Sie gleich Eindruck. Halten Sie sich ganz an Frau Lohmann, unsere BauFinanz-Chefin. »Chefin« bedeutete, daß sie die einzige Person war, die sich mit diesem Metier beschäftigte.

Frau Lohmann runzelte die Stirn, als Christoph mit Nachfragen zu Darlehensanträgen kam, die unfertig an die Bank nicht weitergeleitet werden konnten. »Kann ich Ihnen nicht sagen, ich rufe bei solchen Fällen immer die Gruppenleiterin der Kreditabteilung an. Das hat mir Herr Hunzinger ausdrücklich erlaubt. Fragen Sie ihn, wie Sie verfahren sollen!«

Christoph beschied bei der Fülle von Fragen, die ihn plagten, sich zunächst mal in den Lesesaal der Deutschen Bücherei, die jetzt Nationalbibliothek war, zu setzen und sich einen Überblick im Bankfach zu verschaffen. Bei Gelegenheit der häufigsten Streitfälle, die die Balance von Bonität, Eigenkapitaleinsatz und Beleihungswert betrafen, glänzte er nach abgeschlossener Lektüre mit angelesenen Bankregeln. Seine Aussagen erwiesen sich zumeist als zielführend. Frau Lohmann und Herr Hunzinger fragten auf die Schnelle jetzt ihn zuerst, bevor sie die Bank anriefen.

Herr Hunzinger ließ es sich nicht nehmen, Christoph den maßgeblichen Abteilungsdirektoren vorzustellen. Der Einweisung in die Banktätigkeit stand nichts im Wege. Von versprochener Ausbildung war aber keine Rede mehr, er durfte hospitieren. Auf diesen Unterschied legten alle Ansprechpartner den größten Wert, als Herr Hunzinger wieder abgereist war. Wenn er in eine Abteilung eingeführt wurde, hieß es: »Das ist Herr Dr. Hinz, den Sie namentlich alle schon von den Darlehensanträgen aus den ostdeutschen Bundesländern kennen. Er wird bei uns hospitieren. Unterweisen Sie ihn auf Ihrem Arbeitsgebiet, und wenn Sie merken, daß er sich auskennt, lassen Sie ihn ruhig einmal selbst eine Probe abgeben!«

Das war bei Kundenberatungen durchaus etwas heikel. Was, wenn der Versuch an die Wand fuhr? In der Gesprächsführung war Christoph den gelernten Bankmitarbeitern haushoch überlegen. Seine Menschenkenntnis aus Tausenden von Schüler-, Studenten- und Kollegenkontakten zahlte sich aus. Der jahrelange Gebrauch der freien Rede machte seine Sprache geschmeidiger, subtiler und überzeugender. Bei fachlichen Klippen konnte der anwesende Bankmitarbeiter einspringen. Das fiel nicht einmal auf, weil der Kunde vom einfühlenden Beratungsduktus gefangen war. Eine Gruppenleiterin sagte nach einer Beratung, der sie beigewohnt hatte, betont tadelnd: »Wir sind hier nicht in einer Psychoberatung, sondern in einem Kundengespräch, das schlußendlich mit der Darlehensvergabe ein Geschäft begründet. Halten Sie sich strikt an das Fragemuster, das jeder unserer Mitarbeiter beherrscht!«

Christoph entgegnete: »Wie fallen denn meine Geschäftsabschlüsse im Vergleich mit Ihren Mitarbeitern aus? Liege ich nicht um 15 bis 20 % höher?«

Das überzeugte die Gruppenleiterin gar nicht. »Das ist kein Grund, hier den Kundeneinflüsterer zu spielen. Woher nehmen Sie die Gewißheit, nicht um 30 % besser zu sein, wenn Sie das eingespielte Fragemuster der Bank verwenden?«

Solche Kollisionen gab es in der Zusammenarbeit mit den Mitarbeitern nicht. Der Umgang war stets korrekt bis freundlich, niemals aber persönlich. Christoph schwankte in seiner Haltung, ob das nun Fremdheit oder Ressentiment gegen Ostdeutsche war. In den Kaffee- und Mittagspausen nahm er wahr, daß sich die Einheimischen an ihren Tischen abschlossen. Er ging auf Abstand an ihnen vorbei und nahm in einer Ecke Platz, zusammen mit zwei Externen aus Luxemburg und Flandern. Sie sprachen munter halb deutsch, halb französisch über alle Themen ohne Tabus. »Wir sind schon ein Jahr hier«, feixte der flandrische Joep, »und es hat sich an der Abkapselung nichts geändert.« Es stellte sich sogleich heraus, daß sie zu den Empfängen der Abteilungen eingeladen wurden, Christoph aber nicht. Gustave ergänzte: »Unter den Bankmitarbeitern finden Partys en masse statt. Die wollen unter sich bleiben.«

Einmal im Halbjahr rief der Direktor der BauFinanz die auszubildenden Mitarbeiter zu einem Jour fixe, einem Überprüfungstreffen, im Gästehaus »Neckartal« zusammen, an einem Wochenende! Christoph, Gustave und Joep gehörten zu den Teilnehmern. Die Rezeption wies der Leitungsebene das 1. OG zu, den Lernenden das 3. OG, Christoph ein Einzelzimmer im EG, neben den Wirtschaftsräumen. Die beiden Externen durften auf Abstand im 3. OG logieren.

Der Kurs war an beiden Tagen voll mit Seminaren und Klausuren ausgefüllt. In den Seminaren wurde Christophs Anwesenheit ignoriert. Wenn er sich etwas zu forsch meldete, sagte der Seminarleiter, meist ein Direktor, der nebenbei auch Gastdozent an der Bankakademie war, freundlich abweisend: »Heute sollen die Jüngeren zu Wort kommen«, oder – das war die einzige Ausnahme! – er schnitt Christoph nach dem dritten Satz das Wort ab: »Gut, gut, das genügt! Wir wollen die aufgeworfene Frage nicht noch mit Problemfällen verbinden. Endgültige Entscheidungen der Bank werden nicht zur Debatte gestellt. Wir handhaben das wie bei Gericht. Urteile werden angenommen. Punkt!«

Christoph hatte zu fragen versucht, wie es möglich sei, daß ein Darlehen abgelehnt werde, dessen Antragsteller Beamter ist, verheiratet ohne Kinder, 7.700,- Familieneinkommen, 30 % Eigenkapital und 72 % Beleihungswert ist. Die Leiterin der Kreditabteilung, die diese Ablehnung zu verantworten hatte, kam in der Pause zu ihm.

»Ich hätte den Antrag persönlich abgesegnet, aber ich darf nicht. Ihr Kunde ist Beamter in einem ostdeutschen Staatsministerium, von Beruf ein Bürgermeister, der womöglich in der nächsten Stadt dringender gebraucht wird. Was dann, wenn er dort nur noch 4.000,- DM verdient. Die Garantien aus dem Einheitsvertrag sind löchrig. Er ist seit einem Jahr verheiratet. Was, wenn die Frau ein Kind bekommt und aus dem Beruf ausscheidet? Wir wollen nach einem Vorstandsbeschluß keine ost- westdeutschen Debatten um Gewährung oder Nichtgewährung eines Darlehens. Finanzieren Sie ihn mit einer ostdeutschen Zweigstelle. – Ach so, das dürfen Sie nicht, kann man nichts machen.«

Nach Abschluß des Kurses erhielten die Auszubildenden ein detailliertes Zeugnis mit Noten von Eins bis Sechs, die beiden Externen ein Verbalzeugnis mit differenzierten Bemerkungen zu den verschiedenen Arbeitsfeldern, Christoph ein Teilnahmebeleg mit einem Satz: »Herr Dr. Hinz hat am Jour fixe vom ... bis ... erfolgreich teilgenommen.«

So sein Dienstplan in der Bank das zuließ, besuchte Christoph die Bankakademie. Das geistige Umfeld kam ihm sehr vertraut vor – trotz der fremden Lehrinhalte. Bankenrecht lehrte der Direktor der Abteilung »Technische Beleihung«, mit dem Christoph schon während seiner Hospitationen Kontakt hatte. Mit dessen Mitarbeitern, gelernten Bankarchitekten, kam Christoph nicht zurecht. Sie machten ihm mit ihren niedrigen Beleihungswerten ostdeutscher Immobilien viele Finanzierungen kaputt. Auswege konnte er nur dem Chef finden. Der machte mit, weil er sah, daß Christoph lernfähig sich bemühte, Lösungen für spezifisch ostdeutsche Probleme zu finden. Man mußte bei der niedrigen ostdeutschen Kaufkraft Pinselsanierungen beim Altbau und billigen Neubau zurückdrängen, eine Aufweichung des Bankenrechts auf dingliche Sicherung vermeiden und mit speziellen Darlehensanpassungen ein höherwertiges Preisniveau finanzieren können.

Nach einigen gelungenen Ansätzen sagte der Direktor zu Christoph: »Herr Dr. Hinz, wenn Sie mit der Ausbildung fertig sind, kommen Sie zu uns! Sie sind die Idealbesetzung für die Abstimmung zwischen Beleihung und BauFinanz, für die wir wegen der hohen Rechtsrisiken zuständig sind. Sie sind praktisch effizient und können unverrückbare juristische Grundsätze anwenden.«

»Aber ich bin nur Hospitant, Herr Hunzinger wird wohl bei Ihren Vorständen intervenieren«, entgegnete Christoph erstaunt.

»Das wollen wir sehen! Ich stelle Sie als ungelernter Mitarbeiter ein. In Ihrem Arbeitsvertrag werden die üblichen Prüfungen binnen zwei Jahren vereinbart. Die legen Sie nach Ihrem Hospitantenwissen nebenbei ab. Obendrein machen Sie, wenn Sie wollen, an der Akademie ein Diplom zum Thema ostdeutscher Förderdarlehen.«

Das war ein verlockendes Angebot. Christoph schluckte: ›Reine Schreibtischarbeit‹! Davor graute ihm. Er war so naiv, mit der Leiterin der Kreditabteilung, mit der ein gutes Arbeitsverhältnis gefunden hatte, die Sache zu besprechen. Sie reagierte beinahe bissig: »Unsere Personalentscheidungen weichen zwar häufig von den Standards ab, aber ein solches Angebot ist mir noch nicht vorgekommen.«

Einige Tage später traf er urplötzlich auf Herrn Hunzinger. »Ich habe gerade mit Dr. Festel gesprochen«, begrüßte er Christoph. »Wie ich höre, machen Sie hier richtig Betrieb. Ihr Gastspiel kann beendet werden. Nun, er als Direktor der BauFinanz muß es wissen. Sie haben meine Erwartungen übertroffen. Das müssen wir feiern. Sie sage Ihnen eine große Zukunft in meiner Firma voraus.«

›Die Dame hat geplaudert, und der Direktor hat sofort Herrn Hunzinger einbestellt, … auch gut, so mußt du nicht selbst eine Entscheidung treffen‹. Christoph folgte nachdenklich der Einladung ins nächste Restaurant. ›Die Banklehre war nützlich, aber teuer. Sie hat mich einen gehörigen Batzen meiner Ersparnisse gekostet‹.

Herr Hunzinger eröffnete Christoph gutgelaunt beim Essen, daß ihm die plötzliche Zurückbeorderung ganz gelegen komme. Er müsse sofort die Leitung der Wohnungsprivatisierung übernehmen. Der angeworbene Oberst, der vor kurzem noch die NVA mit abgewickelt hatte, könne zwar die nötigen Aufträge an seine Mitarbeiter aufteilen, wisse aber nicht, was wie zu tun sei. Die fehlerhaft ausgefüllten Darlehensanträge kämen zurück, die Kaufentschlossenheit betrüge nur 27 %, und das bei einem attraktiven Wismut-Objekt, wo die Mieter fast alle finanzierungsfähig sind. Wenn das so weitergeht, bekommen wir keine Folgeaufträge.

Christoph erkundigte sich nach dem Stand der politischen Entscheidungsfindung. Die ehemaligen Werkswohnungen (Wismut, Reichsbahn, volkseigene Kombinate, die die Treuhand nicht auf Anhieb loswurde) waren tatsächlich Landeseigentum geworden. Herr Hunzinger sah nur das Geschäft, Christoph eher den sozialen Sprengstoff, der ihm da zufallen werde. Private Bau- und Sanierungsträger interessierten sich nur für die Filetstücke, die folgerichtig nicht Bestandteil des Privatisierungsauftrags waren. Die Landesregierung entschied, die Wohnungen nur an die Mieter verkaufen! Aber wie? Die Mieter waren in großen Teilen arbeitslos, im Ruhestand, in gering bezahlten Beschäftigungsverhältnissen. Die Gebäudeeinheiten hatten, gleich ob Jugendstil, neue Sachlichkeit, Ziegelbau der fünfziger Jahre oder Plattenbau, einen hohen Sanierungsstau.

Es mußten Erwerbsmodalitäten geschaffen werden, die Erfolg hatten. Vor Abschluß eines Kaufvertrages sollten die Wohnungen saniert, danach die Darlehen so vergeben werden, daß die Belastung der Käufer nur geringfügig höher als die eines Mieters ausfiel. Bei den hohen Zinsen zwischen 7 und 9 % mußten Tilgungspläne erstellt werden, die die Rückzahlung der Darlehen ermöglichte, ohne zahlungsunfähig zu werden. Je nach Größe, Sanierungskosten, Bausubstanz und Lage wurden für die Mieter attraktive Kaufpreise zwischen 27.000,- und 90.000,- DM errechnet. Gemessen am Aufwand, den der Verkauf und die Finanzierung einer Wohnung erforderte, war die Provision gering. Die Masse brachte den großen Erlös. Den konnte nur ein Arbeitspferd wie Christoph erwirtschaften.

Das zuständige Staatsministerium forderte in Unkenntnis bank- und steuerrechtlicher Bestimmungen den Verkauf an den Mieter zur Selbstnutzung. Nur in genehmigten Fällen durfte an Kapitalanleger, möglichst aus der Familie, verkauft werden.

Christoph rekrutierte seinen Mitarbeiterstab aus Studenten, die ihr Studium aufgegeben oder mit Arbeitsbeschaffungsmaßnahmen gedehnt hatten. Die Zahl schwankte, je nach Auftragsschwemme, zwischen 7 und 13. Die Studenten warteten nicht auf ihren Provisionsanteil, der nach sieben, acht Monaten zahlungsfällig war. Sie wollten an jedem Wochenende nach Leistung bezahlt werden. Christoph mußte aus seinem Sparvermögen vorfinanzieren.

Das größte Problem bereitete das Eigennutzungsgebot. Jedes Werbegespräch mit dem Mieter mußte möglichst mit einer Kaufbereitschaft enden. Das war eine hohe psychologische Herausforderung, so daß Christoph nur einen Doktoranden und einen in die Jahre gekommenen Studenten mit Lebenserfahrung einsetzen konnte. Für die Studenten blieb dennoch Masse an Arbeit zu tun. Sie füllten die Darlehensvordrucke aus, acht Seiten handschriftlich mit für den Antragsteller erfolgter Bonitätsprüfung und errechnetem Zahlungsplan. Kein Mieter konnte auf Anhieb die erforderlichen Daten zur Verfügung stellen. Die Studenten sammelten sie schubweise ein. Sie brachten die Anträge in die Förderbank und nahmen die nach erster Durchsicht nicht angenommenen wieder zurück. 70 bis 80 Minuten je Antrag war eine straff gesetzte Norm.

Der Doktorand, der wenig Antrieb für die Fertigstellung seiner Dissertation, aber viel Kreativität als Computerfreak entwickelte, schlug vor, die handschriftliche Antragsbürokratie zu digitalisieren. Das würde 50 % Zeiteinsparung bringen. Probeweise wurden 10 Anträge computergesteuert ausgefüllt. Das Ergebnis: 60% Produktivitätsgewinn, eine Druckfassung von gefälligem Design, bester Transparenz und Lesbarkeit.

Die Darlehensprüfer in der Bank waren begeistert. Sie schafften die Anträge an einem statt zwei Arbeitstagen mit weniger Streß. Die Rechtsabteilung gebot Einhalt: »Nein! Das ist nicht gerichtsfest, nur Originalvordrucke handschriftlich verwenden!«

Die Mieter in diesen ehemaligen Werkswohnungen waren in der Regel eine verschworene Gemeinschaft, die regelrechte Hierarchien herausgebildet hatte. In einem Privatisierungsobjekt in T., bestehend aus 24 Wohnungen, hatte eine Biologielehrerin i.R. das Sagen. Christoph brach nach fünf, sechs Gesprächen die geplante Reihenfolge ab und widmete sich ganz der 72-jährigen Frau.

»Mit mir brauchen Sie sich gar nicht erst die Mühe zu machen. Ich kaufe nichts, ich bin viel zu alt«, empfing sie den Besucher.

»Ich würde trotzdem gern mit Ihnen sprechen«, ließ sich Christoph nicht abwimmeln, »neu hergerichtet wird das ganze Haus sowieso. Dagegen können Sie sich nicht wehren. Und wenn dann Ihre Miete fast so teuer ist wie Ihre monatliche Zahlung an die Bank, werden Sie schön neidisch auf Ihre Nachbarn blicken.«

»Nein, auch dafür bin ich zu alt. Ich verstehe mich mit allen hier prächtig. Das muß ich auch, ich habe niemanden anderen. Meine Kinder wohnen weit weg.«

»Darf ich fragen, wie weit weg?«

»Meine Tochter lebt in Holland, Hunde und Pferde züchten. Sie müssen wissen: das sind ihre Kinder! Und mein Sohn ist Bürgermeister in P. Der hat keine Zeit für mich.«

»Ja«, pflichtete Christoph bei, »das ist der Zahn der Zeit, meine beiden Töchter haben den Osten auch in Richtung Wesen verlassen. Kann man nichts machen!«

»Sehen Sie, da wären wir beinahe eine Schicksalsgemeinschaft, wenn nicht der Altersunterschied wäre.«

»Lassen Sie uns trotzdem über den Kauf Ihrer Wohnung reden. Ich verspreche Ihnen, Sie werden nicht überredet und gleich zu gar nichts gezwungen.«

»Gut, reden Sie, aber lauter, ich mache einen Kaffee!«

Christoph nannte den Kaufpreis +/- 5% und beschrieb, statt zu rechnen, den Verlauf der nächsten fünf Jahre. Was würde sich in ihrer Wohnung verbessern plus Sonderwünsche bei der Sanierung? Wie könnte man die große Rasenfläche hinter dem Haus in Garten, Trocken- und Spielplatz umgestalten? Sie wäre doch als Biologielehrerin die richtige Regisseurin. Beim Kaffeetrinken rechnete er ihr die mögliche Belastung vor. Die Lehrerin unterbrach ihn nicht. Als Christoph fertig war, fragte sie:

»Und wie viel muß ich von meinem Ersparten drauflegen? Und wenn ich sterbe, was dann?«

»Sie müssen nicht, aber es wäre für die Abwicklung einfacher, wenn Sie die Nebenkosten aus Eigenmitteln bezahlen. Das sind um 1.800,- DM. Wenn Sie sterben, erben Ihre Kinder die Wohnung. Sie vermieten, das ist kein Problem hier im Grünen! Ihre Kinder würden sogar ein kleines Plus machen, nach 5 Jahren, gerechnet vom Datum des Kaufvertrages. Und ein paar Jahre weiter, wenn sie selbst nicht einziehen wollen, verkaufen sie die Wohnung mit Gewinn.«

»Ich überlege es mir. Sie müßten mir sagen, was genau hier in meiner Wohnung gemacht wird. Ich hätte schon einige Sonderwünsche.«

»Gut«, schloß Christoph, den die Zeit drückte, »ich bin in der nächsten Woche wieder hier. Ich bringe den Sanierungsplan für Ihr Haus mit. Und Sie sagen mir Ihre Sonderwünsche! Sie wollen doch sicher die zusätzlichen Kosten wissen?«

Christoph verließ, freundlicherer verabschiedet als begrüßt, die Wohnung, klingelte alle weiteren Termine im Haus ab, terminierte neu zur gleichen Zeit am selben Tag, eine Woche später. Er sagte sich, ›die Dame wird im ganzen Haus herumerzählen, was sie erlebt hat. Das lassen wir mal wirken‹.

Er behielt Recht. Binnen eines Monats hatte er von allen Mietern die Kaufbereitschaft. Bei einigen war die Finanzierungsfähigkeit nicht zu bewerkstelligen. In einem Fall kaufte der Sohn für die Eltern.

Christoph erzielte in jedem Privatisierungsobjekt Kaufabschlußquoten von über 90 %, was Herrn Hunzinger einen Auftrag nach dem anderen einbrachte. Für Christoph und seine Mannschaft wurde die Arbeit zur Fron. An den Wochenenden drängten sich die Besuche bei den Mietern, die in zähen Gesprächen vom Kauf überzeugt werden mußten. Die Arbeitsbereitschaft in der Mannschaft bröckelte. Christoph merkte, daß er seine Mitarbeiter nicht mehr lange bei der Stange halten könne.

Eine absichtliche Indiskretion der Sekretärin verriet ihm die Absicht der Bank, in seinem Wohnort eine eigenständige Repräsentanz einrichten zu wollen. Christoph bewarb sich spontan in diesem Arbeitstrubel. Erst als die Unterlagen eingereicht waren, begriff er, wie naiv und unbesonnen er gehandelt hatte. ›Nun, mal sehen, welcher der Direktoren mit der Prüfung beauftragt wird‹, beruhigte er sich.

Im Bewerbungsgespräch traf er auf den Direktor der BauFinanz, der schon in Bankzeiten nie mit Maßregeln gegeizt hatte. Der erste Blickkontakt bestätigte Christoph die frostige Abweisung.

»Herr Dr. Hinz, Sie haben sich für die Repräsentanz beworben, Was befähigt Sie dazu?«

Christoph spielte Erstaunen. »Herr Dr. Festel, Sie haben meine Ausbildung, pardon Hospitanz, begleitet in allen Stücken. Da erübrigt sich doch meine Antwort.«

»Mag ja sein, daß der eine oder andere Mitarbeiter Ihre umsichtige, vertrauensvolle Arbeit geschätzt hat. Wo sind Ihre Abschlüsse?«

»Mit Verlaub, Herr Dr. Festel, meine Leistungen insgesamt – erkundigen Sie sich auch bei Herrn Hunzinger! – lassen sich durchaus mit denen Ihrer diplomierten Mitarbeiter messen: dem Privatisierungsdarlehen zum durchschlagenden Geschäftsmodell Ihrer Zweigstelle verholfen, fast den kompletten landeseigenen Wohnungsbestand privatisiert, 38,4 Millionen Umsatz BauFinanz-Vermittlungen … «

»Alles in einer GmbH! Das ist eine völlig andere Rechtsform. Unsere Bank ist eine AG.«

»Ausgestattet mit Ihrer Bankrepräsentanz, dem Sigel Ihrer Bank!«

»Falsch! Wir haben Herrn Hunzinger den Repräsentanz-Status nicht als Rechtsform, sondern als Werbeslogan gewährt, damit er erfolgreicher als andere Agenturen für uns Umsatz akquirieren kann. Im Übrigen ist Ihr Privatisierungsdarlehen ein Instrument für die ostdeutschen Bundesländer, für Darlehensnehmer, die ohne Förderung kein Immobilieneigentum erwerben können. Diese Kunden wollen wir nicht. Der Aufwand an Arbeit ist zu hoch, und die Erlöse sind zu niedrig. Wir wollen die Kunden aus der Mittel- und Oberschicht.«

»Diese Kunden gibt es bei uns noch nicht. Sie gründen die Repräsentanz aber in diesem Einzugsgebiet.«

»Sehen Sie, wie perspektivisch wir planen und arbeiten!«

Die Stelle der Repräsentanz erhielt kein Mitarbeiter aus der Leitungsebene, sondern ein langjähriger Tageshandwerker. Die Repräsentanz wurde im zentralsten Bürogebäude der Stadt mit den höchsten Parkgebühren für die Kunden eingerichtet. Nachdem sie drei Jahre hintereinander Verluste eingefahren hatte, wurde sie wieder geschlossen.

Selbstverständlich sorgte das Netzwerk dafür, daß Herr Hunzinger von dem Vorfall unterrichtet wurde. Er reagierte auf seine Weise. Er bezog auffälliger als zuvor Christoph in sein Repräsentanzgehabe vor allen Mitarbeitern ein. Nur mit ihm mühte er sich redlich, aufkommende Meinungsverschiedenheiten im Konsens beizulegen. In dem 7-er BMW mit neuester elektronischer Ausstattung sollte er immer neben ihm sitzen und seine Regieallüren im Verkehr assistieren. Nicht, weil er etwas zu knapp vom Büro weggefahren war zu einem wichtigen Termin –, aus reinem Vergnügen am Repräsentieren und in der Gewißheit, von seinem befreundeten Polizeipräsidenten in Verkehrstatbeständen nie behelligt zu werden, fuhr er über die rote Ampel der Kreuzungen, stehend das Schiebedach wegdrückend, die rechte Hand am Lenkrad, die linke wie ein Verkehrspolizist in seine Fahrrichtung weisend. Folgten die anderen Verkehrsteilnehmer seiner Weisung nicht, wurde er energischer.

»Dok., nehmen Sie >mal das Lenkrad, ich brauche beide Arme!«

Er gebot den eifrigen »Grün«-Vorausfahrenden »Halt«, schnitt mit heftigen Armbewegungen ihnen die Vorfahrt und bedankte sich mit Kußhänden, wenn der Vorgang geglückt war. Er setzte sich in aller Ruhe wieder, übernahm das Lenkrad: »Danke Dok.«, mit Kopfbewegung nach hinten, »meine Herren, so arbeitet man zusammen. Herausforderungen wagen, Gefahren begegnen sind Geschäftssache!«

Er fuhr mit einer Vierer- oder Fünfer-Mannschaft von Kommune zu Kommune, um Kläranlagen anzupreisen, gleich im Verbund mit der

Kommunalfinanzierung. Herr Hunzinger hatte von nichts eine Ahnung. Für Christoph hatte er sich eine Modellrechnung von der Bank ausarbeiten lassen. Das war unnützer Aufwand. Seine Bank durfte Kommunaldarlehen außerhalb des eigenen Bundeslandes gar nicht ausreichen. Herrn Lohmann drückte er vor der Abfahrt unkommentiert einen Produktprospekt in die Hand. Herr Hunzinger benutzte die Materialien als Lockvogel, um den Bürgermeister zu einer Investition zu drängen, für die er vom Prospektgeber eine satte Provision erhielt. Die Investitionssumme lag immer im Millionenbereich. 30.000,- bis 50.000,- DM Provision je geglücktem Vorhaben sprangen dabei heraus, für die begleitenden Mitarbeiter keinen Pfennig! Sie waren Kulisse, sie hatten nichts akquiriert.

»Herr Bürgermeister, ich danke Ihnen vielmals für den kurzfristig eingeräumten Termin. Wir haben mit Ihnen etwas sehr Wichtiges zu besprechen. Kommunale Kläranlagen bauen ist das Erfordernis der Stunde. Der Herr Dr. Hinz wird Ihnen vorrechnen, wie lukrativ eine Kläranlage für Sie ist und welche Sorgen Sie heute schon loswerden, ehe das kommende Bundesgesetz mit teuren Maßgaben Sie dazu zwingen wird.«

Anfangs vertraute Christoph solchen Weissagungen. Er wußte es nicht besser! Als ihm die praktischen Hürden solcher Investitionen bekannt wurden, ließ er sich für solche Spielchen nicht mehr einspannen. Er begann seine Modellrechnung wahrheitsgemäß so: »Im badischen H., einer schuldenfreien Kommune, würde die Finanzierung mit unserer Bank so aussehen ... «. Und er schloß: »Kommunalfinanzierung ist Ländersache. Sie müßten die Modalitäten mit dem zuständigen Staatsministerium abklären.«

Je mehr es Herrn Hunzinger gelang, Mitarbeiter in seine Firma einzufangen – vorrangig ehemalige DDR-Funktionäre, Offiziere der NVA und der Stasi –, desto schneller verdüsterte sich das Arbeitsklima. Eifersüchtig beäugte man die aufgeteilten Aufträge. Streit über die Provisionsanteile wurde zum Tagesgeschäft. Der bestbezahlte Herr Lohmann erhob den Streit mit Herrn Hunzinger vor versammelter Mannschaft zur Show, möglicherweise mit der falschen Erwartung, Herr Hunzinger könne sich bei dem Öffentlichkeitsdruck erweichen lassen. Punkt acht Uhr rechnete er im Beratungsraum, wo alle Mitarbeiter die Ankunft des Chefs erwarteten, die Arbeitsleistung des vorangegangenen Tages vor. Den Umfang der Provisionen, die zu diesem Zeitpunkt in der Regel noch nicht ausgehandelt waren, rechnete er hoch, den Anteil, der ihm zufallen könnte, rechnete er klein. Zwei, drei der Versammelten gehörten zu seinen Helfern. Die wollte er, Beifall bekundend, auf seine Seite ziehen.

Der immer pünktliche Herr Hunzinger verschluckte das »Guten Morgen« und fiel den laut Rechnenden ins Wort: »Herr Lohmann, da können noch so viel Front machen gegen mich. An der Provisionsordnung wird sich nichts ändern. Ihr verdanke ich, daß Sie unter dem Schutz einer Landesbank Geld verdienen können. Herr Lohmann, was nützt Ihnen das Millionen-Grundstück für den Verkaufscenter, wenn Sie keine Bank finden, die das Geld für den Kauf und den Bau zur Verfügung stellt? Was nützt dem Eigentümer der Acker, wenn der nicht Baugrundstück wird? Ich sorge dafür, daß die Stadt die dafür nötigen Beschlüsse faßt. Also meine Herren, an die Arbeit, wir müssen Geld verdienen, jeder nach seinen Möglichkeiten.«

Dies tägliche Procedere ging Christoph auf die Nerven. Die Arbeitsbelastung in dieser Intensität hätte er vielleicht noch ein, zwei Jahre durchgestanden. Einen viel größeren Anteil an seiner Provision als ursprünglich kalkuliert, mußte er an die studentischen Mitarbeiter ausbezahlen. Die wären sonst davongelaufen. Er kündigte seine Mitarbeit auf und machte sich selbständig.

SELBSTÄNDIG SEIN AUF OSTDEUTSCH

Christoph war kein Geschäftsmann. Nicht die Arbeits-Fron, der Einfall, daß Herr Lohmann den Arbeitstag mit einer Streit-Show begann, hatte das Faß zum Überlaufen gebracht, um ihn aus der GmbH zu treiben.

Es gab noch einen Überhang von landeseigenen Wohnungsbeständen, die privatisiert werden mußen. Da seine Erfolgsquoten unter dem Hunzinger-Regime ihm vorauseilten, bekam er den Auftrag geräuschlos zugesprochen. Der Auftraggeber verlangte nicht einmal den Nachweis einer Gewerbeerlaubnis. Das war ein wohlfeiles Papier vom Ordnungsamt, das erlaubte, Grundstücke, Wohnungen, Häuser und Darlehen zu vermitteln. Christoph hatte es für 1000,- DM erkaufen müssen. Fachliche Nachweise waren nicht nötig. Christoph zeigte vorsichtshalber einige Bank-Zeugnisse vor. Die Sachbearbeiterin warf einen Blick darauf und winkte ab.

Herr Hunzinger legte beleidigt Beschwerde ein. Bank und Staatsministerium waren sich einig, den Auftrag schnell zu Ende bringen. Sie ließen mündlich wissen, er hätte das Vorhaben abschließen müssen, bevor der Fachbereichsleiter die Firma verläßt.

Christoph erledigte seinen ersten selbständigen Auftrag mit äußerster Anspannung 14 Tage vor Vertragsende. Von dem Erlös hätte er nicht zu träumen gewagt. Jetzt konnte er genau nachrechnen, welchen Gewinn er in der GmbH erwirtschaftet hatte: ein Drittel des Umsatzes in einem Geschäftsjahr. ›Ich hätte früher Schluß machen sollen‹, maßregelte er sich.

Binnen eines Jahres war dieser Markt leergefegt. Zwei kleinere Privatisierungsaufträge konnte er noch von der Reichsbahn und einer Kommune akquirieren.

In der freien BauFinanz hatte er es schwer. Was er in der Bank gelernt hatte, Kunden mit guter Kaufkraft allumfassend zu beraten und mit passenden Darlehen auszustatten, kam ihm nur in technischen Belangen zustatten. Ihm schanzte auch keine Bank Akquisitionen haufenweise zu. Er mußte sich um Aufträge selbst kümmern. Die Banken, Versicherungen, Bausparkassen, Wohnungsverwaltungen, die von der Verwaltung nicht leben konnten, die aus dem Boden schießenden Immobilienvertriebe, die plötzlich alle »Baufinanzierer« waren, jagten sich gegenseitig die Kunden ab.

Zur Jagdmethode gehörte auch, daß die Kunden getäuscht, fintenreich mit riskanten Verträgen angeschmiert, von Konkurrenten abgeworben wurden, so daß Christoph ein Grauen erfaßte, wie er sich auf ein solches Geschäft nur hatte einlassen können. Von der Handvoll Kunden, die er an sich zog, konnte man nicht leben. Diese Handvoll vermehrte sich nicht, sie löste sich im Nichts auf.

Ein Oberarzt mit Ehefrau, eine berufstätige Apothekerin, erschienen zur Finanzberatung. Sie benötigten ein Darlehen von 600.000,- DM für ihr Immobilienprojekt, eine zweistöckige Villa mit 230 m² Wohnfläche auf einem Hanggrundstück außerhalb der Stadt ohne Infrastruktur. Ein gelernter Mitarbeiter seiner Bank hätte die Bonität geprüft, ein Darlehen angepaßt und die monatliche Belastung mit einem ansehnlichen Eigenkapitalanteil errechnet. Am Ende hätten die Kunden erfahren, daß sie trotz ihrer guten Bonität nicht finanzierungsfähig sind. Die Beratung hätte nicht länger als 20 Minuten gedauert. Dieser gelernte Mitarbeiter konnte sich das Hauruck-Verfahren leisten. Die Kunden im Westen wurden nicht gejagt, sondern der Reihe nach abgearbeitet.

Die ostdeutschen Verhältnisse im Blick, ging Christoph mit dem Ehepaar zunächst den Kostenplan durch. Das Grundstück war heillos überteuert. Die Erschließung sollte nur einen Bruchteil des tatsächlichen Bedarfs kosten. Baumfällungen wurden geplant, denen das Grünflächenamt niemals zugestimmt hätte. Der Lageplan für den Hausbau müßte genehmigungsfähig geändert werden. Der Architekt hatte das Haus nach Wunsch projektiert, aber die falschen oder im Preis viel zu niedrig angesetzten Materialien gewählt.

Christoph resümierte: »Wenn Sie so kaufen bzw. bauen wollen, haben Sie einen Finanzbedarf von 900.000,- DM. Sie wollen maximal 80.000,- DM Eigenkapital beisteuern. Ihre Finanzierungslücke beträgt also 220.000,- DM. Von der Bonität einmal ganz abgesehen, brauchten Sie 300.000,- DM Eigenkapital/Eigenleistung.«

Die Kunden fielen aus allen Wolken. Man beratschlagte, wo und wie man nachkorrigieren könne. Am Ende, nach 2 ½ Stunden, verabschiedete Christoph seine ganz munter dreinblickenden Gäste mit dem Ergebnis, das Vorhaben auf Gesamtkosten von 600.000,- DM zu begrenzen, den Grundstückspreis um 40 % herunterzuhandeln oder alternativ ein bau- und lagegefälligeres Grundstück zu suchen sowie den Architekten zu beauftragen, das Haus auf maximal 400.000,- DM herunter zu projektieren, wobei der Kostenplan keine Baulücken aufweisen dürfe und die Preise dem Markt entsprechen müssen.

Christoph zweifelte, ob seine lernwilligen Kunden das Ausmaß der Begrenzung begriffen hatten. Nach getanen Hausaufgaben wollte man sich wieder treffen. Zwischendurch, schlug das Ehepaar vor, könne man doch bei einem Lokaltermin, möglichst mit dem Architekten zusammen, sich auf die angestrebten Kosten verständigen. Der Architekt sagte wegen Überlastung ab, verwies das Ehepaar auf seinen sozialen Status, dem jede andere Bank seine Dienste anböte. Der Grundstücksbesitzer gab im Preis um 10 % nach und drängte die Kaufwilligen, ihre Finanzierung bei der W.-Bausparkasse/ Bank problemlos zu sichern.

Christoph hatte diese Nachrichten per Mail empfangen und entledigte sich der Kundenmappe unter der Rubrik »Aufbewahrungsfristen«. Nach geraumer Zeit rief die Frau aus ihrer Apotheke an. Sie und ihr Mann würden doch nochmal gern zu einer Beratung kommen. Sie hätten eine Finanzierungszusage in der Kombination von Bausparen und Kapitaldarlehen mit untragbarer monatlicher Belastung und vielen Wenn und Aber, die sie nicht verstünden.

»Wo ist das Problem?«, fragte Christoph, kurz angebunden. »Sie gehen zur Ihrem Bankberater oder, wenn Sie ganz sicher sein wollen, zu einem Fachanwalt für Bau- und Bankenrecht!«

Des windigen Treibens auf dem freien BauFinanz-Markt überdrüssig akquirierte Christoph unter Familien, in denen es bisher – so das Selbstverständnis – keine finanzierungsfähigen Baukunden gab. Er scheute den Arbeitsaufwand nicht, den die Finanzierung mit Fördermitteln brachte. Er spürte mit der ihm eigenen Akribie die Freiheiten auf, die die Fördermöglichkeiten in den ostdeutschen Bundesländern boten, jedes für sich in seinen Möglichkeiten und Grenzen.

Er kam an diese Familien allmählich auf vielen Umwegen heran. Er bot den westdeutschen Immobilien-AGs an, ihre Wohnungen und Häuser im Osten Kunden anzubieten, die nur über Fördermittel zu kaufen in der Lage waren. Das Zauberwort hieß: den Kundenkreis verbreitern und das Sättigungstempo verlangsamen! Er fuhr alle bebauten oder im Bau befindlichen Plätze ab, ermittelte die Adressen der Bauträger-AG's, kontaktierte sie und schlug ihnen vor, Beratungen zu Förderfinanzierungen parallel zu ihren Verkäufern in den Baucontainern abzuhalten. Diese verwöhnten

Immobilien-Fuzzis schäumten vor Wut, daß man ihnen eine Konkurrenz zumutete. Doch als bei einem Probedurchlauf an einem Wochenende der angestammte Verkäufer nur eine Wohnung loswurde, Christoph für drei Interessenten aber die Finanzierung sichern konnte, schmolz das Eis bei dem verantwortlichen Vorstand rasend schnell, so daß er auf einem neuen Baufeld Christoph die Finanzierung von 90 Wohnungen übertrug. 76 wurden dank der gesicherten Fördermittel in einem Jahr verkauft.

Die Bauträger-AG zahlte Christoph eine Förderfinananzierungs-Provision, keine Verkaufsprovision. Die betrug 0,5 bis 1 % des Kaufpreises. Die AG sparte eine Menge Geld, weil sie ihre »Immobilienfuzzis« nicht mehr brauchte.

Attraktiv war dieses Geschäft für Christoph nicht. Er konnte davon leben, aber angesichts der hohen Betriebskosten keine Rücklagen bilden. Er mußte nach lohnenderen Geschäften Ausschau halten. Die Masse der Bauplätze, die wie Pilze aus dem Boden schossen, wurde von den kleinen Bauträgern bestimmt. Darunter gab es auch ostdeutsche Unternehmer, die zu DDR-Zeiten Baufirmen mit wenigen Beschäftigten betrieben hatten. Sie lebten von der Hand in den Mund, hatten eine dünne Kapitaldecke und waren auf die Zuarbeit von zuverlässigen Finanzdienstleistern besonders angewiesen. Christoph bahnte mit ihnen Geschäftsverbindungen an, die anfangs ganz aussichtsreich schienen. Der Unternehmer schickte die kaufwilligen Kunden zu ihm. Christoph sicherte die Finanzierung, in der Regel über Fördermittel, hatte bei dem Durchlauf der Beratungen ein waches Auge auf die Abwerbestricks der Konkurrenten und sorgte vor allem für die pünktliche Auszahlung der Kreditraten durch die Bank nach dem Baufortschritt. Die Provisionszahlung wurde in einer schmalen Dienstleistungsvereinbarung festgelegt. Der Unternehmer hielt sich daran, solange er über freie Mittel verfügte. War das Projekt ein bißchen über die Kapitalverhältnisse ausgelegt oder der Bauplatz zu weit entfernt von der vorhandenen Kaufkraft der Interessenten, so daß der Bauträger Materialeinkauf und Arbeitsleistung über die Planungszeit hinaus nicht vorfinanzieren konnte, kam er als erstes seinen Zahlungsverpflichtungen gegenüber Christoph nicht nach. Die Sache endete irgendwann vor Gericht. Christoph zog sich aus dem Geschäft zurück, weil der Aufwand, die Dauer des Streits und die Kosten seine Liquidität wegfraßen.

Primär wurden auf den kleinen Bauplätzen Häuser, nicht Wohnungen, nachgefragt. Die westdeutschen Bauträger stürzten sich auf diesen Markt.

Die Plätze lagen am Stadtrand, mehrheitlich sogar im ländlichen Umfeld, wo sie eher und kostengünstiger zu haben waren. Diese Baulagen zogen längere Wartezeiten auf das Baurecht nach sich, die attraktiven zentraler gelegenen Angebote schöpften die Kaufkraft früh ab. Schnelle Verkaufserlöse blieben aus, die für die Planung des nächsten Baufeldes vorgesehen waren. Die Bauträger gerieten in schwere Wasser zu ihren Banken.

Auf seinen Bauplatztouren bekam Christoph schnell einen Blick dafür, wo was im Argen liegt. Lief es gar nicht, wurde das augenfällig am Baustopp. Waren nur zwei, drei Häuser abverkauft, standen die übrigen unfertig im Rohbau, oder die Leerfelder, Erschließungsleitungen, Baugruben, Bodenplatten wiesen auf die noch zu schließenden Lücken. Die Verwilderung der Baufelder strafte die »blühenden Landschaften« Lügen. Christoph bot gerade den notleidenden Bauträgern seine Dienste an. Sie lehnten alle ab. Der Alleinunternehmer, vereinzelt auch ein Ehepaar, legte Wert auf die Wir-Form. Man hätte meinen können, sie hätten sich untereinander abgesprochen: »Die paar Häuser schaffen wir schon. Wir sind vom Fach.«

Christoph überraschte, daß ein ansehnlicher Anteil der Anbieter Frauen waren. Im Anbahnungsgespräch erfuhr er, daß sie nicht, wie Herr Hunzinger, um des schnellen Geldes willen herübergekommen waren. Sie hatten ihre Angestelltenverhältnisse im Finanz- oder Baugewerbe aufgegeben und meinten, im Osten gerüstet zu sein für eine gefragte Selbständigen-Tätigkeit, die ihre Lebensverhältnisse verbessere. Die schnelle Rückkehr in den Westen gehörte bei den meisten zu diesem Abenteuer.

Eine aus dem Ruhrgebiet stammende Unternehmerin, die selbstbewußt ihren Bauträgerjob ausbreitete, wurde etwas gesprächiger. »Schauen Sie, ich werde in dieser tristen Gegend nicht heimisch. Wenn ich die paar Häuer verkauft habe, reicht der Kapitalstock aus, um meinen Kindern die teure Ausbildung bis zum Ende zu finanzieren.«

Christoph streifte mit einem langen Blick die Zehner-Reihenhauszeile, von der die beiden Eckhäuser belegt waren. Das der Straße nächstgelegene Haus hatte sie selbst bezogen, ganz nach ihrem persönlichen Geschmack, so daß es ein schlechtes Beispiel für ein Musterhaus abgab.

»Da beten Sie mal zu Gott, er solle einen Engel schicken, der Ihnen den Verkauf abnimmt. Bei der Lage und der dünnen Kaufkraft hier auf dem Lande schaffen Sie das nicht – oder in zwei bis fünf Jahren, wenn es gut läuft«, stichelte Christoph.

»Wenn die Lage so düster ist, warum bieten Sie dann Ihre Dienste an?«, fragte die Frau unbeeindruckt.

»Weil ich die ostdeutschen Verhältnisse kenne«, antwortete Christoph ebenso bestimmt. »Ich bin sicher, daß es bei nur zwei verkauften Häusern ein Restkaufkraft gibt. Die muß natürlich auf die Förderfähigkeit der Interessenten ausgeweitet werden. Ich sehe mit offenen Augen, daß Sie einiges auf dem Baufeld ändern müssen und daß Kundenwerbung, falls Sie welche betreiben, hier vor Ort keine Rolle spielt.«

»Wenn Ihre Prophezeiung wahr wird, melde ich mich bei Ihnen. Geben Sie mir Ihre Visitenkarte. Einen schönen Tag!«

Einige Wochen später – Christoph war die Episode nicht mehr gegenwärtig – rief die Dame an und fragte, ob Christoph sich einmal den Förderantrag eines Kaufwilligen anschauen könne, der von der Bank abgelehnt worden war.

»Ja, kann ich, schicken Sie mir den Kunden mit den Unterlagen ins Büro!«, entgegnete Christoph.

»Das kommt gar nicht in Frage! Sie müssen schon zu mir kommen und sich das Wunschhaus anschauen. Ich vermute, die technische Beleihung ist der Ablehnungsgrund.«

›Aha‹, dachte Christoph bei sich, ›die fürchtet, daß ich ihren Kunden abwerbe‹.

Christoph kam zu dem vereinbarten Termin. Er war überrascht, daß der Kunde nicht zugegen war. »Der kommt eine Stunde später«, stellte die Verkäuferin klar. »Wir wollen vorher die Unterlagen durchsehen.«

Christoph warf einen Blick darüber. »Bevor Sie den Antrag abgeben, sichern Sie sich nicht bei der Förderstelle des Kreises ab?«, fragte Christoph verwundert. »Schon aus formalen Gründen, von den inhaltlichen ganz zu schweigen, mußte der Antrag abgelehnt werden. Sie haben eine Reihe von Spalten nicht, unvollständig oder falsch ausgefüllt!«

»Na, hören Sie mal«, empörte sich die Dame, »ich habe 30 Jahre in der Sparkasse gearbeitet. Ich kenne das Kreditgeschäft bis in die letzten Verästelungen.«

»Ja, gut«, winkte Christoph ab, »Ihre Sparkasse finanziert aber nicht den Kunden. Eine Förderbank muß ran! Ich schlage Ihnen vor, daß ich den Antrag nochmal von A bis Z selbst ausfülle, sollte sich Ihr Kunde als förderfinanzierungsfähig erweisen. Ist das der Fall, wird der Antrag nicht abgelehnt, und Ihr Verkauf wird Realität. Sie zahlen mir 1 % Provision vom Kreditbedarf!«

Die Bauträgerin wollte zu feilschen anfangen, aber Christoph ließ sich auf nichts ein: »Sie bemessen meine Leistung falsch. Das sachgerechte Ausfüllen des Antrags ist der kleinste Anteil. Die Kundenunterlagen müssen vervollständigt und genehmigungsfähig gemacht werden. Ihre technischen Bauunterlagen gehen in diesem Zustand nicht durch. Sie sind an einigen Stellen juristisch anfechtbar und lückenhaft. Da brauchen Sie sich nicht zu wundern, wenn der Beleiher sie niedrig bewertet und der Kunde als Folge das Eigenkapital nicht aufbringen kann. Da gibt es viel zu tun!«

Der Kaufinteressent war ein selbständiger Malermeister, verheiratet mit zwei Kindern. Auf seine Familie traf das Förderdarlehen punktgenau zu. Die Unwägbarkeiten, die Christoph angedeutet hatte, waren größer als gedacht. Man mußte die Jahresabschlüsse, die sehr schwankend, im ganzen aber tragfähig waren, auf die Bonität zuschneidern, vor allem aber das fehlende Eigenkapital durch Eigenleistung ausgleichen. Die Verkäuferin von Entgegenkommen zu überzeugen war viel schwieriger, als dem Käufer Gewißheit zu geben, daß er ein Haus als neue Heimstatt gewinnt. Am Ende der Kundenberatung jubelte die Ehefrau und umarmte ihren Mann: »Wie werden sich die Kinder und der Hund freuen, aus dieser Drecks-Plattenwohnung rauszukommen!«

Die vollständigen Unterlagen ließ Christoph von der Förder-Verwaltung gegenzeichnen. Er brachte das Antragskonvolut, zwei Zentimeter dick, selbst in die Förderbank zur Leiterin der Kreditabteilung, die er persönlich aus Bank-Hospitanz-Zeiten kannte. Die sensationell kurze Bearbeitung dauerte 14 Tage, wie vorausgesagt mit einer Darlehenszusage.

Der Malermeister bedankte sich mit dem Angebot, das Beratungszimmer in Christophs Büro frisch zu malen. Die Bauträgerin schwieg sich aus. Nach der notariellen Kaufverhandlung bot sie Christoph an, alle Förderfinanzierungen zu übernehmen. Da kam aber nichts mehr, außer einer Einladung zu einem Abendessen bei sich im Haus. Er habe doch nichts dagegen, wenn sie bei der Gelegenheit über Maßnahmen beraten, wie der Verkauf der restlichen Häuser, sechs an der Zahl, bewerkstelligt werden könne.

Besorgt fragte sie, den Stillstand beklagend, ob Christoph generell Chancen für einen Verkauf der sechs Häuser sehe. »Das läßt sich heute noch nicht sagen. Wir müssen erstmal die Möglichkeiten nutzen, die Sie bisher ausgelassen haben: professionelle Schildwerbung vor Ort, Flyerwerbung im Umland, wo es heruntergekommene Mietwohnungen gibt, Beratungspräsenz in Ihrem Haus nach allgemein bekannten Öffnungszeiten, blitzsauberes Aussehen Ihres Baufeldes und Konzentration auf den Verkauf über Fördermittel.

Das Interesse an Hauseigentum ist groß. Die meisten glauben, sie können sich das nicht leisten. Wenn die Risiken beherrschbar sind, muß man die Interessenten überzeugen, daß sie sich diesen Wunsch erfüllen können.«

Die Gastgeberin schaute düster drein. »Wieviel verlangen Sie, wenn Sie all diese Dienste leisten? Ich gebe wöchentlich 80,- DM für Zeitungswerbung aus. Meine Kostenkalkulation ist längst überzogen. Ich habe kein freies Geld für Außenanlagen, Zuwege und Umzäunung.«

»Fünf Prozent ist die übliche Norm, unter 3 geht's nicht! Die Anzeigen können Sie sich sparen, die bringen sowieso nichts. Die Kultivierung Ihres Baufeldes ist ein Muß. Pflanzen und Baumaterial kaufen Sie. Mit jedem verkauften Haus festigt sich Ihre Kapitaldecke. Die Arbeiten lassen Sie von dem Malermeister mit seiner Firma ausführen – oder von dem nächsten angeworbenen Käufer, als Eigenleistung oder Sonderwünsche außerhalb Ihrer Bauleistungsbeschreibung. Nehmen Sie sich die Zeit, mit der Frau des Malermeisters die Innenausstattung zu bemustern. Schauen Sie nicht auf den letzten Pfennig, der über Ihre Leistungsbeschreibung hinausgeht. Der Mann wird Ihnen eine blendende Außenanlage herrichten.«

Die Eßgemeinschaft beschloß den Abend mit der Absicht, eine Dienstleistungsvereinbarung über die besprochenen Punkte abzuschließen. Christoph konnte keine Alleinvertretung im Verkauf durchsetzen. Das hieß, daß Kaufwillige, die über seine Werbungsmaßnahmen direkt Kontakt zur Bauträgerin aufnahmen, ob zufällig oder hinterhältig eingefädelt, hinter seinem Rücken ohne Provision Kaufabschlüsse tätigen konnten. Diese Befürchtungen traten nicht ein. Das Baufeld war dazu nicht attraktiv genug, der Kundenfluß nicht mal ein Bächlein. Die Werbung brachte elf Kaufinteressenten, von denen acht finanzierungsfähig waren und vier zum Notar gingen. Ein Haus konnte über teure Flyerwerbung verkauft werden. Das letzte war unverkäuflich, weil das inzwischen pleite gegangene Bauunternehmen den Baupfusch nicht rechtzeitig beseitigte.

Das Ganze dauerte ein knappes Jahr. Die Bauträgerin sagte festgestimmt, abermals bei einer Einladung zum Abendessen:

»Eigentlich wollte ich gleich in meine Heimat zurück. Aber mit Ihnen kann man richtig Geschäfte machen. Sie kennen sich doch hier aus. Haben Sie nicht einen attraktiveren Bauplatz in petto, auf dem man ohne diesen hier gerade beendeten Aufwand Häuser bauen und verkaufen kann?«

Christoph zählte die Industrie- und Gewerbebrachen auf, die städtisch gut angebunden und landschaftlich zusagend waren. Alle zu groß, zu teuer, in starker Nachbarkonkurrenz! Dann fiel ihm ein, daß nur 250 Meter vom nächstgelegenen See, einem ehemaligen Braunkohlentagebau, der seit 25 Jahren stillgelegt war und sich selbst naturiert hatte, ein Trümmerplatz ohne Baurechtshindernisse seit Jahren der Wiederbebauung harrte. Die war wohl bisher an den hohen Entsorgungskosten gescheitert. Nach Restitution entschiedener Eigentümer war die Kirche. Christoph schlug vor, über eine Spendenaktion einen entgegenkommenden Zugang zum Verkäufer zu finden. Diese Idee ging voll auf. Die Kirche verkaufte das Grundstück unter Abzug der Entsorgungskosten zu einem noch geschäftlich vertretbaren Preis.

Die Bauträgerin, deren Kostenbewußtsein überstrapaziert war, fand diesmal einen Entsorger zum Billigtarif. Der Erfolg stieg ihr zu Kopf. Sie wurde von der allgemein herrschenden Gewinngier überrollt. Sie wollte auf dem leergeräumten Baufeld 10 Reihenhäuser und 16 Doppelhaushälften bauen. Christoph riet ihr von solcher Dichte ab. Die kriegte sie zwar aufgrund der noch dichteren Nachbarbebauung genehmigt, aber die Vermarktung würde fünf Jahre oder länger in Anspruch nehmen. Gutes Zureden half nichts, die Bauträgerin setzte ihren Plan um.

Christoph verkaufte binnen 20 Monaten 15 Einheiten. Dann war die Kaufkraft völlig abgeschöpft. Wie üblich auf dem ostdeutschen Immobilienmarkt nahm das Abwerben, Tricksen, Betrügen seinen Lauf. Die Käufer, die sich in ihrem Heim eingerichtet hatten und ein vertrauensvolles, manchmal freundschaftliches Verhältnis zu Christoph hatten, berichteten ihm von den Abwerbungstricks der Bauträgerin, die Interessenten auf dem Baufeld abfing, die über seine Werbungsschienen angelockt worden waren. Er untersuchte das Ganze, stellte der Bauträgerin eine Provisionsforderung von 22.500,- DM in Rechnung und kündigte sofort die Dienstleistungsvereinbarung auf. Die Flüsterpropaganda über das Gemauschel der Unternehmerin legte sich wie Mehltau über das Baufeld. Kein einziges Haus wurde mehr verkauft. Die Bauträgerin mußte die restlichen Häuser in den eigenen Bestand nehmen und vermieten.

Das Geschäft mit diesem Typ von Bauträgern versumpfte, bei den ostdeutschen im Nicht-Können, bei den westdeutschen im Nicht-Wollen.

Eine andere Akquisitionsstrategie ohne Rückschläge, Enttäuschungen oder Betrügereien lief auf dem Weg der Empfehlung. Es gab ein Beamtendarlehen, das fast niemand kannte und noch viel weniger jemand wegen seiner bürokratischen Handhabung praktizierte. Für Beamte mit Kindern war es attraktiv.

Ein hoher Beamter des Landgerichts rief Christoph an, er wolle eine 134 qm große Wohnung in Bestlage kaufen. Er habe von einem speziellen Darlehen gehört, habe 4 Wochen erfolglos danach geforscht, und wenn er nicht bald zum Notar gehe, sei die Wohnung weg. Ob er sich damit auskenne und ihn beraten könne, selbstverständlich gegen ein Honorar.

»Das kann ich«, erwiderte Christoph, »das Darlehen ist umständlich und langwierig. Sie müssen ein bißchen Geduld mitbringen. Haben Sie Kinder?«

»Ja, drei!«

»In diesem Fall lohnt es sich für Sie, unbedingt!«

Der Beamte hatte sich auf die Beratung gut vorbereitet. Er brachte ein ganzes Bündel von Daten mit. Als Jurist hatte er klare Vorstellungen, wie die Sache laufen sollte. Nur bei den Auszahlungsschritten laut Kaufvertrag kannte er die Regelungen der Bauträgerverordnung nicht. Er sollte früher und mehr bezahlen, als seine Wohnung durch Baufortschritt gesichert war. Die abgefeimte Handlungsweise des Verkäufers gab ihm schwer zu denken.

Er krauste die Stirn. »Wo bin ich da hingeraten?«

»In die Immobilienbranche, hier im Osten, wo die Verkaufspraktiken etwas laxer gehandhabt werden«, schmunzelte Christoph. »Keine Sorge, ich passe da schon auf.«

Von seiner Bonität her konnte der Beamte die Wohnung auch in freier Finanzierung spielend bezahlen, allerdings mit einer monatlichen Belastung von knapp 2.000,- DM und hoher Eigenkapitalbeteiligung. Christoph rechnete ihm die Finanzierung mit dem Beamtendarlehen durch, das ihm sehr wohl aufgrund seiner drei Kinder zustand: 1.320 DM bei demselben Tilgungsplan, die ihm die Erstbank vorgeschlagen hatte, und halbiertem Eigenkapital.

»Donnerwetter, das macht einen Unterschied, warten Sie, von 8.160,- DM plus Nichtantastung meines Sparvermögens. Wie lautet Ihr Honorar?«

»1.200,- DM, wenn alle Unterlagen ausgefüllt sind und die Bank Ihnen das Darlehen zugesagt hat. Selbstverständlich kontrolliere ich die Auszahlungsschritte nach Bauträgerordnung, wenn Sie es wünschen.«

»Ja, kontrollieren Sie das! Baurecht ist nicht mein Fach. Ich lege 300,- DM drauf, für die solide Beratung!«

»Ich mache Ihnen einen Gegenvorschlag, 800,- DM Honorar, wenn Sie aus Ihrem Bekanntenkreis einen Interessenten empfehlen und der bei mir auch ankommt. Sie sehen, das Darlehen ist für Ihre Berufsbranche attraktiv.«

»Das kann ich versuchen, aber nicht versprechen.«

Christoph erhielt in einem Jahr 16 Empfehlungen nach dem Multiplikatorenmuster, von denen 14 das Darlehen bekamen. Davon konnte er die Büronutzung mit der nötigen Technik bezahlen.

Der Bau-AG-Vorstand aus München, der Christoph mit der Finanzierung der 90 Wohnungen beauftragt hatte, fragte eines Tages, ob er auch im Berliner Raum arbeite und ob er einmal nach dem Baufeld seines Freundes sehen könne. Da ginge gar nichts.

»Ich arbeite überall im Osten, Aber wenn ich hinfahre, brauche ich von Ihnen einige Unterlagen: den Lageplan, die Bauleistungsbeschreibung, Wohnungsgrundrisse von allen Typen und die Preisliste.«

»O, das wird meinen Freund freuen. Sie sage ihm, er soll Ihnen 500,- in bar geben.«

Christoph fand im nördlichen Speckgürtel ein riesiges Baufeld vor, mit 120 Reihen- und 50 Doppelhaushälften bebaut, alles zum Einzug fertig, nur die Außenanlagen nicht, alles sehr eng und schematisch auf Ackerland. Kein Baum weit und breit! Man hörte das Rauschen der Brummis auf der Autobahn, die 800 Meter nördlich entfernt verlief. Vier Häuser waren bewohnt. Christoph mußte nicht klingeln. Der Bauträger hatte ihm den Schlüssel für das Musterhaus ausgehändigt. Von außen hatten die Häuser keinen architektonischen Reiz. Innen war man umso mehr von gefälligen, nutzungsfreundlichen Grundrissen überrascht. Alles ruhte auf dem Baufeld, die Bewohner schienen auswärts auf Arbeit zu sein. Christoph prüfte genauer als beim ersten Überfliegen die Preisliste. Die Preise waren um 30 bis 40% überteuert. Er schaute genauer durch das Musterhaus. Die große Wohnküche im Erdgeschoß war aufgeräumt, auf dem Tisch und noch mehr auf der Elektroherdplatte eine Staubdecke. ›Hier ist wochenlang niemand gewesen. Ist das Baufeld insolvent‹? Im Keller lagerte ein riesiger Haufen Exposés, Flyer und großformatiges Werbematerial. In einem Ordner fand er die Baugenehmigungen nebst Datenblättern. Auf einem stand die finanzierende Bank mit Sitz in München. Die Adresse notierte er sich. Am Südrand des Baufeldes Richtung Berlin traf er doch noch einen Spaziergänger mit Hund.

»Entschuldigen Sie! Haben Sie eine Ahnung, warum das hier so ruhig ist und die Außenanlagen nicht fertig gebaut wurden?«

»Der Investor aus München ist pleite, das weiß doch jedes Kind!«

Am anderen Tag rief Christoph die Bank in München an. Es dauerte eine Weile, bis er Auskunft bekam, wer für das Baufeld verantwortlich zeichnet.

Es war der stellvertretende Vorstand, der natürlich nicht zu sprechen war. Aber er durfte seine Telefonnummer hinterlegen. Für Christoph unerwartet rief der Vorstand tatsächlich nach einigen Tagen an. Er bestätigte, daß der Bauträger insolvent sei und die Bank das Baufeld selbst verwerten müsse, weil derzeit kein Ersatzinvestor interessiert sei, es zu übernehmen. Die Auskunft war schmallippig. Genauer fragte er Christoph nach seinen Eindrücken.

»Das Beste sind die Grundrisse und die offenkundig solide Bauweise. Aber alles andere läßt viele Wünsche offen. Die Lage des Baufeldes ist miserabel, weit außerhalb der Stadt, viel zu eng bebaut. Die Anzahl der Häuser geht total am Bedarf vorbei. Die Preise sind um 30 bis 40% überteuert.«

»Halten Sie bei diesem düsteren Befund die Häuser für verkaufbar?«

»Mit ein bißchen Geduld und marktrealistischen Preisen schon! Man muß den potentiellen Käuferkreis ausweiten, die Finanzierung mit Fördermitteln der Brandenburgischen Landesbank prüfen.«

»Was meinen Sie mit ein ›bißchen Geduld‹?«

»1 ½ bis 2 Jahre mindestens. Es sind 166 Häuser zu verkaufen. Wenn Sie in der Woche drei/vier Häuser verkaufen, ist das eine tolle Leistung. Am Anfang schaffen Sie auch mehr. Aber nach zwei, drei Monaten tritt die Sättigung ein. Dann verlangsamt sich das Kauftempo der Kunden immer mehr. Vorab das Wichtigste: die ersten Verfallserscheinungen sind sichtbar. Die Häuser müssen gelüftet und das Baufeld von Unrat und Unkraut gereinigt werden. Das Musterhaus braucht Dauerpräsenz mit einer nagelneuen, kreativen Werbegalerie, auf beiden Ecken südlich des Baufeldes Richtung Berlin und einer zentralen Tafel im Verkehrskreisel in der Mitte des Baufeldes.«

»Die Zeit ›bis 2 Jahre‹ können Sie sich abschminken. Ein Jahr, Schluß aus! Können Sie solche großen Objekte vermarkten? Haben Sie Referenzen?«

»Ja, ich habe die landeseigenen Wohnungen des Freistaates … privatisiert. Sie können Referenzen von Banken, Regierungsstellen, Kommunen, Bauträgern haben.«

»Gut, geben Sie mir zwei, drei Telefonnummern mit den Ansprechpartnern! Und wenn ich Ihnen nicht in den nächsten drei Tagen absage, kommen Sie am Donnerstag nächster Woche, 10.00 Uhr, in unsere Vorstandssitzung – mit einem präzisen Vermarktungskonzept, Redezeit 5 Minuten!«

Der Vorstand rief nicht an. Christoph fuhr nach München. Keiner der Vorstände wollte nach Christophs Präsentation ein Detail erläutert haben. Das überraschte ihn überhaupt nicht. Er hatte wie in Vorlesungszeiten beim

Vortrag seine Hörer genau in den Blick genommen und keinerlei Resonanz gespürt. Niemand interessierte sich für die Investruine da im Rücken Berlins. Er setzte sich in einen Vorraum in der Erwartung, daß die Bank wohl das Baufeld abschreiben wolle und er umsonst die Reise gemacht habe. Nach zwei Stunden Warten kam der stellvertretende Vorstand heraus.

»Kommen Sie essen. Wir haben hier eine gute Küche.« Noch ehe der Tisch gedeckt war, sagte er beiläufig: »Ihr Vermarkungskonzept ist ohne Gegenstimme angenommen worden. Sie kriegen den Auftrag! Ein Jahr und keinen Tag länger! Es gilt die von Ihnen vorhin vorgelegte Preisliste, 3,5 % Verkaufsprovision/Haus. Sie bekommen 4.000,- DM für die Neuaufbereitung der Werbung. Zeitungsinserate und Briefkastenwerbung keine! Der Bauleiter des Investors wird als Hausmeister von uns stundenweise beschäftigt. Um alles andere müssen Sie sich selbst kümmern. Sie werden von uns bevollmächtigt zu protokollieren, nur bei dem Notar, Herrn Dr. H. Das ist der beste Notar, nebenbei auch Rechtsanwalt, in Deutschland!« Er gab ihm eine Adresse im letzten südwestlichen Winkel Berlins, 55 km vom Baufeld entfernt.

›Was ist da abgelaufen‹, sann Christoph auf der Rückfahrt, ›die stellen dich unter juristische Kontrolle, die auf dem Baufeld gar nicht präsent ist, ansonsten lassen die dich wirtschaften? Die vergeben genauso leichtfertig einen Auftrag von Millionen an dich, wie sie Millionen an einen Investor ausgeschüttet haben, der ein Abenteurer war. Der Vorstand hat Referenzen über einen gründlich arbeitenden, vertrauenswürdigen Bankfachmann eingeholt. Aber die erfolgreiche Vermarktung des Baufeldes erfordert einen Immobilienprofi mit einem qualifizierten Team von Baufinanzierern, Bauingenieuren und diversen Helfern. Die Bank hat von BauFinanz und Immobilienvermarktung keine Ahnung. Die werfen das Geld zum Fenster hinaus... Dann sieh mal zu, wie du aus deiner Hochstablerrolle rauskommst‹!

Zunächst sah er sich veranlaßt, diesen frommen Wunsch hintenanzustellen. Er brauchte werbewirksame Visitenkarten. Das Design der Karten von Bankmitarbeitern war ihm gerade recht. Unter seinem Namen prangte frech, aber juristisch unbedenklich die Berufsbezeichnung »Bankkaufmann«, alles in der knalligen ultramarinblauen Farbe á la Hunzinger. Sodann engagierte er einen Bauingenieur, fuhr mit ihm auf das Baufeld und beauftragte ihn, die Mängel in allen Häusern aufzulisten. Bei der fachkundigen Besichtigung stellte sich heraus, daß es einige schwerwiegende Differenzen zwischen Bauausführung und Bauunterlagen gab, die Bestandteil des Kaufvertrages waren. Hausschnitte, –ansichten und Außenanlagen mußten neu gezeichnet werden. Er beauftragte im nächstgelegenen Städtchen eine Bautischlerei, drei Holzgerüste für Werbetafeln anzufertigen, kaufte wetterfestes Tafelmaterial, einen A3-Kopierer und diverse Werbeutensilien. Während der Bauingenieur eine Woche lang die Häuser durchprüfte, entwarf Christoph die neuen Werbetafeln. Bild- und Grafikmaterial war im Keller genügend vorhanden. Man mußte es anders montieren, farbig ausmalen, das Plakative durch das Informative ersetzen und schleunigst die falschen Daten in den Müll werfen. Anfangs der zweiten Arbeitswoche konnten die Tafeln an den aufgestellten Gerüsten befestigt werden. Eine veröffentlichte Modellrechnung ergab für den Kauf eines Reihenhauses eine monatliche Belastung von 1.240,- DM gegenüber 2.100,- DM nach dem alten Bauträgerangebot. Die Eigenkapitalbeteiligung sank von 34.000, – auf 14.000,- für die Baunebenkosten, in Ausnahmefällen auf 1.200,- DM, für die Notarkosten.

Das Musterhaus wurde geöffnet. Im Laufe des Tages erschienen 16 Interessenten. 11 davon waren Bauplatztouristen, die nur ihre Neugierde befriedigen wollten. Christoph wußte aus der Wohnungsprivatisierung, daß geschwätzige Multiplikatoren Werbeträger zum Nulltarif sind. Ein so hohes Gut mußte wie ein rohes Ei behandelt werden. Er beantwortete mit größter Freundlichkeit ihre vielen Fragen. Manche sah er später im Musterhaus wieder. Sie wollten nur die Förderfinanzierung für ihr Kaufobjekt, das sie anderswo reserviert hatten. Im Lauf der ersten Woche kamen 9 Kaufbereitschaften zustande, für die die Darlehensunterlagen ausgefüllt werden konnten. Alle gingen zum Notar, als die Darlehensbestätigung vorlag. Kein Kaufwilliger kippte während der Verhandlung weg. Der Notar erwies sich als » der beste in Deutschland «, wie der Vorstand orakelt hatte. Er segnete nicht nur die überarbeiteten, nun mit der Bauausführung übereinstimmenden Unterlagen ab, er beantwortete auch geduldig jede noch so ermüdende Sachfrage zu Kaufgarantien, Bezahlungsmodalitäten oder Gewährleistungsansprüchen. Christoph hatte einige Dutzend Notare in der Privatisierungskampagne kennengelernt. Dieser war unübertroffen, lebenserfahren und psychologisch hellwach. Wenn drei Käufer gleichzeitig in der Verhandlung saßen, wußte er auf das Naturell jedes einzelnen einzugehen. Nachfragen, die mit der Kaufabwicklung nichts zu tun hatten, beantwortete er ebenso bereitwillig. Eine Protokollierung konnte 35, aber auch 80 Minuten dauern. Notar und Verkaufsbeauftragter arbeiteten blind zusammen in schönster Harmonie.

Christoph hatte keine Ahnung, wie man eine Immobilie präsentiert. Er ließ die Besucher durch das Musterhaus laufen und beantwortete die Fragen nach dem Kenntnisstand der Bauunterlagen. Was ihn in den ersten Wochen immer wieder in Erstaunen versetzte, war der Scharfblick der Besucher, wie sie Mängel feststellten, die nicht einmal der Bauingenieur aufgelistet hatte – und die Phantasie, wie sie Mängel erfanden, um einen Preisnachlaß herauszuschinden. Kaufwillige konnten selbstverständlich neben dem Musterhaus auch ihr ausgesuchtes Domizil besichtigen.

Eine Familie wollte ihr Kaufinteresse sogleich belohnt haben: »Wir möchten die Kellertür auswechseln gegen eine Stahltür. Die jetzige Holztür ist beschädigt. Die Schadenshöhe wird beim Wechseln ausgeglichen. Das geht doch?« Christoph ließ sich den Schaden zeigen. Die Tür hatte sich in den Scharnieren etwas gesenkt und schleifte auf dem Boden. »Das ist kein Schaden, die Tür muß nur nachjustiert werden. Selbstverständlich wird das in Ordnung gebracht, bevor Sie einziehen.«

Die Familie ließ nicht locker: »wir möchten trotzdem eine Stahltür, die kann ja nicht die Welt kosten.«

»Natürlich nicht«, sagte Christoph, »aber mit Pfennigen ist es auch nicht getan. Schauen Sie, wenn die Holztür nicht das übliche Normmaß hat, brauchen Sie eine Sonderanfertigung. Obendrein müssen Sie einen neuen Rahmen in die Wand einsetzen. Das ist keine Sache von 100,- DM.«

Christoph hatte im Gespräch mit dem Besucher nicht das Objekt, das er verkaufen sollte, im Auge, sondern die Psyche seines Gegenübers. Was für ein Reichtum von Leben, Denken und Fühlen offenbarte sich ihm da! Das waren lebende Abenteuer, keine aus Büchern!

Der Mann hatte das erste Wort, die Frau führte es. »Wir wollen uns erstmal nur beraten lassen.«

Die Frau: »Welche monatliche Belastung haben wir bei einer Doppelhaushälfte und einem Reihenendhaus mit Keller, mit welchem Eigenkapital?«

Christoph fragte nach Einkommen und Kindern, rechnete auf einem transparenten Musterblatt die Kosten vor und kommentierte: »Sie sehen, die beiden Haustypen unterscheiden sich nur minimal, weil die Wohnungsgrundrisse identisch und die Grundstücksgrößen fast gleich sind.«

Der Mann bohrte weiter: »Ein Reihenmittelhaus wäre demnach deutlich günstiger?«

Die Frau: »Da können wir auch in unserer Wohnung sitzenbleiben! Wenn wir die Außenanlage in Eigenleistung fertigstellen, bringt das was, und wird das als Eigenkapital anerkannt? Haben Sie eine Doppelhaushälfte mit herabgestuftem Kaufpreis, z.B. wegen Mängeln?«

Christoph wandte sich ganz der Frau zu: »Ja, das geht alles, auch ein Haus, um 2.000,- bis 3.000,- DM herabgesetzt, wegen unebenen Estrichs im Keller und beschädigten Stufen. Nur, der prozentuale Anteil an den Gesamtkosten ist denkbar klein. Sie sparen im Monat 10,- bis 20,- DM an Bankbelastung.«

Der Mann tuschelte seiner Frau zu: »Denk daran, du mußt auf den Spanienurlaub verzichten, auf den Geschirrspülautomaten und den Hund sowieso!«

Die Frau: »Und du auf ein neues Auto in den nächsten zwei, drei Jahren!«

Lachend warf Christoph ein: »Das mit dem Hund, das überlegen Sie sich nochmal. Der ist hier doch besser aufgehoben als in Ihrer Stadtwohnung.«

Der Mann: »Ja, da ist noch nichts entschieden. Einen Hauskauf macht man nicht aus dem Handgelenk heraus. Sie können doch unser Wunschhaus eine Woche reservieren?«

Christoph zog die Brauen hoch: »Nein, das kann ich nicht. Ich komme Ihnen entgegen, bis Mittwoch 18.00 Uhr per Anruf oder hier im Musterhaus! Wir sind auf einem insolventen Baufeld. Nicht der Bauherr, sondern die Bank zahlt jeden Tag die horrenden Erhaltungskosten. Der Vorteil liegt schon bei Ihnen: Sie zahlen einen niedrigeren Kaufpreis. Wir übernehmen das Risiko und die aufwändige Lauferei für Ihre Förderfinanzierung. Das Haus wird sofort aus dem Verkauf an andere genommen, wenn wir hier Ihren Förderantrag ausgefüllt haben. Das ist eine Reservierung von vier bis fünf Wochen. Auf welchem Baufeld wird Ihnen das geboten? «

»Ich verstehe Sie richtig«, vergewisserte sich die Frau, »wir gehen erst zum Notar, wenn der schriftliche Darlehensvertrag vorliegt? Der Notar sorgt dafür, daß wir ein sauberes Grundbuch bekommen – ohne Insolvenz-Lasten?«

Der Mann hatte das letzte Wort: »Und wenn wir noch Mängel in unserem Wunschhaus entdecken, werden die abgestellt oder im Kaufpreis gutgeschrieben?«

»So ist es«, sagte Christoph, »Sie können mich beim Wort nehmen, auch schriftlich, wenn Ihnen das mündliche nicht reicht.«

Eine gehörige Anzahl von Besuchern begleitete ihren Eintritt ins Musterhaus mit dem Kommentar: »Das ist doch eine Finte, Ihre Musterrechnung, die Sie da auf Ihrer Werbetafel haben?«

Christoph bejahte und verneinte nichts. Er fragte gleich direkt: »Was verdienen Sie und Ihre Frau im Monat, und wie viel Kinder haben Sie?«

»Zwillinge, beides Jungen. Ich bekomme 1.800,- und du, Betty?«

»Das weißt du doch, 940,-.«

»Ihre monatliche Belastung würde sich um 80,- DM verringern gegenüber der Modellrechnung, wenn Sie dieses Haus kaufen!« Christoph zeigte auf ein Reihenmittelhaus ohne Keller.

Beim nächsten Gespräch waren die Besucher enttäuscht, daß die Modellrechnung auf sie nicht zutraf. »So viel verdienen wir doch gar nicht«, nickte er seiner Frau zu, die mit den Schultern zuckte.

»Nun, es sind immerhin 1.400,- DM, die Sie über den Förderrichtlinien liegen«, warf Christoph ein. »Würden Sie ein paar hundert Kilometer südlicher wohnen, hätte ich für Sie ein Sonderdarlehen. Da würden Sie fast auf die Berechnung von da draußen kommen. Vielleicht hätten Sie dort aber nicht den gut bezahlten Job, den Sie hier haben. Also, es gleicht sich irgendwie aus.«

»Und wenn ich meinen Bausparvertrag mit reinnehme, bringt das was?«

»In der freien Finanzierung haben Sie zig Möglichkeiten, Ihre Wünsche in den Darlehensvertrag einzubringen. Am besten, ich schaue mir Ihren Bausparvertrag an. Grundsätzlich frisiert man abgeschlossene Verträge niemals auf das Darlehen um. Das ist immer der teurere Weg. Man paßt das Darlehen an!«

»Ich dachte, man muß das Darlehen so nehmen, wie es gerade im Portfolio steht.«

»Manche Banken sind inflexibel, aber bei uns geht das«, bot sich Christoph an. »Beim Aushandeln Ihrer Konditionen müssen Sie Geld sparen!«

»Wir sind ganz offen. Uns hat Ihre Modellrechnung neugierig gemacht. Das Baufeld und die Lage gefallen uns nicht so. Es wird 20 Jahre dauern, bis die Landschaft grün wird. Die Grundrisse von dem Doppelhaus mit Keller finden wir ganz gut. Das würden wir uns gern mal in natura anschauen. Wenn wir uns nicht dafür erwärmen können, machen Sie uns trotzdem die Finanzierung für ein Haus von anderswo?«

»Selbstverständlich, wir müssen uns nur auf einen Termin einigen, wo hier kein Betrieb ist. Oder ich komme am Abend zu Ihnen!«

»Wie lautet Ihr Honorar?«

»Null! Ich kriege eine quickkleine Provision von meiner Bank.«

Der Bestand an Flüchtlingserfahrungen verlieh Christoph stets

Bodenhaftung. Warum sollte er abends eine arbeitsintensive Bankprovision von 700,- DM verschmähen, nur weil er am nächsten Morgen von der Pflicht getrieben aufwachte, ein Haus mit dem zehnfachen Erlös zu verkaufen.

Nach vier Wochen prüften die Banken Darlehensanträge von 32 Kaufinteressenten, nach weiteren 4 Wochen von 35. Im dritten Monat waren es nur noch neun. 87 % der Anträge wurden mit Fördermitteln finanziert. Nur einer wurde nicht genehmigt. Ein einziger Käufer kam aus Berlin, die anderen aus den Städten und Großdörfern des nördlichen Speckgürtels.

Der Vorstand hatte sich beim Notar erkundigt, wie die Zusammenarbeit klappt.

»Reibungslos« hatte der Notar erklärt. Der Vorstand versuchte Christoph zu ködern. »Wir sind sehr zu zufrieden mit Ihnen. Wenn Sie im zweiten Quartal 50 Verkäufe schaffen, erhöhen wir die Provision auf 5 % für den Rest.«

Der Vorstand meinte, ein fleißig und gründlich arbeitender Auftragnehmer könne den Markt überlisten. Im II. Quartal wurden 22 Häuser, im III. 9 und im IV. Quartal 7 Häuser verkauft. Die letzteren Käufer kamen alle aus Berlin dank aufwändiger Flyerwerbung in den nördlichen Stadtteilen, die Christoph aus eigener Tasche bezahlen mußte. Der Einjahresvertrag war ausgelaufen, aber 52 Häuser noch nicht verkauft.

»Der Abverkauf der Häuser auf dem Baufeld ... ist gut, reicht aber nicht. Wir verlängern den Vertrag um drei Monate und zahlen für jedes weitere verkaufte Haus 5 % Provision, vorausgesetzt, Sie schaffen 40 Verkäufe in dem Quartal. Viel Erfolg!«, ließ der Vorstand über Fax und Mail wissen. Christoph weitete die Flyerwerbung aus, vor allem in Pankow, Marzahn und Hellersdorf. Am 93. Tag des verlängerten Vertrages verkaufte er das 20. Haus.

Da der Vorstand sich nicht entscheiden konnte, welche Herren er zur Übergabe auf das Baufeld schicken sollte, zog sich die Präsenz noch einige Wochen hin. Frühere Besucher hatten sich insgeheim doch für den Kauf erwärmen können. Dazu bei trug auch das Echo auf dem Baufeld. Es gab kein Gerede über Mauscheleien, verunglückte Kaufabwicklungen oder Wortbrüche des Verkäufers. Zum Glück trafen die Kaufinteressenten im Musterhaus noch den Verkäufer an. Ohne einen Hauch Werbung verkauften sich 19 Häuser fast von selbst an die Nachzügler.

Die Gerüste und Werbetafeln waren längst abgebaut worden. Die Bank war nicht verpflichtet, für die nach Vertragsende verkauften Häuser auch nur einen Pfennig Provision zu zahlen. Sie zahlte wie eh und je 3,5 % nach Kaufpreisfreistellung durch den Notar.

Christoph erfuhr durch Zufall, daß der Vorstand die 13 unverkauften Häuser an zwei Mitglieder der insolventen Investorengruppe abgetreten hatte, nach welchen Modalitäten und zu welchem Preis blieb unbekannt!

Die Dauerpräsenz und das Arbeitsaufkommen auf dem Baufeld hatten bei Christoph Spuren hinterlassen. Er war völlig ausgelaugt. Urlaub machen, ins geliebte Alpine-Skigebiet Südtirol fahren! Er konnte auf Anhieb einen bestellten, vom Käufer aber nicht bezahlten Audi 4 quattro erstehen. Los gings in die gut bekannte Marmolata! Ganz in der Nähe hatte er sein kleines Sporthotel. Diesmal wollte er sich den Luxus gönnen und drei Wochen buchen.

»Das können Sie gern«, sagte der Hotelier, »Sie müssen aber zweimal umziehen, wir haben kein durchgängiges Zimmer für die ganze Zeit. Der Zimmerdienst packt Ihnen alles zusammen und ordnet es in die Schränke, wie von Ihnen vorgelegt.«

Zunächst war alles in bester Harmonie und Ruhe wie gewohnt. Nach dem ersten Umzug belegte eine badische Familie mit drei Kindern die Nachbarzimmer. Am nächsten Morgen wollte Christoph mit den Ski zur Seilbahn gehen. Auf der Motorhaube seines Autos, Kennzeichen L ... , erblickte er, mit dem Finger in die über Nacht gefallene Schneedecke geschrieben: »Ossi raus!«

Christoph rief den Hotelier hinzu. »Sorgen Sie dafür, daß sowas sich nicht wiederholt! Sonst erstatte ich Anzeige gegen Gäste des Hotels ... wegen Rassismus und übler Nachrede.«

Der Hotelier beschwichtigte, das sei nur ein Spaß.

Am nächsten Morgen zwischen sechs und sieben wurde Christoph aus dem Schlaf gerissen. Trampeln und Klopfen tönte durch den Korridor. Christoph öffnete die Tür. »Ossi raus!«, stand auch hier mit Filzstift geschrieben. Er sah gerade noch, wie die badischen Kinder in ihre Zimmer verschwanden. Er schaute von seinem Fenster auf den Parkplatz. Auf seiner Motorhaube in die neue Schneedecke mit derselben Handschrift geschrieben: »Ossi raus!«. Er legte sich wieder ins Bett. Kurz darauf derselbe Krach! Christoph stellte sich an die geschlossene Tür und wartete, bis die nächste Attacke erfolgte. Er paßte das Laufgeräusch ab, öffnete plötzlich die Tür, so daß der Läufer, ein Junge im Einschulalter, zu Boden fiel. Christoph packte ihn fest am Oberarm und ging, ihn hinter sich herziehend, zur Rezeption hinunter. Dort klingelte er so lange Sturm, bis die Frau des Hoteliers erschien.

»Sperren Sie das Bürschchen in ein separates Zimmer, bis der Vater auftaucht!«

Die Frau winkte ab. Sie sprach nur italienisch. Christoph wiederholte seine Aufforderung in französisch-italienischem Kauderwelsch. Die Frau wollte mit dem Jungen gerade davongehen, als der Vater die Treppe herunterkam. Er pflanzte sich vor Christoph auf.

»Wenn Sie noch einmal meinen Jungen anrühren, knalle ich Ihnen eine, daß Ihnen Hören und Sehen vergeht!«

»Nur zu, nur zu«, spottete Christoph, »das können wir sofort erledigen!«

Der Mann erhob den rechten Arm, Christoph ergriff ihn und knickte ihn ein, zog den Ellbogen blitzschnell über sein vorgestelltes Knie, so daß der Mann zu Boden fiel.

»Den Rest Ihres Urlaubs können Sie bei der Carabinieri verbringen, schönen Tag dort!«

Danach forderte er die Frau auf, die badischen Gäste aus dem Hotel zu werfen. Punkt 09.00 Uhr sei er bei der Carabinieri und erstatte Strafanzeige. Die Frau holte ihren Mann. Der war ganz verdattert.

»Das ist die Familie Kluge aus Karlsruhe. Die kommt seit 15 Jahren hierher. Das sind ganz friedliche Leute. Haben Sie den Herrn Kluge irgendwie provoziert?«

»Ja, durch meine Anwesenheit! Lassen Sie sich die Story von Ihrer Frau erzählen! Schmeißen Sie ihn raus. Nach dem Bußgeld, das Ihr friedlicher Gast zahlen muß, kann der Ihre Rechnung sowieso nicht begleichen – wenn es damit nach meiner Strafanzeige sein Bewenden hat.«

»Ich spreche mit Herrn Kluge. Er soll sich bei Ihnen entschuldigen!«

»Passen Sie gut auf, daß die neidische Wut nicht auf Sie übergreift. Wo kommen wir denn hin, wenn ein Ostdeutscher drei Wochen Luxusurlaub macht und mit einem nagelneuen Audi den Hoteleingang zuprotzt. So haben wir uns die deutsche Einheit nicht gedacht.«

Es war zwei Tage vor Heiligabend. Am nächsten Tag zogen Herr Kluge und Familie aus, freiwillig, wie es hieß. Am Heiligabend selbst, der ganz italienisch vertraulich gefeiert wurde, beugte sich, kurz vor dem Abendessen, ein Gast vom Nahbartisch zu Christoph herüber.

»Das dürfen Sie nicht überbewerten mit dem Herrn Kluge. Der ist ein Pförtner aus dem Gericht. Es geht nie gut, wenn ein Pförtner Beamter wird. Dem steigt der Ort seines Jobs zu Kopfe. Wissen Sie, was ich meine?

Überkandidelt, ein verwöhnter Feigling! Der traut sich nicht einmal, Ihnen seine Meinung ins Gesicht zu sagen. Er schickt seine halbwüchsigen Kinder vor. – Schauen Sie sich um! Wir Deutsche feiern mit den Italienern einträchtig Weihnachten. Geht es noch friedlicher? Und morgen auf der Piste zeigen wir uns gegenseitig unsere Kunststückchen.«

»Da bin ich ganz Ihrer Meinung«, prostete Christoph ihm zu, »für die Dauer einer Feier oder eines sportlichen Wettbewerbs können wir schon miteinander!«

IM GESCHICHTLICH VERBOR-GENEN.
DIE SUCHE NACH DEM ICH

Diese ärgerliche Episode hatte Christophs Nachsinnen über sein weiteres Tun unterbrochen, aber nicht auslöschen können. Wenn er am Mittag vor der Skihütte in der Sonne lag oder am Abend bei einem Glas Wein ins Grübeln kam, fragte er sich: ›Was tun nach dem Urlaub‹? Er war mit sich schnell einig, daß die pekuniären Lebenserhaltungsmaßnahmen ein Ende haben müßten. Das Leben müsse zu mehr taugen, als täglich Geld ansammeln. Keine Anwandlungen à la Hunzinger!

›Bis zur Rente komme ich allemal. Würde ich mich langweilen? Nein! Ich kann meiner Leseleidenschaft aus Jugendtagen frönen. Ich kann mit dem Rad um die Welt fahren. Meinen geistigen Hunger kann ich nicht stillen. Also zurück in den akademischen Beruf! Gastvorlesungen halten, mit Kollegen aus DDR-Zeiten Kontakt aufnehmen, mit ehemaligen Doktoranden, die es zum Professor gebracht haben und Lehrstühle verwalten, sprechen! In Gorki, Kasan, Szczecin, Prag, Pecs, Weliki Tarnowo‹!

Und dann schnellte aus dem Unterbewußtsein die wiederholt gefaßte Idee herauf: ›den Fluchtweg von der Geburtsstadt nach Thüringen wiederholen! Nun, nicht so dick auftragen, wenigstens den Versuch wagen‹!

Nach einem halben Jahr zog Christoph eine Bilanz: ein Dutzend Gastvorlesungen an deutschen Universitäten, ein Dutzend im Ausland mit ordentlicher Resonanz, interessanten Gesprächen, Auffrischung alter Beziehungen, rastlosem Umherreisen und Honoraren, die nicht im Entferntesten die Kosten deckten. Die Ausgaben schmerzten ihn nicht. Er konnte allerdings nicht verwinden, daß seine wissenschaftliche Arbeit nicht materiell wertgeschätzt wurde. Im Handwerk, in der Dienstleistung, in allen Künsten war Wertschätzung ganz automatisch mit Geld verbunden. Carlos Kleiber reiste nach Japan, dirigierte zwei Konzerte und bekam dafür 1,6 Millionen DM. Gewiß, das war ein Extrem von künstlerischem Wertverständnis. Aber wenn der Marktwert seiner Leistung so niedrig war, dann wollte er sich von diesem Markt lieber heute als morgen zurückziehen.

Von der Wirklichkeit eingeholt, meinte Christoph einen hintergründigen Teil der Aufforderung »Ossi raus!« zu entdecken. ›Es ist wahr, ich muß raus in den Osten, wo meine Heimat ist, meinen Wurzeln nachspüren, damit ich endlich weiß, wo ich hingehöre‹.

Er hatte schon mehrfach versucht, das von Gritta viel gelobte Sagen- und Märchenland Pommern kennenzulernen. In den siebziger Jahren hatte er bei einem seiner Skiausflüge ins polnische Riesengebirge einen Deutschlehrer aus seiner Geburtsstadt B. getroffen. Sie vereinbarten, sich gegenseitig zu besuchen. Doch die Einladungen scheiterten schnell am Zloty-DDR-Mark-Umtausch. Einige Jahre später schloß er sich der Reise eines Schwarzhändlers nach Częstochowa an. Sein Interesse galt dem Kulturkampf oder offenen Krieg zwischen orthodoxem Katholizismus und militantem Protestantismus lutherischer Prägung. Die Rückreise sollte über Pommern erfolgen. Aber eine schwere Erkrankung seines Begleiters zwang zum Abbruch. Zur Goethe-Feier 1982 lud ihn die Warschauer Universität zu einem Vortrag über Goethes Spätwerk ein. Er konnte sogar seine Lehrverpflichtungen für einige Tage freischaufeln. Als er am Veranstaltungsort eintraf, wurde das Universitätsgelände von der Solidarność besetzt. Die wissenschaftliche Tagung fand unter Bedingungen der Internierung statt. Als »Gefangener« durch Pommern reisen hätten ihm die sozialistischen Wertehüter zu Hause übelgenommen. Antrainiertes Wohlverhalten kann man nicht über Nacht abstellen. Er reiste nach der Freilassung sofort nach L. zurück.

Schließlich brach er mit Schwester Irma zu der seit Jahren geplanten Reise auf, ebenso unter keinem glücklichen Stern. Es war die Zeit, in der er in der Selbständigen-Tätigkeit Fuß fassen mußte. Beide hatten unterschiedliche Erwartungen und Interessen. Irma mit ihrem zwei Jahre älteren Erinnerungsvermögen wollte die heimatlichen Örtlichkeiten wiederentdecken, Christoph die väterlichen Traditionslinien in Pommern und das Familienleben im Dritten Reich erkunden.

Da standen sie wie mit Ruten gepeitscht unvermittelt auf dem Markt vor dem Heimatmuseum und fragten, wo denn die A...straße sei, auf der ihr Geburtshaus stehe. Die Museumsleiterin hatte eine Stadtplan-Konkordanz parat. Irma machte eine Handskizze und marschierte los, immer einige Schritte Christoph voraus, ihres Zieles sicher. Nach gut 15 Minuten straffen Tempos rief sie:

»Da ist es, das ist unser Haus!«

Noch ehe Christoph sie eingeholt hatte, klingelte sie an der Tür und sprudelte der Bewohnerin, einer Dame in den Sechzigern, auf Deutsch und Englisch ins Gesicht: »Verzeihung, ich bin die Irma, ich bin hier geboren, vor dem Krieg. Dürfte ich mal kurz reinkommen?«

Das Geburtshaus lag am östlichen Stadtrand, wie angeklebt am letzten Zipfel einer Siedlungsstraße, die ins Ackerland mündet. Die NS-Verwaltung hatte für ihre Abteilungsleiter im Landratsamt vier, fünf Zweifamilienhäuser von äußerster Anspruchslosigkeit gebaut: Küche und vier Zimmerchen im Erd- und Obergeschoß auf je 75 Quadratmeter Fläche, gemäß administrativer Geburtsvorgaben für 6 bis 8 Familienmitglieder ausgelegt. Der exakt mittige Eingang mit einer zweiflügeligen Tür, über der eine Giebelmauer bis ins Walmdach hineinragte, sollte der Vorderfront des Hauses Amtswürdigkeit verleihen. Die rechte Stirnwand hatte im Erdgeschoß einen Erker von 3 m². Auf dem Dach des Erkers auf Höhe des Obergeschosses war ein Balkonwinzling aufgesetzt, der Platz für einen runden Rauchertisch mit einem Stuhl bot.

Die Abteilungsleiter des Landratsamtes waren's zufrieden. Die Mutter hat sich niemals über die Wohnverhältnisse beschwert. Im thüringischen S. müssen sie ihr wie Luxus erschienen sein.

Inzwischen war Christoph herangetreten und wiederholte das Begehren seiner Schwester in Russisch, in langsamem Sprechtempo. Die Bewohnerin hatte längst mitbekommen, worum es ging, drückte Irma an die Wange: »Kommen Sie, kommen Sie, wir sind beide Fljuchtlingge, ich aus Ostpolen, Sie aus aus Pomorze.«

Irma durfte alle Räume durchkämmen, richtete sie gedanklich wieder mit dem Geburtsmobiliar ein und strahlte über das ganze Gesicht. »Es ist alles noch, wie es einmal war. Ich meine die Zimmer. Als sei es gestern gewesen.«

Christoph stand schweigend, völlig passiv am unteren Treppenabsatz. Er mußte die Dürftigkeit des Hausinneren erst einmal verdauen. So sah Wohnen für privilegierte Angestellte im Dritten Reich aus.

Der zweite wichtige Bezugspunkt war die Arbeitsstelle des Vaters. Hier soll, nach der Plaudertasche Frieda, der Mutter jüngste Schwester, die soziale Stellung der Familie Hinz ausgetreten worden sein. Das Landratsamt begrenzt die rechte Seite der belebtesten Einfahrtstraße in die Stadt, abgelegen von den Wohnhäusern, schräg gegenüber der Ordensburg, die heute Schloß heißt. Die Straße ist viel zu weitläufig für Fußgänger, eine Promenade nur für Marathonläufer.

Irma und Christoph waren die einzigen aus der Familie, die ein echtes

Interesse an der Reise in die Heimat hatten. Die Mutter wollte an diesem Thema überhaupt nicht rühren. Sie schwieg sich aus oder preßte nötigenfalls zwischen schmalen Lippen hervor: »Das ist vorbei, ich will davon nichts hören!« Das ganze Gesicht versteinerte sich. Welche Macht hätte solche Versteinerungen erweichen können?

Christoph versuchte Gritta bei einem Amerikabesuch zu überzeugen, sich der Reise gemeinsam mit Irma anzuschließen. »Nein«, sagte sie streng, »das war in meinem vorigen Leben, aus und vorbei für alle Zeiten!«

»Aber du hast nur ein Leben, willst du es, mit Dir selbst im Reinen, nicht beruhigt abschließen?«

»Ich bin beruhigt, wenn ich es nicht tue. So etwas hält der Mensch nur einmal durch, wenn er Glück hat!«

Und Ernst? Er war Chemiker, im Beruf wie im Leben. Die Welt steckte voller dinglicher Substanzen. Wenn man ihre Eigenschaften richtig analysierte und danach einsetzte, konnte man die Welt verbessern. Das reichte ihm. Wozu geistige Schlösser oder Schutzburgen bauen?

Irmas und Christophs Ausflug konnte die äußere Neugierde befriedigen. Ein unbedingter Erkundungswille wurde in Christoph erst angestachelt. Sich Zeit nehmen, die Natur einatmen, die pommersche Lebensart ergründen und den sechswöchigen Fluchtweg ins dänische Lager nachfahren – so nahm er seinen Selbstversuch in Angriff. Er packte sein Trekkingrad mit dem Nötigsten für drei, vier Wochen, fuhr los, die erste Etappe mit dem Zug bis Frankfurt an der Oder, sodann auf Nebenwegen vom südwestlichen zum nordöstlichen Zipfel diagonal durch Pommern. Die meisten Wege waren sandig oder mit Feldsteinen gepflastert. Da galt es, eine spezielle Fahrweise auf Sandstreifen auszubalancieren. Polnische Bauern auf Pferde- und Kuh-Gespannen grüßten freundlich und machten stets Platz, wenn sie seine waghalsigen Fahrkunststückchen bemerkten. Auf seiner viertägigen Fahrt nach B. machte er nur einmal in Drawsko Pomorskie (Dramburg) halt, um einen Imbiß zu nehmen. Ansonsten kamen die polnischen Bewohner an Feldrainen und auf Dorfstraßen ihm immer zuvor und verpflegten ihn mit Trinken und Essen. Übernachtungsquartiere boten sich ihm in Fülle dar. Nirgendwo mußte er klingeln. Er fragte eine an der Haustür sitzende Gruppe, wo man übernachten könne. Sofort zeigten vier, fünf Hände auf nächstgelegene Behausungen.

Atmosphärisch eggte er nur mit seinem Russisch an. Die Polen verstanden ihn perfekt. Er sprach langsam, nur in den üblichen Redewendungen.

Sie antworteten stets auf Polnisch oder gebrochen Deutsch. Nach einigem Wortwechsel normalisierte sich das Gesprächsklima, und die Freundlichkeit kehrte zurück.

Die pommersche Landschaft hielt alles, was sie im Sagen- und Märchenreich versprochen hatte. Christoph radelte kaum auf ebener Straße. Es war ein Auf und Ab über Waldeshöhen und Waldesgründe, ein Flickenteppich von Seen, Wiesen und Feldern. Hindernisse aller Art hielten ihm die Augen offen. Er wand sich an Ruinen, Steingräbern, Burgen, Einzelgehöften, Mühlen vorbei. Er überquerte eine Unzahl von Bachübergängen, die Brücken zu nennen, den Kunstgebilden weh tun würden. Straßendörfer reihten sich kilometerlang aneinander. Klimatische Schauer durchschüttelten ihn. Auf dem Höhenpfad zog er Pullover und Windjacke an. Unten in einer Bachschneise machte er den Oberkörper frei, spritzte den Schweiß ab und streifte ein dünnes T-Shirt über.

Bei seiner Einfahrt in B. dämmerte es. Er schaute nach den drei Türmen der Ordensburg. Auf ihren Spitzen schaukelten nicht, wie von Chronisten beschrieben, Laternen im Wind, die jederzeit erlöschen und die Stadt im Dunkeln versinken lassen. Und die Schutzwehren am Stolper, Danziger und Schloßtor gab es auch nicht mehr. Christoph war der polnischen Kreisstadt als deutscher Bürger tatsächlich schutzlos ausgeliefert. Er begab sich schnurstracks ins Schloßhotel. Der weitläufige Vorplatz war eingezäunt und vollkommen mit Autos zugeparkt, größtenteils repräsentative Marken mit westdeutschen Kenneichen, bewacht von einem an langer Kette zurrenden Schäferhund. Christoph grüßte ihn freundlich. Der Hund stieg am Zaun empor und grüßte wild bellend zurück.

Christoph ließ sich austrudeln. ›Nun, dein Auto wird dort zwischen westdeutschen Nobelkarossen nicht stehen. Also gibt es wie in Südtirol auch kein Ossi raus, ... und der Schäferhund wird dich beschützen, statt rauswerfen; du wirst bei der nächsten Metzgerei halten und ihm einen Fleischknochen spendieren‹! Sein bestelltes Zimmer war trotz der abendlichen Ankunft noch frei. Er bat die Dame an der Rezeption um einen diebstahlsicheren Abstellplatz für sein teures Markenrad. Die Dame zog die Brauen kurz hoch, reagierte aber prompt in nahezu akzentfreiem Deutsch:

»Ich rufe den Hausmeister. Der weiß da Rat.«

Der Hausmeister wies Christoph einen Kellerraum mit Zahlenschloß zu:
»Den Zahlencode wissen nur Sie und ich. Ist Ihnen das sicher genug?«

Die Innenarchitekten hatten beim Ausbau der Hotelräumlichkeiten alle

Sorgfalt auf Wohlfühlatmosphäre im Schloßstil gelegt. Für den Besucher von heute mochte das hingehen. Trotz radelmüden Beinen spürte Christoph in sich ein viel größeres Erkundungs- als Ausruhbedürfnis. Grittas Fluchterzählungen versetzten ihn in Unruhe. Angelesene Pommerngeschichte paßte gar nicht in die Hotelidylle.

Da hatten die schnell wechselnden Herrschaften eines kleinen pommerschen Landes das Original einer vom Deutschen Orden in Eile errichteten Wehrburg in alle Baugemische ihres Geschmacks verschandelt, je nach Bequemlichkeit, Repräsentationsgebaren und Schutzbedürfnissen.

Christoph schüttelte unwillig den Kopf. Er wollte eigenes Wurzelsuchen nach dem Original. Wenn er das heutige Wischi-Waschi-Ensemble auf den ursprünglichen Rohbau zurückführte, gab es Erstaunliches zu entdecken. Zu was für einer Leistung waren seine Ahnen vor 500 Jahren imstande gewesen? In Sorge um kriegerische Bedrohung aus Polen-Litauen hatte der Hochmeister des Deutschen Ordens Stadtbürger und Scharwerker (Bauern aus dem Umfeld, die zu handwerklichen Diensten herangezogen wurden) im Eiltempo eine Macht strotzende rechteckige Vierflügelanalage hochziehen lassen. Sie war gut 13 Meter hoch und hatte 7 Meter dicke Mauern.

Alle Rohstoffe wurden vor Ort gewonnen und manufakturmäßig zu Baustoffen verarbeitet: Feldsteine herangekarrt und zugehauen, Ziegel unterschiedlicher Formate, Härtegrade und kunstvollen Oberflächendesigns in eigens errichteten Öfen gebrannt, Sand, Ton, Lehm und Kalk zu Mörtel gemischt. Monatelang hielt die Produktion die Arbeiter im Stress. Nachts gingen die Brennöfen nicht aus, weil die Maurer tagsüber nach ausreichend Ziegelvorrat verlangten. Das Material reichte für den Bau eines mittelalterlichen Stadtkerns.

Die Manager der Ordensverwaltung leisteten Unglaubliches. Sie sorgten dafür, daß Beschaffung, Herstellung und Verbauen reibungslos in Hand in Hand gingen, der Dreßler (Finanzminister) die Bauarbeiter pünktlich bezahlte. Es war »Gesetz«, daß die Städte ihre Wehranlagen selbst erwirtschafteten, nach einer streng kontrollierten Abrechnung des Zinsertrags. Dazu war die Wirtschaftskraft in B. viel zu niedrig. Der Hochmeister verpflichtete die reichen Verwaltungsbezirke zu einer einmaligen Solidarleistung.

Als abzusehen war, daß interne Machtreibereien zwischen Polen und Litauen den Kriegseintritt hinauszögerten, legte der Orden eine Baupause ein und beendete das Festungswerk mit der sprichwörtlichen Ruhe und Sorgfalt, die bei den übrigen 90 Burgen an den Tag gelegt worden waren. Die übereilten, nach heutigem Urteil schlampigen Unebenheiten im Fundament waren aber nicht mehr aus der Welt zu schaffen.

Der Pommer Christoph war stolz auf die Arbeitsamkeit seiner Landsleute. Voller Genugtuung nahm er zur Kenntnis, daß die Arbeitsleistung eines Einzelnen nicht unbeschränkt über's Knie zu brechen ist. Sie gehorchte, damals wie heute, denselben Kriterien von Willensleistung, Schnelligkeit, Sorgfalt und Qualität. Was der Einzelne nicht schaffte, für den sprang die Solidargemeinschaft ein.

›Da habe ich fast alles richtig gemacht in meinem beruflichen Tun‹, beschwor er die Heimatgeschichte, ›vielleicht an den unwichtigen Stellen zu vorlaut den Mund aufgemacht und an den Scheitelpunkten zu angepaßt geschwiegen. Man schlittert mehr, als man wächst, vom kindlichen ins erwachsene Mitmachen hinein, anfangs sogar von bestimmten sozialistischen Leitbildern überzeugt: Arbeite mit, plane mit, regiere mit! Die gebildete Nation, Arbeiter und Bauern zum Studium! Vor lauter Arbeitstrubel bemerkt man zu spät, daß Losungen nicht Wirklichkeit einlösen. Anhalten, nachdenken, sich korrigieren – dazu habe ich mir zu wenig Zeit genommen und nach der Wende den politischen Flötentönen vorschnell vertraut. Ein braver Bundesbürger gefällt sich in der Rolle des weisen Richters und nötigt dich zu einem Vergleich, der Unrecht zementiert. Warum hast du die Bundesrepublik Deutschland nicht vor dem Europäischen Gerichtshof für ihren Justizterror verklagt? Dies Versagen werde ich bis zum Lebensende mit mir herumschleppen!

Dem Mobbing in der Uni, dem Machtmißbrauch und den Rechtsbrüchen der staatlichen Arbeitgeber hätte ich viel entschiedener entgegentreten müssen. Vor allem hätte ich die Öffentlichkeit mobilisieren müssen‹!

Christoph schaute auf die Wehrtürme der Festung. Drei der vier hatten die Jahrhunderte überdauert. Die Türme mit der einmaligen Feuerkraft ließen die Schweden stehen, als sie im Dreißigjährigen Krieg ihre Besatzung aufgeben mußten. Den vierten mit der größten Prachtentfaltung in seiner luxuriösen Abartigkeit sprengten sie mit Stumpf und Stiel. Solch ein Zentrum politischer Ikonographie durfte keinen Bestand haben! ›Das ist das Schicksal staatlicher Machtvollkommenheit und –arroganz‹, fühlte Christoph sich bestätigt, ›man muß Machtmißbrauch bloßstellen, bis er ausgerottet ist! – Nur reicht dazu der Sprengstoff, der in der eigenen Tasche zuckt‹?

Seine Geburtsstadt B. war nach Christophs Exkurs in die Geschichte die mit der niedrigsten Wirtschaftskraft, aber der höchsten Arbeitsleistung. Der

Orden wies ihr auch nur den hierarchisch untersten Verwaltungsrang einer Pflegschaft zu, was nicht hieß, daß »Pflege« nur Alten und Gebrechlichen zukomme, weniger Geld koste, Diskriminierung seiner Bewohner zur Norm mache und weniger Bemühen um die Hebung der Wirtschaftskraft bedeute. Die Hochmeister schickten als »Pfleger« die fähigsten Verwalter in das kleine für achthundert Mark Silber erschacherte Ländchen. Sie wurden nicht alle halbe Jahre, wie in den Komtureien und Vogteien, wegen Unfähigkeit ausgewechselt. Die Hochmeister selbst schauten in dichter Folge nach dem Rechten, drängten die Vorherrschaft der Geistlichkeit in Schulfragen zurück und sorgten dafür, daß überproportional viele Studenten die Universitäten von Leipzig, Prag, Krakau, Wien, Bologna oder Paris besuchten, um als fachlich versierte Verwalter, Juristen, Ärzte oder Pfarrer im Ordensstaat ihren Dienst anzutreten. Er wäre, war sich Christoph sicher, auf direktem Weg Chronist geworden, ohne Zwischenstationen über Handwerker, Soldat, politische Spielchen um seine Hochschulreife, ohne Lehrerfron mit Nötigung zu politischen Bekenntnissen.

Der Deutsche Orden war nicht zimperlich in seiner Machtentfaltung. Er führte tausendfach das Schwert gegen die Prussen, wenn diese sich weigerten, auf ihrer eingesessenen Scholle die heidnischen Götter gegen den Christengott auszutauschen.

Im Blauen Ländchen, wie die Bewohner diesen von Wald und Wüsteneien überwucherten Landstrich liebevoll nannten, wo angeblich nur die Waldbienen sich häuslich einrichteten, lagen die Herausforderungen in ganz unkämpferischer Kolonisation und Kultivierung. Da wurden Menschen vereinigt, nicht angeschlossen! Da galten strenge Verwaltungsgrundsätze, die Daseinsvorsorge für die Einheimischen und Siedler gleichermaßen und hohe Zinserlöse für die den Deutschordensstaat zum Ziel hatten.

Wurde ein Marktflecken wie B. zur Stadt erhoben, erhielten die Bewohner Grund und Boden nach kulmischem Recht, für jeden den gleichen Anteil. Der Hof maß 500 m², der Garten im Mittel 1000 m², die landwirtschaftliche Nutzfläche 11 ha.

Davon konnte man leben. Die Panen (die slawisch stämmigen Einheimischen) wurden nicht gegen die neuen Siedler ausgespielt.

An geschichtlichen Erfahrungen mangelte es also nicht, wie man Menschen zusammenbringt, die anderen Landschaften angehören oder sich auseinandergelebt haben. ›Nur, warum sollte das heutige Politiker berühren‹? fragte sich Christoph. ›Die studieren zum Wohl (oder zur Karriereförderung?)

ihres gemeinnützig proklamierten Berufs, beliebterweise Justiz oder Geschichte. Die wissen es besser! Je nach der Höhe des Amtes, in das sie gewählt werden, schwindet das Wissen als Handlungsmaßstab zugunsten des Wollens der Bürger, die sie gewählt haben. Trift ein solches Berufsethos – in eigener Ausübung ist man lupenreiner Demokrat, in Konkurrenz Populist! – auf die historisch einmalige Gelegenheit, daß verkommene, aber geschichtlich reklamierte Landschaften mit gut 16 Millionen Bürger ihnen in den Schoß fallen, handeln sie nach dem Mehrheitswillen ihrer angestammten Wohlstandsbürger. Sie geben dem Verlangen nach, ihren Besitz auf Kosten des geschenkten schwächeren Bevölkerungszuwachses zu mehren. Das Ganze wird, wie es sich für einen Rechtsstaat gehört, in einem Einigungsvertrag festgeschrieben‹.

Christoph bezog das politische Verfahren auf seine DDR-Erfahrungen. ›Bereicherung ist eine allgemeinmenschliche Eigenschaft. Die hat es auch bei uns gegeben – in zählbaren Fällen! Sie mit Rückforderung zu korrigieren, hätte kein Mensch für Unrecht gehalten. Aber jeden dritten Haushalt mit Restitution zu überziehen – da hat man wohl den Rechtsgrundsatz einfach platt auf alle Bürger angewandt, die zu 99 Prozent Habenichtse waren! Juristische Anwendungen müssen dem Gleichheitsprinzip genügen! Oder war das ein kluger politischer Schachzug? Wie verlockend muß es für Menschen sein, blühende Landschaften zu erleben, die sich ein Leben lang auf Trümmerfeldern, in Altbaubrachen oder in uniformen Plattensiedlungen durchgeschlagen haben? Um wie viel Grad erhöhen sich die Chancen der Umsetzung des Lockversprechens, wenn dieser zugefallene Bevölkerungsteil in Rechts-, Arbeits- und Lebensansprüchen den Landschaften untergeordnet wird!

Die Aufteilung des vom Orden geschaffenen Eigentums wurde per Handschlag beschieden und gleichlautend per Handfeste verschriftlicht in zentral verwalteten Haken-, Hufenbüchern, Urform unserer heutigen Grundbücher. Sie wurden rechtssicher geführt, nicht so wie in DDR-Zeiten nach institutionellen Gegebenheiten, nicht anfällig für westdeutsche Richter, die das »Zettelwirtschaft« nannten. Das lax geführte Grundbuch nahmen sie gern als formaljuristische Begründung an, um auf Enteignung der Restitutions-Beklagten zu urteilen, obwohl diese nichts von »Zettelwirtschaft« wußten, nicht den geringsten Einfluß auf diese Praxis hatten und von den Rechtshütern vorsätzlich getäuscht wurden. Für die Richter war das ein gefundenes Fressen. Sie brauchten den Wust sozialistischer Eigentumsverhältnisse nicht auseinanderzubröseln und Recht von Unrecht scheiden.

Landvermesser hatten die Ordensbrüder längst in einen angesehenen Berufstand erhoben. Sie waren bei den schnellen Stadtgründungen zwischen ein und zwei Jahren im Zeitverzug. Um nicht Streit oder Stau aufkommen zu lassen, wurden vorweg die Flächen großzügig geschätzt und nach erfolgter Messung die Allmende (das Übermaß) unter den Eigentümern aufgeteilt, die bei der Ertragsfähigkeit oder Zersplitterung des Bodens zu kurz gekommen waren. Unrecht wiedergutmachen, nicht neues schaffen, war der Maßstab! Das kulmische Recht hatte schon Paragraphen nach der Sprache der Bewohner in völligem Gleichklang von Mündlichem und Schriftlichem. Kein Schulze (Richter) konnte im Hinterhalt eines Paragraphen eigenes Recht auslegen, keiner nach politischem Kalkül Unrecht schaffen. Dazu waren die Texte zu eindeutig sachbezogen und die Buchführung am Hochmeistersitz zu gründlich, viel zu engmaschig kontrolliert.

›Welchen Ermessensspielraum hätte ein westdeutscher Richter unter solchem obligaten Schrifttum gehabt‹, fragte sich Christoph in Erinnerung an seinen Prozeß. ›Hätte er es wagen können, einen ostdeutschen Käufer um sein erschuftetes Eigentum zu bringen? Welche Einheit von Rechtsempfinden und Rechtsprechung im Ordensstaat‹!

Die höchsten Gewinne warfen die Zinsdörfer ab. Der Orden achtete darauf, daß die Größe eines Dorfes etwa der Hälfte einer Stadt entsprach, daß die Bauernwirtschaften profitabel waren und daß die Bewohner nicht in die Stadt abwanderten. Das Land-Stadt-Gefälle betrug 80 zu 20 Prozent. Es sollte sich durch die Jahrhunderte nur marginal verschieben. Eingesessene pommersche Familien orientierten sich beruflich daran.

Die Familie Hinz unterhielt seit Generationen einen Molkereibetrieb. Der Großvater war damit reich geworden. Dem Plan nach sollte dem sozialen Aufstieg in die pommersche Oberschicht nichts im Wege stehen. Der erstgeborene Sohn, Christophs Vater, absolvierte alle Sparten der in Pommern auf hohem Niveau stehenden Ausbildung als Molkereifachmann. Er sollte standesgemäß heiraten und reicher werden. Die vier jüngeren Töchter besuchten die Fachschulen in Krankenpflege, Erzieherin, Lehrerin. Die Mutter überwachte die Ausbildung, bis Bestabschlüsse vorlagen. Sie wollte doppelte Vorsorge treffen für eine Heirat oder eine berufliche Unabhängigkeit im Wohlstand. Da der Vater majestätisch-autokratisch seinen Betrieb verwaltete, fand der Sohn kein Unterkommen. Er zog durch Deutschland und durchprobte die verschiedensten Leitungstätigkeiten in Molkerei-Großbetrieben.

Die Mutter starb. Der Großvater heiratete, noch ehe das Trauerjahr verflossen war, eine sehr viel jüngere Frau, die binnen drei Jahren das Vermögen unter den Hammer brachte. Des Großvaters Tod vor dem offiziellen Bankrott ersparte der Familie die öffentliche Scham.

Aller Widerstände und allen Reichtums bar heiratete der Sohn seine Lisa, mit der seit vier Jahren liiert war. Um der wirtschaftlichen Absicherung willen machte er seinen Frieden mit dem NS-Regime. Als qualifizierter Fachmann durfte er im Landratsamt dafür sorgen, daß die Bewohner des Kreises stets genügend zu essen und zu trinken hatten. Der Frieden erwies sich bald als brüchig. Im kämpferischen Luthertum der pommerschen Staatskirche erzogen, geriet der Vater wiederholt mit seinen Vorgesetzten in Konflikt, wenn kirchliche Normen gegen politische Attitüden prallten. Christenlehre und Hitlerjugend parallel von den Kindern besuchen, konnte der Vater noch zulassen. Die Taufe gegen die Namensweihe aufgeben oder Spitzeldienste mit christlicher Ethik vereinbaren, gingen gar nicht. Beim ersten Verstoß gegen politisches Wohlverhalten ließ er sich vom Arbeitsplatz weg ohne soldatische Ausbildung in den Polenkrieg kommandieren. Danach kam dem Kommando zuvor. Er folgte stolz seinem persönlich zugeschnittenen christlichen Ethos von Treuemut. Daß dieser nach geschichtlicher Lehre geradewegs im Todesmut endet, nahm er in Kauf.

Die Mutter war im letzten Kriegsjahr mit ihren vier von fünf Kindern auf sich allein gestellt. Die äußeren Vorgänge ihres Mannes versetzten sie in Unruhe. Die Hintergründe verheimlichte er ihr, so gut er konnte.

Gritta lernte auf einem Landgut nordöstlich von Stolp. Sie hatte diese Berufswahl gegen den massiven Widerstand des Vaters, der sie auf einem Verwaltungsseminar haben wollte, durchgesetzt. Als die ost- und westpreußischen Flüchtlingstrecks die pommerschen Städte zu verstopfen begannen, von russischen Luftangriffen heftig attackiert, beorderte ein Brief der Mutter Gritta in die Familie zurück. Sie wollte ihre Familie vereint wissen, wenn die Flucht Richtung Westen zur Gewißheit würde. Mit dieser Order widersetzte sie sich (zum ersten und einzigen Mal!) der NS-Befehlslage vor Ort. Die Mutter war von SS-Angehörigen erwischt und verwarnt worden, als sie zeitgleich über interne Kanäle des Landratsamtes Landser-Tickets für eine frühzeitige Flucht beschaffen wollte.

Gritta geriet auf ihrer Heimreise voll ins russische Bombardement der Städte und Verkehrswege. Alle diese Gräuel des Krieges ließen sie nicht in Passivität erstarren. Ganz im Gegenteil mobilisierten sie schlagartig ihren

Überlebenswillen. In Momenten höchster Gefahr wechselte sie ihr Verhalten. Sie verließ den Zug auf offener Strecke, versteckte sich im Wald, ging zu Fuß nachts, am Sternenhimmel Orientierung suchend, Treck-Verkehrswege meidend. Tagsüber versuchte sie, von Wehrmachtslastwagen mitgenommen zu werden. Sie lernte rasend schnell, wie man erfolgreich Bitten und Lockvogelgebärden einsetzt. Auf diese Weise gelang es ihr, unbeschadet die 80 km Wegstrecke in einer Woche zurückzulegen. Gritta machte eine Lehre im Fluchtverhalten durch, bevor die Flucht richtig begann.

Zu Hause fand sie die Einquartierung von Wehrmachtssoldaten vor. Im Hof lagerten die Soldaten. Dem befehlenden Offizier war ein Zimmer überlassen worden. In der Enge hatten die Kinder inzwischen gelernt, daß Schreien und Weinen nicht weiterhilft. Die Erwachsenen begriffen, daß Selbstdisziplin und vertrauliche Kommunikation mit den Militärs Überlebensstrategien in der Fluchtplanung wachrufen.

Gritta und die Mutter konnten mühelos genügend Proviant einsammeln und Koffervehikel aus Armeematerialien werkeln.

In der letzten Februarwoche erhielt die Familie bei Anbruch der Nacht von einem Wehrmachtsoffizier des örtlichen Stabes den Befehl, die Stadt zu verlassen. Das war genau eine Woche vor der offiziellen Bekanntmachung an alle Bewohner. Der Befehl enthielt drei dürre Fakten: am Morgen den Zug über Rummelsburg nehmen, auf keinen Fall der Treckroute Richtung Westen folgen, Richtungswechsel gen Norden, Durchschlagen zur Ostsee mit Überfahrt nach Dänemark. Nun fand die Flucht von Zivilisten, die gestern noch ein Kriegsverbrechen war, befehlsmäßig statt.

Christoph war im Begriff, den Fluchtweg Meter für Meter nachzuradeln. Doch er scheiterte schon nach der ersten Strecke, die mit dem Zug zurückgelegt worden war. Gritta hatte kein Fluchttagebuch überliefert, sondern Erinnerungen, die, ihrer Jugend gemäß, das Bunte, Strahlende, Schreckliche aufbewahrt hatten. An Punkten, an denen er meinte, eigene Erinnerungen festmachen zu können, z.B. Leichen an Straßenrändern, Gefangenenmärsche, Massengräber, Erhängte an Bäumen und Stadttoren, das Einfangen von Feuerkugeln im Wald, schüttelte er nur den Kopf: ›hier könnte es gewesen sein‹! Das waren keine eigenen Erinnerungen, das waren wiederholt erzählte Begebenheiten von Gritta. Da hatte wohl der Wunsch Pate gestanden, das eigene Erleben in den Rang familiären Bewahrens zu erheben, was bei der Altersstaffel ihrer Geschwister kein Hindernis war. Doch Kontrollmechanismen intakten Erinnerns wie das Wiederentdecken von Örtlichkeiten versagten vollends.

Trotzdem bot sich Christoph die Fluchtanimation aus Grittas Erinnerungsmustern wie ein Spiegel dar, in dem, wenn man lange genug hineinschaut, sieht, wie der Mensch mit Tüchtigkeit und Glück überleben kann. In dem Spiegel erscheint das Bild, wie der Zug unter Beschuß gerät. Man hört sie nur leise, die kleinen russischen Flitzer, die wie Nähmaschinen summen. Im Hagel der Explosionen hält der Zug. Die Passagiere fliehen in den nahen Wald. Die Menschen ducken sich auf den Schneeboden. Viele schlafen erschöpft ein und erfrieren. Gritta schreit: »Kinder, nicht hinlegen, weiter, weiter!« Die Mutter keucht mit dem Kinderwagen hinterdrein.

Ein nächstes Bild zeigt die engen Gassen in Danzig. Brennende Fassaden stürzen auf den Boden. Armeelaster fahren sich eine Schneise zum Entkommen frei. Gritta steht heftig gestikulierend in der Mitte, bis ein Lastwagen sie und ihre Familie mitnimmt. Auch Umwege werden in Kauf genommen, wenn man vor Erschöpfung eine Ruhepause bei Verwandten einlegen muß. Gritta, die gedanklich Schnelle, Temperamentvolle, besetzt schonmal mit dem Säugling im Arm den Korridor einer Wohnung, wenn die Familie abgewimmelt wird.

In Hela-Hafen ist es stockdunkel, als der Flüchtlingsstrom in kleine Bootsbesetzungen aufgeteilt wird. Die Bootsführer beladen ihre Kähne hastig mit rabiaten Armbewegungen, um die Wartenden auf den in offener See liegenden Viehfrachter überzusetzen. Der Familienverband spielt augenblicklich keine Rolle mehr. Gritta und Irma werden von den übrigen Familienmitgliedern getrennt. Sie stimmt nicht in das Geschrei der anderen ein, die das gleiche Los erfahren. Sie umklammert Irma beruhigend und läßt sich von keinem Offizier an der Reling des Frachters vertreiben, bis die Familie wieder zusammengefunden hat.

Christoph war sich sicher, daß zwischen der Mutter und Gritta eine perfekte Arbeitsteilung geherrscht haben muß. Die Mutter beaufsichtigte und verpflegte die Kinder. Gritta organisierte die Zutaten und umschiffte die logistischen Herausforderungen. Ihre jugendliche Risikobereitschaft bildete ein echtes Pendant zur vorsichtigen, abwägenden Mutter. Sie war belastungsfähiger als die Mutter. Sie hatte auf dem Landgut knapp drei Jahre lang, 6 ½ Tage in der Woche von fünf Uhr morgens bis acht Uhr abends gearbeitet. Von diesen Kraftreserven konnte sie auf der Flucht zehren. Als die Familie im dänischen Lager ankam – es dunkelte, und ein Schlafplatz war noch nicht zugewiesen! –, ging sie in die Verwaltung und drängelte so lange, bis sie als Köchin angestellt war. Mit einer Kasserole dampfender Suppe kehrte sie zur Familie zurück.

Manche der Fluchterinnerungen waren wie in eine Fabelwelt gefallen. Vielleicht lag das daran, daß Fabel und Wirklichkeit ineinander rankten. Der Viehfrachter soll knapp 10.000 Menschen von Hela nach Kopenhagen überführt haben. Er habe für die 300 See-Kilometer 6 Tage gebraucht, weil er im Zickzack gefahren sei und das Deck ständig mit Rauch eingenebelt habe, um nicht von Bomben der russischen »Nähmaschinen« getroffen zu werden. Als der Kapitän, der bis dato keine Menschen befördert hatte, sich von seinen Fahrgästen verabschiedete, soll er weinend ins Sprachrohr geschrien haben: »Es ist ein Märchen geschehen!«

Die Flüchtlinge waren am 7. April in Kopenhagen angekommen. Wenn wirklich so viele Passagiere an Bord des Viehfrachters waren, kann nur ein Wunder sie am Zielort in alle Himmelsrichtungen zerstoben haben. Christoph konnte sich ab hier auf seine Erinnerung im Großen und Ganzen verlassen. Es fuhr nur ein Zug in Richtung Nordsee, in dem er und seine Familie saßen. Ihnen entgegenkommend warf eine Staffel anglo-amerikanischer Bomber einige Sprengkörper ab, die ganz diszipliniert 50 bis 100 Meter rechts und links der Bahnschienen explodierten. Der Zugführer ließ sich davon gar nicht beeindrucken. Er fuhr gleichmäßig weiter auf eine ellenlange Brücke zu. Wollte das Pilotenkommando nur signalisieren, daß der Krieg noch nicht zu Ende ist. ›Flüchtlinge, wiegt euch nicht in Sicherheit‹! Der Zug hielt in R. Die Insassen wurden direkt an den Fjord gebracht, wo ein Lager der Wehrmacht geräumt worden war.

Christoph und Familie hatten das Glück (oder das Privileg?), in eine der ehemaligen Offiziersbaracken eingewiesen zu werden. Das war Luxus: ein eigenständiges Zimmer, ausgestattet mit Doppelbetten, einem Tisch, vier Stühlen, Doppelspinten und einem Eckofen. In den Zimmern der übrigen Baracken ging es spartanischer zu. Die Längswände waren beiderseitig mit Etagenbetten vom Fußboden bis hoch zur Decke zugestellt. In der Mitte stand ein schmaler langgezogener Tisch, von Bänken eingerahmt. Spinte und Öfen gab es nicht. In diesen uniformen Zimmern schliefen 18 bis 20 Personen.

Viele Regularien des Lagerlebens haben sich in Christoph eingebrannt. Das Hungern hatte ein Ende. Die Armeeküche lieferte dreimal am Tag Mahlzeiten, mittags immer warm. Die Gerichte waren nicht gerade das, was man abwechslungsreich nennen konnte, aber sie waren schmackhaft und zum Sattessen, ein echter Fortschritt zu den Rationskarten in der Heimat. Es gab ausreichend Milch für die Kleinkinder. Die Milch wurde jedoch nicht mehr aufgenommen. In der ersten Lagerwoche wimmelte es von Kinderwagen, die durch das Lager geschoben wurden. Mütter hielten ihre Babys im Arm. Nach zwei, drei Wochen waren alle Kleinkinder gestorben, an »Hungertyphus«, wie der Lagerarzt auf den Totenschein schrieb. Da es hier auf dem Land keine Einäscherungsanlage gab, wurden die Leichen in handgewerkelten Sperrholzkisten bestattet unter großer Anteilnahme der Lagerinsassen. Auf jedem Grab stand ein Holzkreuz mit den Lebensdaten. Solange das Filmmaterial der Soldaten reichte, gab es ein Erinnerungsfoto. Am Ende wuchs ein Kinderfriedhof mit gut 100 Gräbern.

Die Lagerordnung erlaubte, die Zimmer, soweit sie mit Öfen ausgestattet waren, von Mittag bis 20.00 Uhr zu beheizen. Ab 22.00 Uhr durfte keine Glut mehr im Ofen sein. Angefeuert wurde mit dünnem Geäst, geheizt nur mit dürren Tannenzapfen. Wer die trockensten Tannenzapfen heranschleppte, bekam das Zimmer am wärmsten. Unter den Kindern herrschte ein regelrechter Kampfsport um die Zapfen, die hier nur Kruschken genannt wurden. Das nächste, ertragreichste Waldstück wurde nach dem Muster der Revierverteidigung mit Stöcken festgenagelt. Die Frauen nähten aus Uniformstoff Säcke zum Zubinden. Christoph war unter den Sammlern einer der ersten. Tragen konnte er nicht. Dazu war er zu schwächlich. Ältere mußten den Dienst übernehmen und dafür »entlohnt« werden, meist von Gritta mit einem süßen Happen. Für Christoph war Kruschkensammeln die erste Bewährungsprobe, daß leben sich behaupten, kämpfen bedeutet.

Am nachdrücklichsten von allen Lagerbildern hat sich Christoph die tuschelnde Gritta mit allen möglichen Personen eingegraben. Wie Gritta später eingestand, war sie das Nachrichtenorgan und das Arbeitsbeschaffungszentrum des Lagers. Sie tuschelte mit Wehrmachtssoldaten, um verläßliche Daten über den Krieg, über die Lage in Deutschland zu erfahren, um dringend benötigte Materialien aus Armeebeständen zu bekommen. Sie tuschelte mit der Lagerselbstverwaltung, um eine Art Gewebetätigkeit unter den Flüchtlingen zu etablieren, z.B. Wasch- und Hygiene-Einrichtungen, Schneiderei, Schusterei, Reparaturwerkelei. Sie tuschelte mit dänischen Bauern (was verboten war!), um landwirtschaftliche Dienste anzubieten, Garten- und Gemüseanbauflächen für den Eigenbedarf zu bekommen. Aus dem Bild des Tuschelns wurde später für Christoph des Bild des Spiritus rector. Das hat sich dann auch in ihrer eigenen Familie mit vier Töchtern und und zwei Söhnen bewahrheitet.

Tatsachen zurückhalten, konspirativ zum eigenen Vorteil nutzen konnte

Christoph nicht ausstehen. Dieses lagerbetonte Gebaren tat der Bewunderung, die Christoph Gritta gegenüber hegte, keinen Abbruch. Gritta war die unantastbare Autorität, der Inbegriff von Tüchtigkeit in Wort und Tat. Nur, warum kam die Welt ohne das Versteckspielen, das Überlisten, die eigennützige Vorteilsuche nicht aus? Das verstand Christoph nicht. Wenn er fröhlich-frei die dänischen Soldaten um ihren Spaten bat, bekam er ihn – mit dem gleichen Freimut, in dem er gebeten hatte. Die ganze Welt mußte wohl doch von verschiedenen Polen gelenkt werden.

Christoph bekam sie zu spüren, wenn er mit seinem Geradeaus-Hineinstürmen aneckte, keine Anerkennung für ruheloses Tätigsein fand, für die er so empfänglich war. Er lernte aus diesen Kollisionen anfangs nichts, später nur sehr langsam. Eine Zeitlang schützte ihn seine übergroße Befangenheit vor der rohen Welt. War diese Welt zu übermächtig, riß sie den Selbstschutz einfach fort – mit der Folge, daß seine Grundwerte sich verhärteten. Er wurde überempfindlich gegen Ausspielen, Hänselei, Zurücksetzung, Unrecht. Aus den anfänglichen Allüren eines Flüchtlingskindes bildete sich ein Wertebewußtsein, das wenig Raum für Korrektur von außen ließ.

Nach dem Ende der deutschen Besatzung mußten die Flüchtlinge noch zweimal das Lager wechseln. Die Umzüge waren beinahe Spaziergänge. Sie waren politisch gewollt. Die Deutschen sollten säuberlich von den Dänen getrennt werden. Die dänische Bevölkerung behielt da ihre eigenen Interessen im Blick. Obwohl jetzt mit Stacheldraht eingezäunte Lager, von dänischer Polizei bewacht, geschaffen wurden, gestalteten sich die Beziehungen zwischen Deutschen und Dänen natürlicher und enger als zuvor. Die Zeit heilt Wunden. Die Dänen hatten sehr wohl bemerkt, daß die NS-hörigen Deutschen fleißig, willensstark und erfinderisch waren, wenn sie ihren Lebensalltag angenehmer einrichten konnten. Landwirtschaftliche Kenntnisse bei pommerschen Flüchtlingen mußte man nicht suchen. Freiwillige wurden eingeladen, auf dänischen Höfen zu arbeiten. Entlohnt wurde mit landwirtschaftlichen Produkten. Ganz hoch im Kurs stand Schafswolle. Wenn die Lagerinsassen auf eine harte Probe gestellt wurden, war es der dänische Winter. In keinem Lager gab es durchgängige Heizungsmöglichkeiten. Mütter und heranwachsende Töchter strickten und häkelten, was das Zeug hält, Pullover, Jacken, Schals, Strümpfe, Handschuhe, Muffe, sogar Pantoffeln und Hausschuhe. Für Unkundige wurden Strickkurse eingerichtet. Als die ersten Flüchtlinge das Lager Richtung Deutschland verließen, gab es keine Familie, die nicht eingestrickt war.

Christophs Familie erhielt im Hochsommer 47 den Marschbefehl, in der sowjetischen Besatzungszone ein neues Leben zu begründen. Sie trat die Reise, körperlich gut erholt, ins Reich der Ungewißheit an. Um die 750 km zurückzulegen, brauchte sie 14 Tage.

Christoph war sich sicher, den Weg entspannt in der Hälfte der Zeit zu schaffen, mit jedem Kilometer um einen Grad im Denken befreiter. Solange er auf dänischem Boden Richtung Süden radelte, ging diese Überzeugung auch auf.

Die Flucht aus Pommern war mit viel Glück, Tüchtigkeit und Selbsthilfe, möglicherweise sogar mit einem Zeitprivileg gegenüber anderen Flüchtigen, gelungen. Letzteres war ein Verdacht, der in Christophs Kopf schwer wog. Millionen Flüchtige waren umgekommen. Im Bewußtsein dieser Tatsachen schlug ihm schon das Gewissen, ob es nicht eine göttliche Gnade sei, davongekommen zu sein. Wenn er es recht überdachte, war diese »göttliche Gnade« von Anfang an in die Überlebensstrategie seiner Familie übergegangen. Stellte sich ein Hindernis bei der Sozialisierung in der ostdeutschen Nachkriegsgesellschaft in den Weg, reagierten die Mutter und Gritta immer gleich: »Wir werden auch das überstehen!« Wie das zu schaffen sei – da trennten sich die Wege zwischen Mutter und Tochter bei der ersten Gelegenheit. Gritta verheiratete sich in die »bessere Welt« und verfolgte aus der Perspektive der »Geretteten« den Weg ihrer »Heimat«-Familie, indem sie half, wo sie helfen konnte, nach ihrem Vermächtnisverständnis.

›Die Mutter hatte nach Grittas Weggang einige Tage zu kämpfen, bis sie ihre Lebensaufgabe als alleinige Arbeits- und Versorgungsverpflichtung annahm‹, erinnerte sich Christoph. ›Sie war hoffnungslos von ihrer Aufgabe überfordert. Ihre Stimme fand selten einen natürlichen Ton, wenn sie mit uns sprach. Sie klang überanstrengt und übernervös. Ich hatte immer den Eindruck, ihre Kraft reicht gerade mal aus, nur mir, dem KLEINEN, Zuwendung zu schenken. Ich wurde verhätschelt. Bevor wir schlafen gingen, verteilte die Mutter für den morgigen Tag die Aufgaben.Wenn ich noch verschlafen aufstand, waren meine Sachen fein säuberlich auf dem Stuhl geordnet, gegen gewaschene ausgetauscht und ausgebessert. Bei den dürftigen Mahlzeiten wurden mir zuallererst die besten Happen zugesteckt. Ich hatte im Lager einen unendlichen Spieltrieb gegen die sonstige Langeweile entwickelt. Im neuen Zuhause, wo kommandohafte Ordnung in zugeteilten Zeiten herrschte, durfte ich spielen, was, wieviel und wo ich wollte. Irma und Ernst hätten sich solche Freiheiten niemals erlauben dürfen. War das ein mütterlicher Wiedergutmachungsaffekt gegenüber dem fluchtgeschwächt gestorbenen Daniel? Ganz sicher! Aber noch gültiger war es die Art, wie die Mutter ihre Liebe austeilte. Selten ging dabei ihr besorgter Blick in ein Lächeln über. Ihre Hand strich kaum spürbar über mein linkes Handgelenk, zuweilen bis hoch zur Schulter. In einer Bewegung des Abwendens berührte ihre Wange meinen Hinterkopf‹.

Das forschende Fragen hatte Christoph auf dem Rad in Schritttempo versetzt. ›So urteilt es sich besser‹! Er atmete tief durch und lachte in sich hinein. ›Da wurde ein richtiges Muttersöhnchen herangezogen. Die Leute sind mir aus dem Weg gegangen, haben eine wegwerfende Bemerkung gemacht oder einfach nur gelacht; die Gleichaltrigen sowieso. Die Hänselei nahm kein Ende! Da blieb mir gar nichts anderes übrig, als aus der realen in die geistige Welt der Abenteuer- und Reisebücher zu fliehen.Das alles habe ich schön in mich hineingefressen. Natürlich war ich beleidigt, gegen Maßregeln ohnehin empfindlich, wenn der geistige Reichtum, den ich in mir wachsen spürte, als lernfaul und zurückgeblieben abgetan wurde. Den Abbruch meiner Stellmacherlehre hat mir niemand verziehen. Ich habe noch wortwörtlich den Abschiedssatz von Hansi im Ohr: Mach's gut, du Versager, komm mich mal besuchen auf meinem Bauernhof! Da wirst du sehen, wozu ein Stellmacher alles nützlich ist. – Diese Lehre habe ich auf andere Weise als gemeint beherzigt. Nie wieder in meinem Leben habe ich eine Tätigkeit oder ein Vorhaben abgebrochen. Trotz gutgemeinten Ratschlägen von Dritten habe ich sie offiziell beendet nach gesellschaftlicher Norm, einige davon viel zu spät mit großen Nachteilen.

Genau genommen, lag mir die Schlosserlehre genau so fern wie die Stellmacherei. Ich hatte nur das Glück, mit fähigen, arbeitsamen Menschen in Berührung zu kommen. Sie wollten mir ›was beibringen, sie behandelten mich wie ihresgleichen.

Körperlich anstrengendes Arbeiten schweißt zusammen, befreit aber auch das Denken aus der Utopie von der unendlichen Freiheit des Seins. Ich konnte das Reale mit dem Geistigen nur verbinden durch Kreativität, die ihre Energie aus tiefer Erfahrung und Bildung bezog. So bildete man sich eine eigene Meinung, sprach sie offen aus, verteidigte sie in Gefahrenzonen (in politischen mit Nachdruck!) und fiel nicht um, wenn es einmal brenzlig wurde‹.

Das hörte sich an, als könne es allgemein gelten. Sozialistische Disziplin muße man als Maulkorb nicht auf sich selbst beziehen. Meinungen, die nicht in den politischen Kanon paßten, wurden, wenn schon nicht geteilt, hingenommen, totgeschwiegen oder schlimmstenfalls bestraft, bevorzugt im Anonymen. Die Hürden des In-Kauf-nehmens waren mal niedriger, mal höher aufgetürmt. Sich in der DDR-Gesellschaft ohne Integritätsverlust sozialisieren war möglich, sogar als Außenseiter, weil man sich bei der Bewältigung des Alltags voller Mängel, Einschränkungen und Verbote der Solidargemeinschaft immer sicher sein konnte! Besitzstandswahrung stand nicht darüber. Es gab keinen Besitzstand von gesellschaftlichem Format.

›Von gegensätzlichen Winden getrieben, hast du dich sozialisiert‹, beschloß Christoph seine Überlegungen. ›Und in der Wendezeit – danach sowieso! – hast du dich desozialisiert? – Nein, das nicht. Du bist nur in keinem neuen Zuhause angekommen‹!

Das Eingeständnis trieb ihn weiter fort: ›Warum eigentlich? – Das war so nicht abzusehen und geplant schon gleich gar nicht. Ich hatte keiner DDR-Ideologie abzuschwören, keine Leichen im Keller, keine schlimmen Taten mit gutem Gewissen vollbracht!

Die Protestler, von Tag zu Tag mutiger von ihrem Zulauf, wollten die Mauer weg, frei reisen und, ganz besonders schnell und ungehindert, die DM. Das war Revolution! Die Politiker, gleich, ob von Berufs wegen aus Westdeutschland oder ob aus spontaner DDR-Sammlungsbewegung, machten daraus eine Wende, die die bürgerlichen Grundrechte nominell für alle festschrieb, aber in der Anwendung Unterschiede von Tag und Nacht gewollt folgen ließen.

Natürlich bin ich nach Frankreich gefahren, um endlich mein Französisch unter Muttersprachlern auszuprobieren. Natürlich tat sich eine neue Konsumwelt mit der DM auf. Ich tauschte zum frühestmöglichen Zeitpunkt den lauten, stinkenden, unbequemen Trabi gegen einen japanischen Kleinwagen ein. Ich schämte mich vor den neuen Mitbürgern durchaus nicht, nur, weil ich mit dem Westwagen über die Autobahn nicht mit 200 km/h bretterte. Ich erwarb unter Stöhnen (wegen des Preises) einen klobigen Computer, um beim Manuskriptschreiben den neuen Design- und Druckvorschriften zu genügen. Mein Interesse war auf Nutzung beschränkt. Ich hatte keine Lust, mich ihm als Freak unterzuordnen, was mir bei Bedienungsfehlern immer mitleidiges Kopfschütteln einbrachte. Ich ließ mich von der geschäftigen Mode anstecken, immer erreichbar zu sein, und kaufte eines dieser unhandlichen Handys. Das waren nach meiner Kulturgewohnheit furchtbare Geräte. Ich versteckte das Störunikum in der Aktentasche und ließ es klingeln, wenn ich mit dem Nachbar sprach. – Die eine Mode macht man mit, die andere läßt man‹!

Christoph hielt an. Der Radweg war menschenleer. Er war nicht außer Puste geraten, er mußte einen Schluck aus der Flasche nehmen, weil er an einem geistigen Scheitelpunkt angekommen war. Bei Demokratieverständnis und Rechtsstaat hatten die westdeutschen Politiker rote Linien überschritten, die er ihnen niemals durchgehen lassen würde. ›Die predigen uns vor, was Demokratie ist, ohne uns auch nur anzuhören, welche Defizite wir in der DDR gesammelt haben und welche Erwartungen wir an Demokratie haben. Wir wollen Fairneß und Chancengleichheit und keine Diskriminierung, Diffamierung und Existenzvernichtung auf allen Ebenen. Daß die Stimmenmehrheit entscheidet, was Demokratie ist und welche Leitlinien Politiker bestimmen, kann bei einem staatlichen Anschlußverfahren von Groß und Klein keine Norm sein. Sie entfernt Demokratie von ihren historischen Errungenschaften. Ich bin keine DDR-Hinterlassenschaft, die man einfach so mit Rechtsbrüchen loswird. Es wird mit mir keinen Frieden geben, solange die nicht für ihre Fehler einstehen und Wiedergutmachung üben‹!

Christoph setzte abrupt einen Punkt. Ihm wurde klar, daß die Radeltour bis zum Ziel nicht ausreichen werde, seinen Gedankenmarathon zu Ende zu bringen. ›Eines hat die neue *bürgerliche* Gesellschaft‹, schnaufte er durch, ›ich muß mich nicht mehr verbiegen lassen. Sportliches Biegen und Beugen auf dem Rad genügen‹!

Er hatte die Landesgrenze erreicht. Der Radweg endete wie im Nichts. Auf der Autostraße stellte sich ihm ein Hindernis entgegen – eine Baustelle, Radfahren verboten! ›Absteigen und gerade durchmarschieren, notfalls mit dem Ellenbogen sich Freiheit verschaffen‹!

Voller Protest- und Spottlust schritt er singend auf das verengte Deutschland zu:

Ihr Ossis, hergehört!

Marschiert gefälligst so,

wie's aus dem Westen windet!

vergesst die eigene Meinung,

die ihr so gut gelernt, im Keller zu vergraben!

Wir wollen sie nicht haben.

Wir wollen ungeschmälert unseren Besitzstand wahren.